KB262759

伏虎出洞

복호출동

호동
복출

권오단 新무협 판타지 소설

Fantastic Oriental Heroes

복호출동 2

권오단 新무협 판타지 소설

초판 1쇄 찍은 날 § 2006년 5월 29일
초판 1쇄 펴낸 날 § 2006년 6월 9일

지은이 § 권오단
펴낸이 § 서경석

편집장 § 문혜영
편집책임 § 김민정
편집 § 최하나 · 문정흠

펴낸곳 § 도서출판 청어람
등록번호 § 제1081-1-89호
등록일자 § 1999. 5. 31
어람번호 § 제2-0923호

주소 § 경기도 부천시 원미구 심곡1동 350-1 남성B/D 3F (우) 420-011
전화 § 032-656-4452 팩스 § 032-656-4453
http://www.chungeoram.com
E-mail § eoram99@chollian.net

ⓒ 권오단, 2006

ISBN 89-251-0147-5 04810
ISBN 89-251-0145-9 (세트)

伏虎出洞

복호출동

2

미인은 화의 근원

권오단 新무협 판타지 소설

Fantastic Oriental Heroes

도서출판 청어람

목차

1장 호입연경(虎入燕京)   7

2장 기녀 소박 (妓女素朴)   75

3장 미인은 화의 근원   117

4장 인과응보(因果應報)   141

5장 파방(破房)   199

6장 파국(破局)   231

7장 파인(破人)   265

8장 고집있는 남자   309

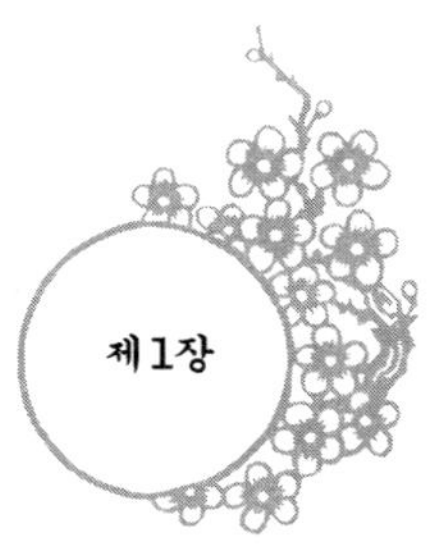

제1장

호입연경(虎入燕京)

　　마차를 몰아 어두운 밤길을 달리는 망고는 곰곰이 생각에 잠기었다. 불학무식한 복호가 천진으로 가려고 마음을 정하였으니 저는 고집스럽게 반드시 갈 것이겠지만, 산전수전 세상의 풍파를 잡다하게 겪은 망고는 범의 아가리에 따라가서 목을 내줄 만큼 호락호락한 인물 또한 아니라서 천진으로 가는 발길을 돌리려고 궁리하기 시작하였다.

　　다음날 아침 망고는 궁벽한 작은 마을에 있는 객잔 앞에 마차를 세웠다. 객잔에서 잠시 휴식을 취하며 아침 식사를 끝낸 후에 망고는 따로 복호를 데리고 구석진 탁자에 자리를 잡았다.

"공자님, 제가 어젯밤부터 오랫동안 생각을 해보았는데 아무래도 보선방을 혼내주는 것은 불가할 듯합니다."

"어째서?"

망고는 뒤편 탁자에서 차를 마시는 두 여인을 턱짓으로 가리켰다.

"공자님께서 혼자 가신다면 그나마 마음이 놓이겠지만, 연약한 꽃과 같은 두 여인과 함께 가신다면 미인들이 위태로울 수 있으니 문제가 아닙니까?"

"내가 왜 혼자 가, 너랑 함께 가야지?"

"아하하하! 무, 물론 저와 함께 가는 것이지만 제 말씀은 두 미인을 데리고 가는 것은 위험하다는 말이죠. 정히 가시려면 불상과 설란을 조처해 놓은 후에나 가십시오."

말이야 맞는 말이었다. 여자들과 함께 간다면 싸우는 도중에 행여 피해를 입을 수도 있다는 생각이 들었다.

"설란은 저의 아버지에게 데려다 준다 하였으니 어떻게든 데려가야겠지만, 불상은 어떡하지? 음……."

복호는 턱을 괴고 생각에 잠기었다.

힐끔힐끔 복호의 눈치를 살피던 망고가 입을 열었다.

"공자님, 산군 할아버지와 보덕 스님께서 명나라 산천 구경이나 하라고 하셨지 싸움 하라고는 말씀을 아니하셨잖습니까? 오지랖 넓게 남의 일에 신경 쓰지 말고 조용하게 우리끼리 산천 구경이나 다니는 것이 어떻습니까?"

“뭐?”

복호가 눈을 부라리며 망고를 바라보았다.

“공자님, 예부터 미인은 화의 근원이라 합디다. 전날도 설란과 불상의 아름다운 미모 때문에 화적들이 꼬인 것이 아닙니까?”

“그래서?”

망고가 한숨을 길게 내쉬며 입을 열었다.

“전 공자님의 분부대로 하겠습니다요. 미인들을 다치지 않게 하려면 다른 일에 신경을 쓰지 않는 것이 상책입니다만, 그렇지 않고서는 미인들을 조치해야 할 겁니다.”

공자님의 분부를 기다리라면서 두 가지 경우의 수를 말하는 망고였다.

잠시 생각하던 복호가 말했다.

“그럼 네 말은 천진에 가지 않으면 상관없는데, 천진에 가려면 불상과 설란을 조치하란 말이냐?”

“말인즉 그렇습죠. 불상이 저 아이가 불쌍한 애 아닙니까? 저 아이가 어려서 고생을 많이 했으니 이제는 행복하게 해줘야 할 것이 아니겠습니까, 공자님.”

복호는 기둥 옆 탁자에서 설란과 차를 마시고 있는 불상을 힐끔 바라보다가 망고에게 말했다.

“네 말이 맞다. 하지만 보선방을 박살 내지 않으면 불상이 같은 불쌍한 사람이 자꾸만 나올 테니 할 수 없다.”

"정히 가실 생각입니까?"

"응."

망고가 팔짱을 끼고 찻물을 물끄러미 바라보았다.

"내 생각에는 불상을 고려 땅으로 돌려보내고 싶은데 좋은 방법이 없을까?"

"여기서 고려 땅까지 물경 이천 리 길입니다요. 저희는 백두산으로 와서 그렇지만 의주 땅까지 가려면 숱한 물길을 지나야 하고, 더구나 무인지경의 백이십 리에 저희 같은 화적 떼들이 많고도 많아 여자만의 힘으로는 무리입지요."

"이 자식아, 누가 불상 혼자 보낸다더냐?"

"그럼요?"

"연경에 고려 장사꾼들이 자주 오간다더라. 장사꾼에게 부탁하면 될 일 아니냐."

망고의 두 눈이 휘둥그레졌다.

"그런 수가 있었네요. 그런데 불상 같은 미인은 쉽게 볼 수 없는 여잔데 공자님께서는 고려 땅으로 그냥 돌려보내실 생각입니까?"

"다른 나라 땅에서 사는 것보단 낫지."

"피붙이도 없는 고아나 다름없는데 제가 무슨 수로 번듯하게 살아갈 수 있겠습니까? 저 얼굴에 기녀나 안 되면 다행이지."

"이 자식, 터진 입이라고 함부로 지껄일 테냐?"

"그것이 아니오라 공자님, 마음은 마냥 성인군자 같지만 장사꾼들도 남자인데 불상처럼 예쁜 여자를 가만 놔둘까요? 차라리 고양이에게 생선을 맡기는 것이 낫지."

"이 자식아, 남자가 모두 너같이 흉악무도한 줄 아느냐? 잔말 말고 고려 상인들을 어디 가면 만날 수 있겠느냐?"

"예?"

"넌 화적질을 오래 했으니 그 정도는 알 테지?"

"헤헤헤헤, 알다 뿐입니까? 고려 상인들은 연경 외곽에 있는 민충사에 제를 지내러 자주 나타납지요. 민충사에 없다면 연경 안의 옛 고려방 골목으로 가면 어렵지 않게 만날 수 있을 겁니다요."

"좋아, 그렇다면 고려 상인에게 불상을 부탁하도록 하자."

"그럼 설란은 어떡합니까?"

"연경에서 천진까지 얼마나 떨어졌느냐?"

"삼백여 리 정도 떨어져 있습지요."

"삼백여 리라면 하루면 충분하다. 연경의 객잔에서 하룻 동안 머물러 있으라면 되겠지."

"정말 천진으로 가실 생각이십니까?"

"그래, 넌 보선방까지만 안내하거라. 나머지는 내가 처리할 테니."

기루에서 갑작스럽게 불상이 나타나지만 않았더라도 이렇게 귀찮은 일에 휘말리지 않았을 텐데, 여자가 화의 근원이라는 말이 틀린 말이 아니었다.

망고는 자신의 꾀가 통하지 않게 되자 불상에게 화가 나서 옆눈으로 힐끔 불상을 바라보았다.

"이야기가 끝났으면 가자."

복호가 자리에서 일어나 성큼성큼 걸음을 옮겼다. 복호가 바깥으로 나가자 설란과 불상이 자리에서 일어나 객잔을 나오고 망고가 셈을 치렀다.

설란과 불상이 마차 안으로 오르자 복호는 문을 닫고 고삐를 잡고 있는 망고의 옆에 훌쩍 뛰어올랐다.

"마차 안에 타시지?"

"마차 안은 답답해서……. 연경까지는 얼마나 남았느냐?"

"산해관에서 연경까지는 오백 리 길입니다요. 어젯밤을 달려왔으니 이백여 리도 채 안 남았을 겁니다. 늦어도 저녁 무렵에는 연경에 도착하겠습니다요."

"그래? 가자, 연경으로."

망고가 고삐를 당기자 마차가 천천히 대로를 따라 움직이기 시작하였다.

끝없이 길게 뻗은 관도대로를 따라 무료하게 말을 달리던 망고는 옆에 앉아 있는 복호를 힐끔 바라보다가 말을 걸었다.

"공자님."

"왜?"

"공자님은 싸움도 참 잘하십니다."

“싱겁기는…….”

“모두 할아버지에게 배우신 거지요?”

“응.”

“어떻게 하면 저도 그렇게 고수가 될 수 있을까요?”

“가르쳐 줄까?”

“예.”

“내가 여덟 살 때였던가? 숫자를 세기 시작할 때였으니 아무튼 그때쯤이었을 거야. 그때 할아버지가 나에게 책 한 권을 주셨지.”

“어허, 그게 비급이로군요?”

“아냐. 그냥 민간에 널린 책이었지. 논어라던가? 하여튼 까만 글자만 빽빽하게 쓰여진 책이었지.”

“그렇다면 그것이 내공을 수련하는 기서 아닙니까?”

“아하하하, 그건 그냥 글자만 가득한 책이었다니까. 참고로 말하지만 난 글을 하나도 몰라. 하얀 것은 종이요, 까만 것은 글자라는 것밖에 모르는 까막눈이지.”

망고의 두 눈이 휘둥그레졌다.

“도대체 뭡니까? 글자도 모르는데 할아버지는 왜 책을 주었을까요? 그리고 그 책으로 수련하신 것 아닙니까?”

“그것으로 수련하였지.”

망고가 고개를 갸웃거렸다. 어릴 적 산군 할아버지가 준 책이 무공의 비급도 아니고 민간에 흔하게 널린 논어일진대 무슨 무공을 수련한단 말인가.

아무리 생각해 보아도 뜬금없는 이야기라 망고는 복호가 자신을 놀리는 것이 아닌가 하고 실눈을 뜨고 바라보았다.

복호는 망고의 의심하는 눈초리를 보곤 피식 웃으며 말했다.

"망고야, 싸움에서 제일 중요한 것이 무엇인지 아느냐?"

"그거야 상대방을 일격에 쓰러뜨릴 수 있는 철퇴 같은 주먹과 발길질이 아니겠습니까?"

복호가 고개를 설레설레 저었다.

"어따, 그럼 솜털 같은 주먹과 발길질로 상대방을 이길 수 있단 말입니까요?"

"솜털 같은 주먹과 발길질로 어떻게 상대방을 이길 수 있겠어? 그리고 무쇠 같은 주먹과 발길질은 무예를 연마하는 자라면 누구나 제일로 치는 것이니만큼 연마하지 않는 자가 없는데……."

망고가 고삐를 잡지 않은 바른편 주먹으로 자신의 가슴을 쳤다.

"아, 답답하기도 하여라. 주먹과 발길질도 아니면 뭐란 말입니까요? 날렵하게 내빼는 경신술도 아닐 것이고, 그렇다고 책을 펴서 상대방을 굴복시킬 수도 없을 일이니, 그럼 도대체 뭡니까요?"

복호가 씨익 웃으며 자신의 두 눈을 가리켰다.

“눈이라굽쇼?”

복호가 고개를 몇 번 끄덕거렸다.

망고가 자신의 눈을 가리키며 나불거렸다.

“세상에, 눈에서 빛이 나가는 것도 아니고, 눈알이 제가 튀어나와 상대방을 쳐서 쓰러뜨렸다는 희한한 일은 고금에 통틀어 보도 듣도 못한 일인데 공자님께서는 저를 놀리시는 겁니까요?”

복호도 망고의 말에는 웃음이 나와 너털웃음을 지으며 말했다.

“이 자식아, 눈알이 튀어나와 상대방을 때린다니 그게 말이나 되는 일이냐?”

“그것도 아니라면 뭡니까요?”

“이 자식아, 상대방의 공격이나 방어를 정확하게 볼 수 있는 시각을 말하는 것이다.”

“그거야 사람마다 눈이 두 짝씩 달렸으니 수련할 것도 없을 것 같은데 말입니다요.”

“모르는 말이다. 할아버지 말씀이 고수와 하수의 차이는 거기에서 구별되는 것이라 하셨다. 첫째로 나와 상대방이 똑같이 무쇠 같은 주먹을 가지고 있다면 누가 우세하겠느냐?”

“헤헤헤, 상대방도 눈이 까지지 않은 이상에야 똑같겠죠.”

“네가 모르는 소리다. 그렇다면 나와 할아버지가 사람들을 한주먹에 요절 내는 것은 무엇으로 증명할 것이냐?”

듣고 보니 그러하였다. 망고가 보아온 복호는 단 한 차례에 사람을 기절시키거나 격살시켰으니 반드시 이치가 있으리라 생각되었다.

"그, 그럼 책으로 어떻게 수련을 하셨습니까?"

"네가 이제 머리가 돌아가는 모양이구나. 내가 어릴 적 할아버지께서 책 한 권을 주시곤 대번 하시는 말씀이, 첫 장에 글자 수가 몇 개가 되나 물으시더라."

"그래서요?"

"알 게 뭐냐? 까만 것은 글자고 하얀 것은 종이인데 숫자를 하나하나 세었지. 그래서 야단을 맞았다."

"왜요?"

"너무 느리게 센다고 말이다."

"할아버지도 이상하시네요. 한 장에 쓰인 글자를 어떻게 한눈에 셀 수 있단 말입니까?"

"할아버지는 가능하더라."

"예?"

"할아버지는 책장을 펼치는 사이에 책장 안에 있는 글자 수를 모두 셀 수 있었어."

"에이, 거짓말."

"이 자식아, 내가 너에게 거짓말을 할까? 할아버지가 글을 못 읽으셔서 그렇지, 글만 읽으셨다면 책 한 권은 술 한 잔 마시기도 전에 읽으실 분이다."

망고가 두 눈을 휘둥그레 뜨며 물었다.

"그래서 공자님도 그런 수련을 하셨습니까?"

"했지. 눈만 뜨고 일어나면 숫자를 헤아리는 연습을 했지. 사람의 능력이라는 것이 참으로 대단해서 일 년 동안 꼬박 그 짓만 하였더니 책장이 순식간에 지나가더라도 그 안에 글자들이 모두 보이더라. 당연히 몇 글자가 있는지 알 수 있었지. 할아버지는 나중에는 그 안에 있는 특정한 글자가 몇 개인지 물어보셨지만 그땐 식은 죽 먹기였지."

"와, 정말 거짓말 같은 이야기군요."

"거짓말 같은 말이지만 사람은 해서 안 되는 것이 없다는 사실을 그때 알았다."

"논어 한 권으로 알뜰하게 빠른 눈을 가지시게 된 것이니 큰 비급이로군요."

복호가 고개를 내저었다.

"그건 약과지. 논어는 큰 책이라 글자도 큼직큼직하여 쉽게 알아볼 수 있었지만, 다음에 할아버지가 내놓은 것은 손바닥만한 책이었지. 글자도 깨알 같아서 알아보기조차 힘들었어. 그치만 눈이 단련이 되어놔서 그 안에 쓰여진 글자 수를 맞히는 것은 몇 달이 걸리지 않았지. 그때부터는 떨어지는 빗방울을 보고, 날아다니는 파리를 잡는 것이 어렵지 않았지."

"그렇게 되었던 것이로군요?"

"응. 내가 할아버지에게 주먹과 발을 쓰는 무예를 배운 것은 책 수련을 끝낸 다음의 일이었지."

망고가 침을 꿀꺽 삼키며 물었다.

"어떻게 무예를 배우셨습니까?"

"사내는 말이 많으면 못 쓰는 법이야. 그건 다음에 말해주지."

복호가 두 손으로 뒷머리를 잡고 마차에 몸을 기대었다.

망고는 아쉽다는 듯 입맛을 쩝쩝 다시었다. 넓은 평원에 벼가 누렇게 익은 들판이 나타나면서 마을이 보이기 시작하였다. 말을 달려가니 길가에 집들이 늘어나고 사람들의 숫자가 점점 늘어나더니 땅거미가 거뭇할 무렵, 마침내 높은 성벽이 멀리 보이는 큰 도회에 도착할 수 있었다.

노릇노릇, 울긋불긋한 노을빛을 가린 크고 검은 성벽이 연경의 외성임은 삼척동자도 다 아는바이라 망고는 사람들에게 물어물어 외성 가까이에 있다는 민충사를 찾았다.

민충사는 당태종의 백만 대군이 고구려 원정에서 알뜰하게 전멸한 후 전몰 병사들의 넋을 위로하기 위해 만들어놓은 절이었는데, 이곳을 찾은 고려 상인들이 언제부터인가 찾아와 넋을 위로하는 제를 지어주고 있었다.

망고가 사람들에게 물어물어 민충사를 찾아갔지만 고려 상인들은 보이지 않았다. 일행이 민충사를 찾아간 때는 이미 밤이 늦어 외성의 문이 닫힌 때라 복호 일행은 외성에서 가까운 객점에 방을 잡았다.

사람들이 물고기 떼처럼 오가는 이곳은 지하에 노름방이 있고, 일층과 이층은 식당과 주루를 겸하고, 삼층은 객실이 있는 제법 큰 객점이었다.

망고는 삼층에 방 네 개를 잡은 후에 은전 스무 냥을 가지고 복호를 꼬드겼으나 복호는 노름이 무엇인지 알지도 못하는 사람이라 술이나 마시겠다고 하는 까닭에 혼자서 지하로 내려가 노름을 하였다.

노름을 좋아하는 망고이지만 노름꾼들이 가득한 노름판에서 은전 열 냥이 시나브로 없어져서 부글부글 끓는 화를 삭이며 홧술이나 마시자고 이층 누각으로 올라와 보니 동편 난간에서 때 아닌 사람들이 모여 시끌벅적 소란스러웠다.

"무슨 일이 벌어졌수?"

"저기 술 내기가 벌어졌는데 볼 만하우."

구경꾼의 이야기를 듣고 망고가 사람들 사이로 파고들어 가보니 난간 앞 탁자 가운데에 큰 술 항아리 하나가 덩그러니 놓여 있고 그 앞에 청의를 입은 복호가 대접을 놓고 앉아 있는데, 그 맞은편에 덩치 좋은 사내가 마찬가지로 술 대접을 놓고 앉아 있었다.

난간 뒤편에는 덩치 좋은 사내가 혼절하여 어깨를 부축당하여 옮겨지고 있었는데, 망고는 한눈에 복호와 대작을 하다가 쓰러진 것임을 짐작하였다.

'옳거니, 좋은 기회로구나.'

망고가 복호의 주량을 이미 알고 있는 바에야 노름판에서 은전 열 냥을 손해본 것을 메울 수 있는 좋은 기회라 사람들 사이로 미꾸라지처럼 파고들어 복호의 옆으로 다가갔다.

탁자 아래에 화주 항아리 세 개가 비어져 있는 것을 보니 벌써 적잖게 마신 모양이었다.

"여기, 육회 세 근 더 가져오너라."

망고가 손을 들어 점소이에게 육회를 시키고는 복호에게 말을 걸었다.

"공자님, 여기서도 술타령이오?"

"여기 술맛이 제법 괜찮아. 대작할 사람도 있고 말이야, 허허허."

맞은편에 앉은 사내는 엄장한데 크고 둥근 눈과 가로 찢어진 입이 큼지막한데다 턱에 돋은 바늘수염이 삐죽삐죽하여 보기에도 거물스러웠다. 큰 얼굴이 연한 대춧빛을 띠는 사내는 눈을 부릅뜨고 복호를 바라보는데도 복호는 얼굴색 하나 변하지 않고 말짱하였다.

"몇 잔쨉니까?"

복호가 손가락 세 개를 폈다.

"대접으로 석 잔밖에 안 마셨어. 저치는 두 잔이나 마셨어."

석 잔이면 두 항아리가 안 되는 양이나 상대방이 두 대접을 마셨다는 말에 적이 놀라 망고가 다시 한 번 맞은편의 사내를 바라보다가 고개를 돌려 둘러서 있는 사내들에게 재빨리 말을 걸었다.

"여기 있는 두 분이 엄청 술을 잘 마시는 것 같으니 보기에도 호적수요, 좀체 하기 어려운 구경이니 이 자리에 모이신 분들은 과히 수가 났수다. 이런 좋은 자리에 술고래 두 분의 술 마시는 것만 구경하기는 너무 민망하니 재미를 더하기 위해서 돈내기를 하는 것이 어떻습니까?"

"좋소, 좋아. 돈내기 좋지."

사내들이 너나없이 망고의 제의를 환영하였다.

복호의 맞은편에 앉아 있는 바늘수염사내가 껄껄 웃으며 손을 번쩍 들었다.

"그거 좋은 생각이군."

"그렇게 생각하십니까요?"

"내 일생에 술로는 적수가 없었으니 대작하는 것만도 기분 좋은 일인데 돈까지 주겠다니 얼마나 좋아. 나를 이길 수 있다면 내가 이 돈을 주지."

바늘수염사내가 품속에서 은전 열 냥을 꺼내 탁자 위에 딱 소리가 나도록 놓았다. 빨간 등불 빛에 하얀 은전이 붉은빛을 내면서 반짝거렸다.

이때 사람들 사이가 갈라지면서 점소이가 큰 쟁반을 가지고 와서 탁자에 놓았다. 금방 만든 벌건 빛이 나는 육회가 먹음직스럽게 놓여져 있었다.

복호가 한 손으로 육회를 집어 질겅질겅 씹으며 말했다.

"대작하는 것도 즐거운데 돈까지 주시겠단 말이오?"

"술을 잘 마시는 것 같네만 나를 이기는 것은 쉽지 않을 게다."

"좋소. 그대가 그리하자면 나도 물러날 사람은 아니지. 망고야, 너도 꺼내놓아."

"옛."

망고가 신이 나서 주머니에서 은전 열 냥을 꺼내 탁자에 올려놓았다. 사람들의 시선이 탁자 위에 은전 스무 냥에 집중되었다.

망고가 고개를 돌려 말했다.

"이럴 것이 아니라 우리도 합시다. 전 공자님께 열 냥 걸겠습니다. 걸고 싶은 사람은 돈을 거세요."

사람들이 한 무더기로 반대편에 은전을 수북하게 쌓아놓았다. 망고는 뜻밖에 상대편에 은전이 쌓인 것이 운수대통이라 생각하며 얼른 삼층 누각으로 뛰어가서 은전 스무 냥을 가져다가 탁자 위에 올려놓았다.

반대편에 돈을 걸어놓은 사람들의 입술이 귀에까지 걸렸다.

"자, 그럼 이럴 것이 아니라 마셔볼까?"

"좋지요."

복호와 바늘수염사내가 대접을 부딪친 후 동시에 술잔을 들이켰다. 사람들이 숨을 죽이고 있는 까닭에 벌컥벌컥 목구멍을 타고 내려가는 소리가 객잔을 울렸다.

화주 한 대접을 눈 깜짝할 새 마신 두 사람이 동시에 탁자에 대접을 놓았다.

"어, 좋다."

바늘수염사내가 감탄사를 연발하면서 탁자에 놓인 육회를 잘근잘근 씹었다.

화주 한 대접에 나자빠질 것이라던 망고의 예상이 보기 좋게 빗나가서 망고가 놀란 눈으로 복호의 맞은편에 앉은 바늘수염의 사내를 바라보았다.

이 사람이 누구인가. 연경에서 술과 주먹으로 이름 높은 두사철권(斗辭鐵拳) 강남학(姜南鶴)이라는 자였다.

이 사람이 술로는 두주불사라 연경 사람들이 아는 바이지만 외지 사람인 망고는 알지 못하는 까닭에 눈앞에 보이는 광경이 믿기지 아니하고, 망고가 강남학의 주량을 모르는 것처럼 강남학에게 돈을 건 사람들 또한 복호의 주량이 믿기지 아니하여서 두 사람을 둘러선 사람들이 멍하니 바라보는 차에 안주를 씹어 삼키던 강남학이 엄지손가락을 치켜세우며 복호에게 말했다.

"너, 참 술 잘 마신다."

"너도 잘 마신다."

복호 역시 엄지손가락을 치켜세우더니 탁자 가운데 있는 항아리를 잡아 대접에 붉은빛이 도는 화주를 따라주었다.

강남학은 상대방의 주량이 보통이 아니라 이미 보통 사람은 아닐 것이니 짐작하고 있던 터에 한 손으로 항아리를 가볍게 들어 술을 따르는 것을 보고 상대방의 힘이 그 못지않음을 알았다.

그는 통나무처럼 굵은 손으로 항아리를 받아 복호의 대접에 술을 따른 후에 빈 항아리를 바닥에 내려놓곤 굵은 팔을 탁자에 올리며 말했다.

"이봐, 술만 마시지 말고 나와 팔씨름이나 할까?"

"좋지."

복호는 오랜만에 대작하는 사람을 만나 기분이 좋은 참이라 흔쾌히 소매를 걷어 탁자에 팔을 올렸다.

강남학은 철권이라는 별호가 있을 정도로 외공을 단련한 사람이라 통나무처럼 굵은 팔에 근육이 울퉁불퉁하고 팔뚝에 검은 털이 무성한 반면에 복호는 가녀린 팔에 매끈한 근육이 붙어 있을 따름이라 누가 보기에도 상대가 되지 않을 것 같았다.

이런 좋은 기회를 망고가 놓칠 리 없었다.

"자, 자! 돈을 걸어요, 돈을 걸어!"

망고가 소리치며 복호에게 은전 스무 냥을 몽땅 걸었다. 돈

을 걸었던 사람들이 하나 남김없이 다시금 강남학에게 돈을
걸었다.

두 사람이 손을 마주 잡았다. 솥뚜껑같이 큰 손이야 당연한
일이지만 마주 잡은 작은 손에서 강한 악력이 느껴져 강남학
은 두 눈을 휘둥그레 뜨고 복호를 바라보았다.

외공을 단련했다기에는 체구는 자신에 마치지 아니하고
마주 잡은 팔뚝도 굵지 아니하니 내공을 단련했다고 봐야 옳
을 듯하였다. 그러나 내공을 단련했다기에는 약관이 갓 되어
보이는 외모라서 크게 힘을 쓸 듯 보이지 않았지만 손을 잡아
보니 오는 감이 남달랐다.

망고가 두 사람의 손을 잡고 있다가 소리쳤다.

"시작!"

말이 끝나기가 무섭게 강남학이 끄응 하며 힘을 주었다. 잡
은 손에 핏줄이 울끈불끈 튀어나오고 굵은 팔뚝에 근육이 일
어나 춤을 추었다. 그러나 상대방은 마치 땅바닥에 깊숙하게
쇠막대기를 박은 것마냥 움직임이 없었다. 되레 상대방이 바
라보는 눈빛이 아직은 여유가 있는 것 같았다. 강남학의 붉게
상기된 이마에 이슬 같은 땀이 솟아오르며 방금 먹은 화주가
증기가 되어 빠져나가는 것 같았다.

연경에서 팔 힘과 주량으로 이름 높은 강남학이 자신보다
덩치도 작은 사내에게 진다면, 이것이야말로 삼대의 치욕이
라 강남학이 젖 먹던 힘까지 짜내어 힘을 썼다.

“끄응!”

목구멍에서 뒷간 힘주는 구리한 소리가 울리며 넓적한 얼굴과 목의 정맥이 불끈 튀어 올랐다.

와지끈!

바닥을 받치던 탁자가 누르는 힘을 이기지 못하여 부서지면서 대접의 술과 항아리가 깨어지고 은전이 바닥으로 와르르 굴렀다.

“아이구, 내 돈!”

승부고 나발이고 떨어진 은전을 줍느라 안주와 술이 뒤섞인 마루에 망고와 사람들이 한데 엉키어 때 아닌 난장판이 되었다.

의자에 앉아 이 광경을 지켜보던 강남학과 복호가 목을 젖혀 크게 웃었다.

“개 떼들이 노는 곳에 있지 말고 자리를 옮깁시다.”

바늘가시수염 강남학이 자리에서 일어나 난장판이 된 자리를 떠나 남쪽 난간 가에 자리를 잡고 앉았다. 복호가 성큼성큼 다가가 그 앞에 앉으니 강남학이 솥뚜껑 같은 손을 모아 포권을 하며 말했다.

“나는 두사철권(斗辭鐵拳) 강남학이외다. 두주불사에 주먹질 잘한다고 불려진 이름이오. 주량과 힘은 난다고 자부하는 몸인데 오늘 적수를 만났소. 참 세상이 넓긴 넓은가 보오. 처음 보는 분인데 그대의 존성대명은 어떻게 되시오?”

“저는 복호라고 합니다.”

“그렇게 재주가 뛰어나신데 따로 부르는 이름이 없으시
오?”

“헤헤헤, 왜 별호가 없겠습니까요? 주경패군(酒鯨覇君)이라
는 별호가 있습죠.”

강남학이 바라보니 망고가 손에 은전을 들고 다가오고 있
었다.

“주경패군(酒鯨覇君)?”

“항아리 말술은 기본인 술고래에 초패왕 항우(項羽) 같은
괴악한 성정을 지니고 있어서 그렇게 부른답니다.”

망고가 복호를 바라보며 눈을 찡긋하였다.

“하하하하! 과연……!”

강남학이 화통하게 웃다가 손을 들어 점소이를 불렀다.

“여기 육회 세 근에 화주 세 항아리 가져오너라.”

점소이가 부리나케 아래층으로 내려가니 은전을 챙기던
구경꾼들이 슬금슬금 모여들었다.

강남학이 자리에서 벌떡 일어나 두 눈을 부릅뜨고 소리쳤
다.

“이 자식들! 어서·꺼지지 못해! 감히 나를 가지고 노름을
하려구? 팔다리를 작신 부러뜨려 줄까 보다!”

천둥 같은 소리와 험악한 강남학의 얼굴에 놀란 구경꾼들
이 도망치듯 이층 누각을 내려가 버렸다.

강남학이 복호의 옆에 쭈그리고 서 있는 망고를 보곤 물었다.

"너는 왜 가지 않고 있느냐? 다리가 부러지고 싶으냐?"

망고가 강남학의 무서운 외모에 겁이 나지만 힐끔힐끔 눈치를 살피며 말했다.

"전 공자님과 일행입니다요."

강남학이 복호를 바라보았다.

"정말입니까?"

"하하하, 신경 쓰지 마시고 하고 싶은 대로 하세요."

"그럴까요?"

강남학의 솥뚜껑 같은 손이 망고에게 뻗어가자 망고가 뒷걸음질치며 줄행랑을 놓았다.

"공자님, 그러는 거 아니에요!"

살 맞은 뱀처럼 부리나케 삼층 누각으로 달아나는 망고를 보며 강남학과 복호가 큰 소리로 목을 젖혀 웃었다.

복호가 오랜만에 주량이 맞고 마음에 맞는 사람을 만나 호젓한 가운데에 이야기를 나누며 화주를 다섯 항아리 남짓 비우고 나니 알딸딸하게 취기가 돌았다.

이때가 벌써 삼경이 넘어 인적도 없는 한밤중이라 두주불사를 자랑하던 강남학도 네 항아리째에 곯아떨어져서 탁자에 머리를 박고 천둥 같은 코를 골면서 잠이 들었다.

복호가 쓰러진 강남학을 마주한 채 마냥 술을 마시기도 무료하여 자리에서 일어나니 눈앞이 핑 돌았다.

"어, 취한다!"

복호가 허리띠를 끌어서 참았던 오줌을 객잔의 마룻바닥에 아무렇게나 내갈기며 비틀거리는 갈지자걸음으로 계단까지 와서 허리띠를 묶어 올렸다. 이 짓은 복호가 백두산에서 술에 취하면 곧잘 하던 행동이었다.

"으흐흐흐흐흐."

바닥에 쏟아놓은 오줌 줄기를 한동안 실실거리며 웃는 낯으로 바라보던 복호는 계단의 난간을 잡고 비틀거리며 삼층 객실의 방 안으로 들어가 침상에 엎어지듯 쓰러져 달디달게 잠이 들었다.

다음날, 복호가 눈앞이 환하여 실눈을 뜨고 바라보니 동그란 창문의 창호지로 환한 빛이 쏟아져 들어오고 있었다.

달디달게 든 잠이 깨진 터라 입맛을 다시며 몸을 돌리는 순간 복호는 눈앞에 웬 여자 하나가 눈을 감은 채 죽은 듯이 누워 있는 것을 발견하였다.

"헉!"

깜짝 놀란 복호가 힐긋 자신의 몸을 바라보니 발가벗은 몸에 실오라기 하나 걸치지 않고 있다.

이것이 어떻게 된 일인가?

뜬금없는 여자가 침대에 누워 있으니 기가 막힐 노릇이다. 머릿속에 떠오르는 기억이라고는 객점 마루에 갈지자형으로 오줌을 갈겨놓았던 일뿐이다.

복호가 살금살금 침상 아래로 내려오며 침대에 누워 있는 여인의 얼굴을 바라보니 생전 처음 보는 여인이다. 발그스름한 복숭아 같은 뺨과 하얀 박 같은 이마에 빨갛고 도톰한 입술, 칼날같이 오뚝한 코와 살포시 감은 눈에 길다란 눈썹이 길게 말려 올라가 천상 사람이 아니라 선녀 같은 여자였다.

설란이 백합이라면 불상은 연꽃이요, 이 여자는 한여름 붉은 장미 같다고나 할까?

여인의 얼굴을 멍하니 바라보다가 침대 밑바닥에 벗어놓은 고의를 입고 여기저기 떨어져 있는 옷가지를 주섬주섬 챙기다 보니 방 가운데 있는 탁자 옆에서 무언가가 꿈틀거리며 알아들을 수 없는 말로 끙끙 소리를 지르고 있었다.

복호가 적삼을 입으며 고개를 들어보니 웃통을 벗은 사내 두 사람이 입에 재갈을 물고 손발이 뒤로 꽁꽁 묶인 채 애벌레처럼 몸을 틀며 끙끙거리고 있었다.

방 안 벽에는 갈고리처럼 생긴 무기 하나가 박혀져 있는데 또 하나는 방 안 기둥에 박혀 은광을 번뜩이고 있었다. 의자와 방 안의 기물이 어지럽게 부서진 것으로 보아 어젯밤에 무슨 일이 분명히 있었던 것 같은데 아무리 생각해 보아도 기억이 나지 않았다.

"도대체 어떻게 된 일이지?"

붉게 충혈된 눈으로 몸부림을 치며 노려보는 사내들을 본체만체 머리를 긁적이며 옷을 챙겨 입는데 뒤편에서 부스럭거리는 소리가 들려와 고개를 돌렸다.

아침 이슬을 맞은 장미가 꽃잎을 펼치는 것마냥 매혹스럽게 아름다운 여인이 기지개를 켜며 일어나다가 비단 이부자리로 수줍게 몸을 가리며 교태로운 목소리로 입을 열었다.

"대협님, 안녕히 주무셨나요?"

복호가 멍하게 자신을 손가락으로 가리키며 되물었다.

"어, 엉. 그, 그런데 나를 알아?"

"호호호, 알다 뿐이에요? 어젯밤에 저를 구해주셨잖아요."

"내가?"

"예. 술이 많이 취해서 기억을 못하시나 보네요."

여인이 몸을 가린 비단 이부자리를 놓으며 작고 가는 손으로 침대 위에 있는 흰 가슴가리개를 잡아 가슴에 묶었다. 풍만한 가슴과 잘록하고 아름다운 나신이 아침 햇살에 비쳐 눈이 부실 정도였다.

철들고 여인의 벗은 모습을 본 적 없는 복호가 잠깐 동안 미인의 벗은 모습에 정신을 잃고 침을 꿀꺽 삼키며 바라보고 있으니 여인이 교태로운 미소를 지으며 복호를 보고 웃었다.

"제 이름은 진수화(陳數華)라고 합니다. 대협의 존성대명은 어떻게 되시는지요?"

진수화가 벗어놓은 치마와 상의를 차례로 입으며 말을 걸었다.

"그런데 어젯밤 무슨 일이 일어난 거요?"

"기억이 나시지 않으신가 보군요."

"기억이 없으니 물어보는 게지."

"호호호호."

여인이 간드러지게 웃더니 침대에서 내려와 잔걸음으로 다가와 탁자에 놓인 잔에 물을 따라주곤 복호의 옆에 앉았다. 그녀는 바닥에 끙끙거리며 묶여 있는 두 사람을 내려보다가 콧방귀를 뀌며 말했다.

"전 북경제일기루인 영취루(靈鷲樓)의 기녀 진수화(陳數華)랍니다. 저치들은 산서 일대에서 악명이 높은 산서이괴(山西二魁) 형제인데, 어젯밤에 영취루에서 저를 납치하여 외성 바깥으로 끌고 와서는 욕을 보이려고 하였지 뭡니까? 저놈들이 이 방을 잡아 침대 위에 올려놓고는 저를 겁간하려 하기에 비명을 질렀더니, 마침 그때 대협께서 비틀거리며 문을 열고 들어오시는 것이 아니겠습니까?"

"그래서?"

"이 자식들, 한 여자를 놓고 두 남자가 무엇 하는 짓이냐 하곤 대협께서 손가락질을 하며 호통을 치셨지요. 저를 침대에 눕혀놓고 못된 일을 벌이려던 산서이괴가 화가 나서 대협을 죽이겠노라고 무기를 꼬나 잡고 달려들었는데 대협께서는 한 주먹, 한 발길질로 두 인간을 쓰러뜨리고는 이렇게 꽁꽁 묶어 놓으셨지요.”

복호가 침을 꿀꺽 삼키며 물었다.

“그, 그 다음에는?”

“호호호, 한바탕 활극이 끝이 나자 대협께서 덥다고 하시며 입고 있던 옷을 훌훌 벗고는 제가 누워 있는 침대로 호랑이처럼 뛰어드셨지요. 호호호.”

진수화는 밀랍같이 희고 가는 손으로 입술을 가리며 웃었다. 어젯밤 이 아름다운 기녀와 무슨 일이 있었는지는 그녀만이 알 일인데, 생각해 보니 이 기녀가 자신의 벗은 몸을 샅샅이 보았을 것이라 생각하니 공연히 무안한 마음이 들어서 얼굴이 화끈거렸다.

복호는 진수화가 따라준 냉수를 벌컥벌컥 들이켰다.

“지금쯤 저희 주루에서 한바탕 난리가 났을 것이니 저는 이만 성안으로 들어가 보겠습니다. 무뢰배에게 저를 구해주셨으니 반드시 보답을 하고 싶어요. 연경에 들어오시면 꼭 영취루를 찾아주세요.”

진수화가 싱긋 웃으며 가볍게 고개를 숙여 인사하곤 문을 열고 바깥으로 나가는데 코끝에 스쳐 가는 꽃향기가 은은하게 남아 이것이 꿈인지 생시인지 분간을 할 수 없을 정도였다.

한동안 멍하게 의자에 앉아 있다가 끙끙거리는 소리가 성가시게 들려서 가만히 바닥을 내려다보니 두 사내가 몸을 뒤틀다가 애벌레처럼 기기도 하고 몸을 굴려 공처럼 뒹굴다가 방벽에 부딪치며 수선을 부리고 있었다.

복호가 몸을 일으켜 두 사내의 뒷덜미를 잡아 탁자 앞에 끌어다 놓곤 입에 묶어놓은 재갈을 풀었다.

한 사내는 얼굴이 만두처럼 둥글둥글한데 검은 채수염이 보기 좋게 났고, 또 한 사내는 광대뼈가 볼록 튀어나오고 볼살이 옴폭 들어가도록 말랐는데 턱에 제비꼬리수염이 있는 듯 없는 듯 볼품없이 몇 가닥 났다.

만두처럼 통통한 얼굴의 사내의 왼뺨에 붉은 손바닥 자국이 보기 좋게 나 있고, 제비꼬리수염사내는 마른기침을 하며 면상을 찡그렸는데 두 사내가 복호를 바라보는 모양이 가히 불량하였다.

복호가 너털웃음을 지으며 말했다.

"이 자식들아, 이 세상의 반이 계집이라더라. 어디 할 짓이 없어서 두 사내가 한 여자를 납치해 겁간하려 한 게냐? 너희가 죽지 않은 것이 운이 대단히 좋은 것이다."

제비꼬리수염사내가 독살스런 눈으로 소리쳤다.

"빌어먹을 놈! 다 된 밥에 코 떨어뜨려 놓고 훈계냐?"

"뭐라구?"

"진수화, 그 계집을 한 번 잡아먹으려고 우리가 얼마나 오랜 시간 공을 들였는지 아느냐?"

복호가 놀란 두 눈을 휘둥그레 떴다.

"이제 보니 너희가 인육을 먹는 무뢰한들이었구나!"

"저 자식이! 지금 우리와 농담 따먹기 하자는 거냐?"

"금방 너희들이 계집을 잡아먹는다고 하지 않았느냐!"

우이독경(牛耳讀經)이요, 동문서답(東問西答)이라. 그렇지 않아도 화가 머리끝까지 올라 있던 산서이괴는 얼굴에 열이 올라 시뻘겋게 변하였다.

"이 자식이, 귀가 똥구멍으로 뚫렸나?"

"저놈이 죽고 싶어 몸살이 났나? 어서 밧줄 풀지 못해? 어제는 경황이 없어서 그냥 당했다만 결박이 풀리는 날에는 국물도 없다!"

"국물뿐이야? 말귀도 알아듣지 못하는 저놈의 대가리를 산산이 부숴 버릴 테다!"

두 사내가 지껄이는 입담이 험악하여져서는 복호도 화가 벌컥 치솟았다.

"뭐라고? 이 자식들이 뚫린 주둥이라고 마구 지껄이는구나!"

복호가 의자에서 일어나지도 않고 그 자리에서 두 손을 뻗어 산서이괴의 머리채를 한 손에 하나씩 붙잡아 이마받이를 시켰다.

쿵! 쿵!

이마와 이마가 부딪쳐 쿵쿵 소리가 맛깔스레 났다.

"이 자식들, 감히 뉘 대가리를 부순다고?"

몇 차례의 이마받이에 두 사내가 죽는소리를 질렀다.

"고수님을 몰라뵙고 죽을죄를 지었습니다."

"그저 목숨만 살려줍시오."

두 손과 발이 묶여 있으니 산서이괴가 아니라 저승사자, 야차 할애비가 와도 복호가 하는 대로 움직일 수밖에 없었다. 이마가 부딪칠 때마다 눈이 번쩍하고 불이 나는 까닭에 산서이괴가 비명을 지르며 구명하였다.

"살려줍시오!"

"보는 눈이 없어서 사람을 몰라봤습니다요. 그저 살려만 줍시오."

"계집이나 훔치러 다니는 너희 같은 졸장부를 누가 죽인다더냐? 주먹만한 혹이 온 이마를 뒤덮을 만큼 이마받이를 시킬 테다."

다시금 두 손을 뒤흔들며 이마받이를 시키니 산서이괴가 죽는소리를 지르며 울부짖었다.

"용서해 주십시오!"

"죽을 때가 돼서 눈에 뵈는 게 없었나 봅니다. 그저 용서해 줍시오."

복호가 이마받이시키던 손을 놓고 바라보니 두 사내의 머리가 울퉁불퉁하고 시퍼런 멍이 들었는데 눈가에 눈물이 찔끔거리며 흘러 까만 피부에 한 줄 금이 났다.

"네놈들, 이름이 뭐야?"

두 사람이 일시에 고분고분해져서 복호의 물음에 잘도 대답을 하였다. 두 사내 중에 얼굴이 북어처럼 바싹 마른 사내는 산서이괴의 맏형인 구달천(求達川)이요, 얼굴이 만두처럼 통통한 자는 둘째인 구달봉(求達峯)이라 하였다.

두 사람은 산서 태원(太原) 사람으로 똥구멍이 찢어지도록 집안이 가난한 탓에 부모님이 어릴 적 오대산(五臺山)의 현통사(玄通寺)로 출가를 시켰는데, 그곳에서 살면서 무공을 배우다가 스무 살 무렵에 주루에서 여자 맛을 한 번 보고는 마음이 바뀌어서 그 길로 하산하여 산서이괴로 자처하며 강호를 누비고 다녔다 하였다.

색(色)을 밝히기로는 몸 좋은 달봉이보다 장작처럼 바싹 마른 달천이가 더하였는데, 맏형인 달천이 어느 날 연경의 기녀가 천하절색이라는 소릴 듣고 살금살금 부추겨서 연경으로 왔으며, 연경의 수많은 기루 중에서 영취루와 광한루가 제일인데 그중 영취루의 진수화가 하북에서 으뜸가는 천하일색의 기녀라는 말을 귀가 아프도록 들었다.

구달천이 그 길로 영취루로 가보니 진수화를 만나는 일이 하늘에 별을 따는 것보다 어려운 일이었다. 장사꾼도 웬만한 장사치들은 상대도 하지 않고, 벼슬아치도 하찮은 자들은 거들떠보지도 않는다는 말에 상종이 두 인간이 그날로 작당을 하고 깊은 밤 영취루로 숨어들어 가 진수화를 납치하였다는 것이다.

두 사람이 꿈에라도 만나 보길 소원하는 진수화를 납치하여 천신만고 끝에 외성을 넘어 호젓한 침실에서 진수화를 벗겨놓고 꿀 같은 시간을 보내려 할 때에 갑자기 복호가 나타나서 다 잡은 고기를 훨훨 날려 보내었다고 구달천이 주저리주저리 이야기를 하곤 아쉬운 듯 쓰디쓴 입맛을 쩝쩝 다셨다.

달천의 이야기가 끝나자마자 구달봉이 고개를 들어 불쌍한 얼굴로 말했다.

"다 잡은 고기를 힘도 들이지 않고 날로 가져가셨으니, 이래서 남녀의 인연은 따로 있다는 옛말이 그르지 않나 봅니다요."

구달천의 입심도 망고 못지않아서 복호가 산서이괴의 지난 이야기를 듣다 보니 진수화의 이야기에서는 미안한 마음이 들기까지 할 정도였다.

"어찌 되었든 너희들은 운이 좋았다. 내가 어제 취하지 않았다면 너희들은 이렇게 되었을 것이다."

복호가 자리에서 일어나 갈고리 같은 무기 두 개를 가져와서는 두 손에 힘을 주어 어렵지 않게 구부려 놓았다.

강철로 만든 무기가 엿가락처럼 늘어져 버리자 서산이괴의 두 눈이 놀란 토끼마냥 휘둥그레졌다.

강철 무기 두 개를 엿가락처럼 휘게 하는 신력은 내공과 외공의 경지가 높은 자가 아니면 가질 수 없는 것이었다. 덩치가 산더미처럼 크지 않으니 외공을 단련한 것은 아닐 것이니,

그렇다면 내공의 경지가 높다는 의미가 되는 것이다.

복호가 보여준 한차례의 힘 자랑은 서산이괴의 남아 있던 반항심을 남김없이 꺾어버렸다.

두 사람이 어릴 적부터 오대산 현통사에서 배운 무공이 연원이 없는 것이 아니고, 무림에 산서이괴라는 이름을 날린 데에는 그만한 곡절이 있는 까닭에 무공을 보는 눈은 있던 터이다. 마음속에 불타오르던 복수심이 약간은 누그러져서 구달천이 부드럽게 물었다.

"아직 나이가 그리 많지 않으신데 무공이 참 대단하십니다. 실례지만 대협의 존성대명이 어떻게 되십니까?"

"나? 난……."

복호의 기억에 어제저녁 망고가 했던 말이 흐릿하게 생각났다.

"난 주먹패 복호라 한다."

"주먹패라면?"

"나도 몰라. 하여튼 그런 줄 알아라. 주먹이 세니까 주먹패라 하겠지, 뭐."

복호는 주먹을 들고 두 사람이 알아들을 수 없는 고려 말을 하면서 얼버무리다가 들고 있던 강철 갈고리를 바닥으로 내던지고는 자리에서 일어났다.

"난 고만 갈 테니 너희들도 잘 가거라."

"예? 풀어주시지 않을 겁니까?"

"귀찮다. 네놈들 일은 너희들이 알아서 하거라."

복호가 인정없이 문을 나서자 안에서 살려달라는 곡소리가 우렁차게 났다. 복호가 씽긋 웃으면서 걷다 보니 자신이 나온 곳은 삼층 객실의 끝 방이라 자신의 방과는 거리가 있었다.

여자의 비명 소리를 듣고 달려왔다니, 그리고 그 아름다운 여자가 연경에서 알아주는 천하일색의 기녀라니. 자신도 믿기지가 않아서 복호는 머리를 설레설레 저었다.

"진수화? 영취루로 놀러 오라구? 가면 뭘 할 건데?"

진수화의 아름다운 나신을 생각하니 얼굴이 달아오르고 난데없이 아랫도리에 힘이 불끈 올랐다.

걷던 걸음을 멈추고 난간에 손을 짚고 섰다. 풍성한 옷이 아니라면 난감한 일이었기에 숨을 길게 내쉬며 양기를 잠재웠으나 진수화의 아름다운 얼굴이 자꾸만 떠올랐다.

"내가 그 기녀랑 무슨 일을 했지? 잠만 잤나, 아니면 다른 일을 했나?"

머리를 갸웃거리며 생각나지도 않는 기억을 되돌리려 애를 쓰고 있으려니 복호의 방문을 열고 나오던 망고가 놀란 눈으로 후닥닥 달려와 복호의 소매를 붙잡았다.

"공자님, 어딜 다녀오셨습니까?"

마치 급한 일이 일어난 것처럼 묻는 말에 복호가 되물었다.

"왜? 무슨 일이 있었어?"

"있었다 뿐입니까? 이른 아침에 어제 공자님과 술을 마셨

던 두사철권인지 세사철권인지 가시수염이 무성한 강 아무개
란 자가 해장술 한답시고 찾아왔다가 헛다리를 짚고 돌아갔
습니다요."
"그래?"
"어딜 다녀오시는 겁니까요?"
"일이 있어서 잠시 바람 쐬고 왔다."
"저런, 공자님이 오늘 좋은 구경을 놓치셨습니다요."
"좋은 구경?"
망고가 귓속말을 하듯 복호에게 찰싹 붙어 속살거렸다.
"오늘 아침에 하북제일기녀라는 진수화가 객점에서 나갔
다지 뭡니까? 화용월태(花容月態), 폐월수화(閉月羞花)의 아리
따운 미모에 사내 양근을 오뉴월 엿가락처럼 흐늘흐늘 녹이
는 무지막지한 방중술을 가진 하북제일의 기녀 진수화가 미
쳤다고 이런 외성의 허름한 객점에 왔겠냐고 점소이에게 핀
잔을 주었더니, 그놈이 연전에 영취루의 점소이를 하던 놈이
라며 제 말이 틀림없다고 되레 큰소리를 치지 뭡니까? 그놈
말이 사실이라면 정말로 안타까운 일이지요. 진수화 보는 것
이 하늘의 별 따는 것보다 어렵다는데 조금 일찍 나왔다면 하
북제일의 미녀가 어떻게 생겼는지 좋은 구경했을 것이 아닙
니까? 아, 그런 아리따운 미녀를 눈앞에서 놓쳤다고 생각하니
똥 누고 뒤 못 닦은 마냥 내내 찜찜하고 아쉽습니다요."
망고가 만상을 찡그리며 아쉽다고 혀를 찼다.

복호는 진수화와 한 침대에서 밤을 보내었고, 더구나 그녀의 벗은 몸까지 본 터라 망고가 촐싹거리며 아쉽다고 안타까워하는 것이 도리어 불쌍하게 보였다.

복호는 이층 난간 끝에 설란과 불상이 차를 마시고 있는 것을 발견하곤 계단을 따라 내려가며 내뱉듯이 말했다.

"그까짓 기녀가 아무리 아름답기로 그리 아쉬울 것은 무어야?"

"에구, 계집 맛도 못 보신 분이 성인처럼 말씀하시네요."

"뭐야?"

망고가 찔끔 주둥이를 닫았다.

"이 자식아, 내가 계집 맛을 보았는지 못 보았는지 네가 어떻게 알아?"

망고의 두 눈이 휘둥그레져서 빤히 복호를 바라보았다.

"이슬비에 옷 젖고, 방귀가 잦으면 똥을 싼다더니 어젯밤 죽자고 술을 푸시더니 취기에 끓는 젊음을 못 참고 저 몰래 기루에 가서 계집질하고 오신 겁니까? 그럴 거라면 저도 데려가시지. 산돼지 같은 강남학인지 강낭콩인지와 함께 가신 거죠?"

"시끄럽다!"

호통을 치면서 계단을 내려가니 이층 객점의 마룻바닥이 번들번들하였다. 아직도 물기가 마르지 않아 미끄러운 바닥을 밟으며 걸어가니 망고가 바닥에 침을 뱉으며 주둥이를 놀렸다.

"어젯밤에 어떤 불학무식한 놈이 객점을 빙 돌아가며 오줌을 갈겼지 뭡니까? 술 먹고 싼 오줌이라 지리고 구리기가 말로 하기 힘들 지경인데 양은 어찌나 많은지 온 주루가 구리구리한 오줌 냄새로 범벅이 되었지 뭡니까? 아침부터 점소이들이 빌어먹을 인간입네, 양물이 썩어 문드러질 자식입네 하며 물을 퍼붓고 걸레질을 하던데, 그 배짱 좋은 인간이 어떤 놈인지는 몰라도 주둥이 험악한 점소이들에게 갖은 욕을 먹었으니 배는 고프지 않을 것이요, 장수할 것도 따놓은 당상입지요."

어젯밤에 오줌을 싼 것이 자신임을 잘 아는 복호는 망고의 말을 모른 체하며 성큼성큼 걸어가서 불상과 설란의 옆 탁자에 앉았다.

불상과 설란이 복호를 보고 일어나서 가볍게 읍을 하였다. 복호는 씽긋 웃음으로 인사를 대신하였지만 언제 보아도 두 미인이 부담스럽기는 마찬가지라 살짝 고개를 돌려 이층 난간 밖으로 펼쳐진 경치를 바라보았다.

수없는 집과 건물이 빽빽하게 펼쳐져서 가을 좋은 볕을 쬐고 있는데 길거리에 수많은 사람들이 개미 떼처럼 바삐 움직이고 있었다.

연경은 과거 연(燕)나라의 수도였기에 연경으로 불리어지나 전대에 천하를 지배하던 원(元)의 대도(大都)이기에 문물의 흥성함은 내성과 외성을 떠나 외성 바깥만 하더라도 그 규모의 장대함을 말할 것이 아니었다. 더욱이 명나라를 건국한 홍태조의 넷째 아들인 연왕(燕王)이 이곳에 봉지를 받아 몸을 움츠리고 있다가 일시에 몸을 일으켜 황제가 되어 남경으로 간 후에는 따로 북경이라는 명칭을 받았으나 여전히 사람들은 옛날부터 불리어지는 연경이라는 지명을 거리낌없이 부르는 실정이었다.

객점 바깥의 경치를 관망하고 있으려니 망고가 탁자 맞은편에 슬그머니 앉아 입을 열었다.

"공자님, 식사는 하셨습니까?"

"아니."

"육회라도 시킬깝쇼?"

"술 먹을 것도 아닌데 육회는 무슨……. 고만 되었다."

"이상도 하셔라. 어젯밤 몇 항아리나 되는 화주를 드시고도 몸이 말짱하신 것을 보면 공자님은 사람이 아닌가 봅니다."

"이 자식아, 내가 사람이 아니면 귀신이라도 된다더냐?"

"그 말씀이 아니라 인간이라면 어제 그렇게 마시고도 이렇게 멀쩡하실 수 없다는 거지요. 비결이 뭡니까요?"

"비결이라……."

복호가 씽긋 웃으며 입을 열었다.

"나도 처음부터 술이 센 것은 아니었다. 내가 어떻게 술이 세졌는지 네게 가르쳐 줄까?"

“가르쳐 주시면 좋지요.”

“내가 할아버지와 대작을 한 것이 열다섯 살 무렵이다. 그전에도 할아버지와 술을 마신 적이 있었는데, 그땐 술이 너무 써서 작은 잔으로 한 잔도 마시지 못하였지. 당연히 대접으로 마시는 것은 꿈도 꾸지 못하였다.”

“그런데요?”

“전에 내가 눈을 단련하는 법을 말한 적이 있었지?”

“예.”

“그 당시부터 나는 할아버지와 기이한 수련을 하였지. 어떤 수련이냐 하면, 양지바르고 푹신푹신한 좋은 땅을 파고 들어가 머리만 내밀고 있는 수련이었지.”

“그거 기이하군요.”

“너와 함께 백두산을 떠나오기 얼마 전에 말씀을 들었는데, 할아버지는 그것을 신태공이라 하시더라.”

“신태공이라?”

망고의 두 눈이 토끼눈처럼 동그랗게 되었다.

“신태공은 땅과 내가 하나가 되어 온몸으로 땅의 기운을 받아들이고, 오직 머리끝 정수리에서 하늘의 기운을 받아 온몸으로 전신의 기운을 돌리는 법이다.”

“오!”

복호가 손가락으로 머리부터 발끝까지 가리키며 말을 이었다.

"하늘의 좋은 기운을 정수리에서 받아들여 전신에 돌리다가 온몸의 탁한 기운을 땅으로 돌려보내고 다시금 땅의 진기를 받아들여 온몸에 쌓아두는 법이다. 이 법이 하루 이틀에 되는 것이 아니라서 한 달에 보름 동안은 땅에서 살았는데, 일 년 동안 하게 되자 온몸에 기운이 고르게 퍼지고 몸을 마음대로 운신할 수 있었고, 삼 년을 하게 되자 몸이 깃털처럼 가벼워져서 가파른 나무나 절벽도 힘들이지 않게 뛰어다닐 수 있었지. 오 년 정도 지나자 생나무를 뿌리째 뽑을 수 있는 힘이 생겨서 맨손으로 맹수를 어렵지 않게 잡을 수도 있었는데, 그때부터는 술을 아무리 마셔도 취하지가 않더라. 내가 할아버지와 대작을 한 것은 그때부터인데 이상한 것은 그때부터 먹어도 배가 부르지 않고 먹지 않아도 배가 고프지 않더라. 깊은 수림을 걸어다니다가 독사에게 물려도 간지럽기만 할 뿐이고, 독이 있는 식물을 먹어도 아무런 이상이 없을뿐더러 독한 화주를 마셔도 오줌 한 번 누고 나면 말짱하더라."

망고가 손가락 다섯 개를 활짝 펴며 말했다.

"오, 오 년 동안만 땅에 몸을 묻고 있으면 공자님처럼 된단 말이지요?"

"하하하, 너도 나처럼 되고 싶으면 해보거라. 내가 도와줄 테니 말이다."

망고가 그리하고 싶은 마음이 들다가도 싱글거리며 웃고 있는 복호의 얼굴을 보니 그럴 마음이 일시에 사라졌다.

한 달에 보름 동안 오 년 동안 송장처럼 땅에 묻혀 살아야 하는 일이니 화적질을 그만두고 중원으로 돌아와서 반평생 남은 동안 하고 싶은 짓도 많은 망고에게는 첫째로 불가능한 일이요, 설사 그것이 가능하다 하더라도 정말로 복호처럼 신력을 얻을 수 있을지 믿어지지 않는 것이 그 둘째 이유요, 복호가 자신을 골려주려 꾀를 쓰는 것이 아닌가 의심하는 것이 셋째 이유였다.

망고가 복호의 이야기를 곧이 듣지만 또한 믿지 않는 이유가 있었다.

어젯밤 망고가 강남학에게 쫓겨나 자신의 방에 들어앉았다가 복호의 안력 키우는 법을 떠올리곤 서책을 하나 구하여 촛불 빛에 잘 보이지도 않는 글자의 수를 헤아렸다.

화적 생활로 칼은 좀 다루는 망고라 복호의 기이한 무공을 조금이나마 따라가려고 마음을 굳게 다졌던 터라 복호가 말한 대로 서책을 펼치며 열심히 숫자를 헤아렸으나 숫자를 세기는커녕 눈만 침침해질 뿐이라 별안간 화가 솟구쳐서 서책을 바닥에 패대기치고 차라리 공부를 하는 것이 빠르겠다고 죄 없는 서책을 향해 쌍욕을 퍼부었다.

복호가 망고에게 말한 수련법이 공력을 들이고 인내로 꾸준히 행한다면 반드시 효력이 있을 것이나 망고가 나이가 있고 급한 성격에 포기가 빠르다 보니 이러한 수련법을 믿는 마음이 차차 없어져서 옛날 이야기 듣듯이 한 귀로 듣곤 한 귀로 쉬이 흘려보내는 것이었다.

망고가 탁자에 턱을 괴고 앉았다가 고개를 들어 복호에게 말했다.

"공자님, 이럴 것이 아니라 저와 함께 연경에나 들어가 볼까요?"

"연경에?"

"예."

"음, 가야지. 고려 상인을 만나러 가야지."

망고가 혀를 차며 가슴을 쳤다.

"참 답답하시네. 여기까지 왔으니 고려 상인을 만나는 거야 뭐가 어렵겠습니까요? 연경의 번화한 문물 구경도 하고, 아름다운 계집 구경도 하면서 느긋하게 시간을 보내는 것이 좀 좋습니까?"

"난 지금이라도 당장 천진으로 내려가고 싶은데?"

망고가 창창한 하늘을 가리키며 말했다.

"공자님, 새털같이 많은 날이 남았는데 뭐가 그리 급하십니까? 하루 이틀 늦어진다고 세상 무너지지 않으니 저와 함께 구경이나 가십시다요. 간 김에 연경 구경도 하고 진수화라는 기녀도 한번 보고 말입지요."

망고가 배시시 웃으며 파리처럼 손을 비볐다.

"너, 오늘 아침에 여길 나갔다는 기녀 때문에 이러는 거냐?"

"공자님도……. 이왕이면 다홍치마라고, 산골에서 세상 구경하러 나왔으니 응당 세상 구경을 하셔야 할 것 아닙니까? 세상 구경이라는 것이 산수 좋은 경치 구경만 하는 것이 아니라 수천 년 사적이 남아 있는 성도도 들러 보고, 이름있는 주루에서 예쁜 계집을 끼고 앉아 좋은 술에 즐거운 밤을 보내는 것도 남아의 풍류가 아니겠습니까? 세상 구경에 제일이 풍류 놀음인데 그걸 놓치고서야 구경하는 것이 아닙지요."

"이 자식아, 주둥이 좀 닫아라. 그 주둥이는 어찌 한시도 쉬지를 않느냐?"

"어허, 모르시는 말씀이십니다요. 제가 아니면 공자님이 세상 구경의 진수를 맛보실 수 있겠습니까? 보덕 스님이 부득부득 저를 동행시킨 것이 이치가 있는 것입죠."

"잔말 마라. 고려 상인들이나 찾으러 갈 테니 일어서자."

"옙."

망고가 일어나서 설란과 불상에게 몇 마디를 하곤 뽀르르 달려왔다.

"헤헤헤, 연경에 볼일이 있어 다녀오겠다고 하였습니다요."

두 사람은 그 길로 객점을 나가 사람들이 바글거리는 대로를 따라 연경으로 들어갔다.

고기 떼처럼 사람들이 들락거리는 만장 같은 성문 안으로 들어가니 길게 뻗은 넓디넓은 대로와 대로 옆에 다닥다닥 조개더미마냥 붙어 있어 그 수를 헤아릴 수 없이 많은 건물이 외성 바깥과는 또 다른 세상이었다.

수없는 마차들이 오가는 대로에는 닳고닳은 마차 바퀴 자국이 뚜렷하게 두 줄로 남아 있고, 그 옆으로 먼지가 일어나도록 많은 사람들이 오가고 있었다.

망고를 따라 길을 가다 보니 길가에 즐비한 것이 사람이다. 여길 봐도 사람, 저길 봐도 사람. 화려한 전각과 건물의 경관보다 사람을 구경하는 것이 더 재미있었다.

인파 가운데에는 노란 머리에 파란 눈을 가진 코가 큰 인간도 발견할 수 있었고, 두 눈만 빼꼼하게 내놓고 온몸을 가린 자들이 등에 큰 혹이 달린 짐승을 끌고 가는 것도 보았으며, 머리가 벗겨진 야인들이 수십 마리의 말을 끌고 대로를 위세 좋게 지나가는 것도 볼 수 있었다.

어디가 어딘지도 모르는 연경의 대로 가를 망고는 바람처럼 앞서 가고 복호는 그 뒤를 구름처럼 따라갔다.

"망고야, 고려방이 있는 곳으로 가는 게냐?"

"예, 따라만 오세요."

망고는 손가락을 까닥거리며 걸음을 멈추지 않았다. 그러나 그의 발걸음이 가는 곳은 고려방이 있는 곳과는 반대 방향임을 복호는 알지 못하였다.

고려 상인들이 머무는 곳은 전문대가(前門大街)의 약종상(藥種商)이 있는 골목에 위치하고 있는데, 이곳은 옛날 원나라의 고려방이 있던 곳이다. 고려는 인삼이 주된 물품이라 자연스럽게 약종상과 가까운 곳에 고려인의 거처가 만들어진 것이다.

그러나 망고가 가고 있는 곳은 서문대가(西門大街)이니, 이 곳은 유흥업이 발달된 곳이다.

복호는 연경이 태어나 처음이라 보이는 것이 모두 새롭고 낯설어서 무엇이 무엇인지도 모를 지경이라, 말하자면 지각만 있다 뿐이지 등신이나 마찬가지였다.

복호는 망고가 가는 곳에 고려방이 있으리라 생각하고 따라갈 따름이고, 망고는 고려방에 간다는 핑계로 아침에 보지 못하였던 절세기녀 진수화를 보러 갈 욕심이었다.

한참을 가다 보니 대로 옆에 사람들이 둘러서 있는데 그 가운데에서 사람과 짐승들이 한데 모여 재주 자랑이 한창이다.

멀쩡한 개와 곰이 사람보다 더 낫게 재주를 넘고, 원숭이가 사람처럼 행동하는 것을 보고 복호도 신기하여 걸음을 멈추어 구경을 하는데 망고가 소매를 잡고 이끌었다.

"공자님, 저기 더 좋은 구경거리가 있습니다요."

복호가 망고를 따라가니 이번에는 더 좋은 구경거리가 있었다. 덩치 좋은 사내가 불길이 이글거리는 납물을 입에 넣고 삼키더니 잠시 후에 검은 철환 하나를 입에서 꺼내어 자랑하였다.

구경하던 사람들이 박수를 치자 복호도 따라서 박수를 쳤다.

그러자 이번에는 사내가 불붙인 천 조각을 꺼내 장내를 빙그르르 돌다가 갑자기 입 안에 삼켰다가 다시 뱉어내는데 불이 꺼지지 않고 연기가 피어났다. 사내가 붉은 혀를 날름거리며 괜찮다는 듯이 행동해 보이더니, 이번에는 바가지에 든 물 같은 것을 입에 삼키더니 동그랗게 말은 천 조각에 입을 대고 뿌리니 기세 좋은 화염이 보기 좋게 일어났다.

"와아아아아!"

사람들이 또 한 번 박수를 치면서 동전을 바닥에 내던졌다. 복호는 가진 돈이 없어서 옆에 있던 망고를 쿡 찌르려 하는데 멀쩡하게 옆에 있던 망고가 감쪽같이 사라져 보이지 않았다.

"이 자식이 어디 간 거야?"

생전 처음 와보는 이 넓은 연경에서 길잡이 망고를 잃어버리면 이보다 큰 낭패가 어디인가. 낭패라고 생각하며 복호가 주위를 두리번거리며 살펴보니 망고가 대로변 골목길 어귀에서 무언가를 하고 있었다.

복호가 요술 구경을 그만 하고 망고에게로 다가갔다. 망고는 복호가 옆에 다가왔는데도 무엇에 빠져서인지 정신이 없었다. 복호가 바라보니 한 남자가 탁자 위에 작은 잔 세 개를 열심히 좌우로 옮기고 있었다. 작은 술잔을 옮기는 사내의 손놀림이 무척이나 빨랐다.

잠시 후 사내가 잔 세 개를 가지런히 놓으며 의기양양하게 망고를 바라보았다.

잠시 술잔을 뚫어지게 바라보던 망고가 은전 한 냥을 가운데 술잔 앞에 탁 소리가 나도록 놓았다.

그러자 맞은편에 있던 사내가 씨익 웃으며 술잔을 들었다.

술잔에는 아무것도 없었다.

"빌어먹을……."

망고가 별안간 욕설을 하며 발을 동동 굴렀다.

'이 자식이 미쳤나?

망고가 빈 술잔을 보고 욕하는 것을 물끄러미 바라보던 복호를 보고 잔을 돌리던 사내가 말을 걸었다.

"손님도 하시렵니까? 맞추면 세 배를 드립니다."

사내가 오른편에 있는 술잔을 들어 술잔 안에 있는 동그란 빨간 공을 보여주었다.

망고가 옆에 와 있는 복호를 보곤 풀 죽은 얼굴로 중얼거렸다.

"첫 번에는 기가 막히게 맞더니 영 재수가 없습니다요. 은전 여섯 냥을 한순간에 잃어버렸지 뭡니까? 술값으로 가져온 돈이 한순간에 허공으로 날아갔습니다요."

복호가 맞은편에 의기양양하게 웃고 있는 사내를 보곤 흔쾌히 고개를 끄덕였다.

"나도 한 번 하자. 너, 남은 돈이 얼마냐?"

"공자님, 도박해 보신 적 있습니까?"

"아니."

"그럼 하지 마십쇼. 오늘은 재수가 없는 날입니다요."

"돈을 날려 버렸다면서? 잔말 말고 모조리 꺼내봐 봐."

복호가 망고의 눈앞에 손을 내밀자 망고가 죽상이 되어 주머니에서 은전 네 냥을 꺼내어 손에 올려놓았다.

"자, 하자."

복호가 탁사 위에 반짝이는 은전 네 냥을 올려놓았다.

잔 돌리는 사내의 얼굴에 화색이 돌았다. 연경 서대로 가에서 낯선 행인들의 푼돈을 벌어먹던 야바위꾼이 동전도 아니요, 멀쩡한 은전을 걸면서 일확천금을 꿈꾸고 있는 어리석은 사내들을 손님으로 맞았으니 아니 그럴 리 없었다.

사내가 가운데 잔에 빨간 공을 넣고 두 손을 번갈아 교차하며 빠르게 움직이기 시작하였다. 그와 함께 탁자 위에 놓인 잔이 좌우로 휙휙 지나갔다. 한동안 요란하게 두 손을 움직이던 사내가 잔을 멈추곤 말했다.

"자, 돈을 거십시오."

복호가 망설임없이 왼편의 잔 앞에 돈을 내밀었다. 사내의 얼굴이 흑색이 되었다.

망고가 얼른 잔을 들어올리니 빨간 공이 있었다.

"와하하하! 공자님이 맞혔습니다요!"

망고가 기뻐하며 복호를 껴안고 발을 동동 굴리며 발광을 하였다. 잔 돌리던 사내의 주머니에서 은전 열두 냥이 나왔다.

"자, 또."

잔 돌리던 사내가 이를 악물고 잔을 돌리기 시작하였다. 이번에는 손이 저번보다 더 빨라져서 거짓말을 약간 보태어 두 손이 번개같이 움직였다.

"자, 돈을 거십시오."

이번에도 망설임없이 왼편 잔 앞에 열여섯 냥을 몽땅 밀어넣었다. 사내의 얼굴이 침통하게 변하였다.

"열어봐."

사내가 떨리는 손으로 잔을 들자 붉은 공이 나타났다.

"와하하하! 이번에도 맞혔습니다!"

망고가 부끄러운 기색도 없이 덩실덩실 춤을 추며 복호의 주변을 맴돌았다. 망고가 수났다고 소리를 치며 춤을 추자 사람들이 주변으로 꾸역꾸역 몰려들었다.

"돈 내놔야지."

망고가 제가 한 일인 것마냥 손을 벌려 독촉을 하자 사내가 주머니를 열고 탁자 위에 은전을 토하는데 은전 열다섯 냥에 누런빛이 나는 동전 쉰네 냥이 전부였다.

망고가 탁자 위에 올려진 돈을 보고 눈을 부라리며 소리쳤다.

"뭐야? 은전 열여섯 냥의 세 배가 이거야? 이 자식들 이거, 사기꾼 아니야? 이 밑천을 가지고 남의 돈을 먹으려 했느냐?"

망고가 삿대질을 해가며 난리법석을 부리자 사람들 사이로 험상궂게 생긴 사내가 나타나 군말없이 주머니를 열어 은전 서른두 냥을 채워주었다.

돈을 지불한 험악한 사내는 주변머리가 조금 남아 있는 대머리로 뻐끔뻐끔 딸기같이 큰 코밑에 수염이 듬성하고, 뺨과 이마에 두 줄기 흉터가 가로로 난 흉악스럽게 생긴 자였다. 그 사내의 눈치를 살피며 잔 돌리던 사내가 복호에게 제의를 하였다.

"한 번만 더 합시다."

망고는 분위기가 심상치 않은 것을 느끼고 주변을 둘러보니 구경꾼들 사이사이에 험악한 장정들이 도끼눈을 뜨고 서 있는 것이, 눈짐작으로도 그들이 잔 돌리는 사내의 패거리라는 것을 알 수 있었다.

일시에 도박하려는 마음이 싹 가시어서 그만 할 마음으로 복호의 소매를 당기려는데 복호가 눈치도 없이 흔쾌히 대답하였다.

"좋아, 내 것을 모두 다 걸 테니 한 번 해보자."

잔 돌리는 사내와 돈을 지불한 험악한 사내의 입가에 엷은 미소가 감돌았다. 사내가 탁자에 올려놓은 잔을 돌리려는 순간 망고가 손을 내밀며 소리쳤다.

"잠깐!"

사내의 시선이 망고에게 향하였다.

망고가 복호에게 양해를 구하듯이 이야기하였다.

"판을 돌리기 전에 미리 이야기해 둘 것이 있어서요."

"뭔데?"

망고가 고개를 돌려 잔 돌리는 사내에게 말했다.

"이봐, 우린 바보가 아니니 날로 먹을 생각은 말라구."

"무슨 말씀을 하시는 겁니까?"

"생각해 보라구. 공자님이 거는 돈이 은전 마흔여덟 냥인데 이 돈의 세 배가 되려면 은전 백마흔네 냥이 있어야 하잖아. 그런데 너희들의 수중에 백마흔네 냥이 있냔 말이야. 그 돈을 보기 전엔 판을 돌릴 수 없어. 막말로 너희들이 내기에 진 후에 돈이 없다고 배짱을 튕기면 어쩌겠어. 만약 이긴다면 너희들은 밑천도 없이 이긴 게 되는 것이니, 이것이야말로 정당한 내기가 안 되지. 안 그런가?"

망고는 어떻게든 내기를 하지 않으려 트집을 잡았다. 판돈을 지불할 능력이 없다면 굳이 판을 벌일 이유가 없었다. 돈이라면 벌써 복호가 세 배나 벌어주었으니 여기서 손 떼도 그만이었다.

"잠시만 기다리시오."

험상궂은 사내의 얼굴이 일그러지더니 기다리라는 한마디를 내뱉고는 사람들 틈으로 사라지더니 잠시 후 검게 옻칠을 한 나무 상자 하나를 가지고 돌아와 탁자 위에 올려놓았다.

사내가 상자를 열자 열 냥짜리 은전 열다섯 개가 들어 있었다.

"자, 이제 되었소?"

판돈을 구해온 다음에야 망고도 트집을 잡을 수 없었다. 행인의 동전이나 속여먹는 야바위꾼들이 이렇게까지 필사적으로 돈을 구해왔다면 반드시 이기는 수가 있으리라 짐작이 되어 망고는 얼마간이라도 환수하고 싶은데 복호는 망고의 속도 모른 채 싱글싱글 웃으며 입을 열었다.

"내가 이기면 이걸 다 준단 말이지? 좋아, 그럼 해보자구."

잔 돌리던 사내가 험악한 사내를 힐긋 바라보곤 입가에 미소를 띠며 붉은 공을 보여주더니 가운데 잔에 번개같이 넣고 좌우로 빠르게 움직이기 시작하였다.

반드시 이기겠다는 결의가 가득한 사내는 이를 악물고 젓먹던 힘까지 동원하여 번개처럼 손을 놀렸다. 탁자의 좌우로 움직이는 하얀 백자 술잔이 눈에 보이지도 않을 만큼 빠르게 움직여 붉은 공을 넣었던 잔을 뚫어지게 바라보던 망고는 삽시간에 그 잔이 어느 잔인지 놓쳐 버릴 정도였다.

붉은 공을 넣었던 잔의 행적이 묘연하자 망고는 겁이 덜컥 났다. 힐끗 옆에 서 있는 복호를 바라보니 태연하게 팔짱을 끼고 서 있다.

복호가 제아무리 한 번에 빼곡한 글자의 숫자를 셀 수 있을 정도로 안력을 수련했다고 하나 도박꾼의 속임수에는 당해낼 수 있으랴. 믿는 마음과 못 믿는 마음이 머릿속에서 교차하여 좌불안석, 가슴이 두방망이질을 하였다.

한동안 요란하게 잔을 돌리던 사내가 마침내 손을 멈추고 흡족한 미소를 띠며 말했다.

"자, 이제 돈을 거세요."

망고와 구경하는 사람들의 시선이 일시에 복호에게 쏠리

었다. 팔짱을 끼고 물끄러미 탁자 위에 놓인 세 개의 잔을 바라보던 복호는 두 손을 풀더니 탁자 위에 놓인 은전을 몽땅 들어 잔 돌리던 사내의 왼발 앞에 놓았다.

"자, 여기 걸겠다."

멀쩡한 탁자에 있는 잔에 돈을 걸지 않고 난데없는 사내의 발에 돈을 걸 게 무엇인가.

"자, 어서 발을 들어봐."

말이 끝나기가 무섭게 복호의 북두 갈고리 같은 손이 사내의 발목을 잡았다.

잔 돌리는 사내가 창백한 얼굴로 다리에 힘을 쓰려 하지만 복호의 들어올리는 힘을 감당할 수 없어서 천천히 다리가 들리면서 바닥에 붉은 공이 나타났다. 붉은 솜으로 만든 공이라 납작하게 펴져서 바닥에 달라붙어 있었다.

"보라구. 맞지?"

복호가 바닥에 붙은 붉은 공을 들어 보이며 웃었다. 둘러선 사람들이 탄성을 지르며 잔 돌리는 사내를 손가락질하였다.

야바위꾼의 필승 전략이란 것이 공을 잔에 넣고 돌리는 사이에 번개처럼 붉은 공을 빼내어 발바닥에 밟아 숨기는 것이다. 세 잔 어디에도 붉은 공이 없으니 큰 한 판에 이겨 버리고 판을 빼버리면 그만이니 이만한 필승의 전략이 어디에 있겠는가.

그런데 이 수를 안력 좋은 복호가 모를 리 없었다. 날아다니는 파리 똥구멍까지 알아볼 수 있는 안력을 가진 복호는 잔

가운데서 붉은 공이 사내의 발치로 떨어지는 것을 빤하게 본 터이다. 그러나 상대방을 사기꾼인 것을 겁박하기보다는 빨간 공이 있는 곳만 알아맞히는 되는 것이니 탁자에 있던 돈을 몽땅 잔 돌리는 사내의 발치에 놓았던 것이다.

"저, 저런 사기꾼!"

도박에도 도리가 있어서 사기를 치는 것은 그중에서 큰 죄악이라 사람들이 손가락질을 하며 욕을 퍼붓는 중에 망고는 사기꾼들에게 욕을 퍼붓기보다 옻칠한 상사에 있는 은진 백오십 냥을 덥석 가져와서는 가슴에 안고 콧노래를 불렀다.

"아이구, 우리 공자님이 큰일을 하셨네!"

망고의 얼굴에 화색이 돌았다. 품 안에 들어온 공돈이니 이 돈이면 진소화와 즐거운 시간을 보낼 수 있을 것이다. 아리따운 기녀와의 화끈한 밤일을 생각하면 삭신이 자근자근한 것이 두 팔을 펼쳐 날갯짓을 한다면 훨훨 날아오를 것만 같았다. 그때였다.

"이런 사기꾼들! 감히 우리 돈을 가져가려구?"

앞서 돈을 지불하였던 험악하게 생긴 사내가 소리를 지르며 나서자 둘러선 사람들 사이에서 험악한 인상의 장정들이 팔을 걷으며 튀어나왔다. 놀란 구경꾼들이 모래알처럼 흩어지며 골목길 입구에 건장한 사내들이 둥글게 두 사람을 포위하였다.

"이런 빌어먹을 놈들이 있나?"

망고가 두 눈을 부라리며 사내들을 바라보았다. 망고는 화적 생활 반평생에 이보다 더한 일도 겪은 자이고, 더구나 복호의 염라대왕 뺨치는 무예를 잘 알고 있어서 옻칠한 돈 상자를 품에 안고 도리어 큰소리를 쳤다.

"방귀 뀐 놈이 성낸다더니 똥을 싸고도 기광을 부리네? 이 자식아! 사기꾼이 누구더러 사기꾼이라 하는 게야? 너희 놈들이 우리 돈을 거저 먹으려 사기를 쳤지만, 그게 너희 마음대로 될 일이냐? 크게 다치고 싶지 않거든 좋은 말로 할 때 썩 꺼져라!"

험악하게 생긴 딸기코사내가 망고의 큰소리에 기가 차다는 듯이 큰 코를 벌렁거리며 콧방귀를 핑핑 뀌다가 입을 열었다.

"네놈이 돈 몇 푼 때문에 죽고 싶은 모양이구나!"

"내가 할 말을 잘도 지껄이는구나! 큰일 나기 전에 어서 꺼지거라! 안 그럼 큰일 난다! 훠이~ 훠이~"

새를 쫓는 농부마냥 한 손을 휘젓는 모습이 험악한 사내들이 안중에도 없는 모양이었다.

마치 제가 고수인 양 주둥이를 나불거리는 망고의 대담함에 옆에 있던 복호는 호기심이 일어 팔짱을 끼고 바라보니 듣고 있던 험악한 사내가 더는 참을 수 없었던지 성큼 다가와 망고의 멱살을 틀어쥐었다.

"너, 이리 따라오너라! 죽지 않을 만큼만 두드려 줄 테다!"

"이놈, 왜 이러는 것이냐? 이 손 놓지 못하겠느냐?"

"못 놓겠다! 이 자식, 그 주둥이를 다신 열지 못하도록 다져 놓을 테다!"

험악한 사내가 옆에 있는 복호는 안중에도 없다는 듯이 망고를 질질 끌고 골목으로 데려갔다.

망고는 한 손에 은전 상자를 들고 있어 몸을 잘 놀리지 못하는데다가 갑작스럽게 멱살이 잡혀서 끌려가게 되자 한 손으로 사내의 손목을 탁탁 치며 소리쳤다.

"이 손 놓거라, 이놈아! 네가 숙고 싶은 게로구나! 어서 이 손 놓지 못하겠느냐?"

"이 손 놓지 못하겠다!"

"이놈이 정말로 죽고 싶은 게로구나!"

"오냐! 죽고 싶다! 네가 죽는지 내가 죽는지 어디 한번 두고 보자!"

사내가 시뻘겋게 달아오른 험악한 얼굴로 바닥에 침을 뱉으며 식식거리는데 가로로 쪽 찢어진 작은 눈에 독살스런 살기가 어른거린다.

망고가 질질 끌려가면서 생각하니 은전 상자를 놓치면 두 놈은 감당할 수 있겠으나 여러 놈은 불감당이요, 멱살 잡은 자를 대적하려 은전 상자 놓은 틈에 다른 자가 괭이처럼 낚아챌까 두려워서 상자 잡은 손을 놓지도 못하니 진퇴양난(進退兩亂)에 사면초가(四面楚歌)라, 오직 믿을 것은 복호밖에 없는데 도와주리라는 복호는 뜻밖에 너무나 조용하였다.

고개를 돌려 보니 복호가 패거리에게 둘러싸인 채 팔짱을 끼고 서서 바라볼 뿐이다.

"공자님, 뭐 하세요?! 저 좀 살려주세요! 이 자식들이 우리 돈을 빼앗으려 한다고요!"

울상이 된 망고가 소리를 질렀다.

"이 자식아, 네가 묵사발을 만들면 될 것이 아니냐!"

"제가 한두 놈도 아니고 무슨 수로 개 떼 같은 이놈들은 물리칠 수 있겠습니까요! 도와주십쇼!"

"에이, 못난 놈아! 감당하지도 못할 짓을 왜 하누?"

"이게 다 공자님이 벌린 일 아닙니까요? 판을 왜 이리 크게 만들어가지고선 저를 괴롭히십니까?"

"저 자식 보게? 훤한 대낮에 먼저 도박을 한 것이 누군데?"

"시비는 나중에 가리고 저 좀 살려주십쇼!"

망고가 목을 젖혀 늑대처럼 울부짖다가 딸기코의 흉악스런 사내의 주먹에 맞아 바닥에 나뒹굴었다.

"수다스러운 놈! 너처럼 수다스러운 놈은 머리털 나고 처음이다! 에이, 빌어먹을 놈! 아가리를 짓이겨 줄 테다!"

멱살을 잡고 있던 사내도 망고의 쉼 없는 수다에 화가 치솟았던지 우악스런 발길질로 바닥에 쓰러진 망고를 마구 짓이겼다.

"아이구, 망고 죽는다! 공자님, 살려주세요! 도적놈이 사람 잡는다! 애고, 망고 죽네! 망고 살려!"

망고는 새우처럼 몸을 구부려 수없는 발길질을 맞으면서도 은전 상자를 악착같이 놓치지 않고 쉼 없는 비명을 질렀다.

복호가 그런 망고의 모습을 보며 머리를 설레설레 젓다가 주변을 둘러보니 한패거리인 듯한 사내들 뒤편으로 사람들이 가득한데 하나같이 도와줄 생각은 않고 구경만 하고 있다.

사람들이 도박 패거리의 위세에 눌린 것인지, 아니면 이 세상이 원래 그런 것인지는 알 수 없지만 괜히 기분이 더러워져서 가슴에 화가 치솟았다.

"이 자식, 도적놈 주제에!"

각진 두 눈을 부릅뜨고 말을 내뱉기가 무섭게 복호의 신형이 한 번 흔들리나 싶더니 순식간에 망고를 밟고 있는 사내의 멱살을 잡아 번쩍 들었다.

덩치 큰 딸기코사내가 종잇장처럼 들려져서 대롱대롱 매달렸다.

"이 자식, 죽고 싶으냐?"

시뻘게진 얼굴이 숨도 쉬지 못하여 꺽꺽거리는 것을 보고 놀란 패거리들이 골목 입구로 들이닥쳤다.

복호가 빙긋 웃으며 말했다.

"넌 잠시 기다리고 있거라."

복호가 멱살 잡은 손을 흔들어 딸기코사내를 허공에 번쩍 들더니 바닥에 패대기쳤다. 큰 덩치가 딱딱한 바닥에 떨어지면서 퍽! 소리가 나더니 에구, 하는 곡소리와 함께 사지가 죽은 개구리처럼 쭉 뻗었다.

복호가 큰대자로 쓰러져 있는 딸기코사내의 벗겨진 머리를 한 발로 밟고 고개를 들어 골목 입구를 노려보니 달려들던 사내들이 걸음을 멈추고 우뚝우뚝 서서 쓰러진 사내를 바라보았다.

"너희 놈들이 떼로 몰려다니니 보이는 것이 없는 모양인데, 오늘 정신이 번쩍 나도록 만들어주마."

복호의 신형이 흔들거리더니 마치 파란 새가 된 것처럼 허공으로 훌쩍 날아올랐다. 파란 신형이 사내들의 머리를 가볍게 뛰어넘어 골목 입구에 내려서기가 무섭게 한 사람씩 손에 잡히는 대로 바닥으로 패대기를 쳤다.

사내들이 주먹 한 번 휘둘러 보지 못하고 바닥에 패대기쳐져 새우처럼 몸을 옹송그리며 죽는다고 비명을 질렀다.

야바위 건달패들이 복호에게 힘이 안 되고 무예가 딸려서 차 한 잔 마실 시간도 안 되어 어둠침침한 골목길에 송장 같은 건달들이 낙엽같이 즐비하고 때 아닌 곡소리가 골목길을 진동하였다.

복호는 야바위 탁자를 가져와 그 위에 앉은 후 망고에게 말했다.

"이 자식들을 차례로 꿇려놔라!"

"예이~"

망고가 옻칠한 돈 상자를 복호 옆에 올려놓곤 바닥에 쓰러져 낑낑거리는 사내들의 엉덩이를 차며 소리쳤다.

"어시 일어서지 못해?! 우리 공자님께서 하신 말씀 못 들었어?! 운 좋은 줄 알아! 우리 공자님이 마음만 먹었다면 너희들은 지금쯤 염라대왕 앞에서 지난 죗값을 추궁당하고 있을 거란 말이야, 이 자식들아!"

호랑이 없는 곳에 여우가 대장이라, 복호가 다 잡아놓은 야바위 패를 망고 제가 잡은 것마냥 위세 좋게 발길질을 해가며 호령을 부렸다.

사내들이 망고의 괴롭힘에 허리며 다리며 다친 곳을 부여잡고 비칠거리며 무릎걸음으로 다가와 복호의 앞에 일렬로 무릎을 꿇었다.

"이 딸기코 대머리 자식, 잘도 나를 때렸겠다?!"

망고가 사지를 뻗고 기절한 딸기코대머리를 몇 번 밟으니 대머리가 부스스 정신을 차리고 일어났다가 정신을 번쩍 차리곤 망고의 발을 잡아 떠밀면서 벌떡 일어났다.

"어떤 놈이냐?"

정신을 잃었다가 자리에서 일어나 보이는 것이 뜻밖의 광경이다. 부하들이 청의를 입은 사내 앞에 일렬로 무릎을 꿇고 앉아서 자신을 바라보고 있었다.

"철두맹호(鐵頭猛虎) 장맹달(張孟達)! 아직 안 죽었다!"

딸기코사내가 충혈된 두 눈에 잔득 힘을 주고 두 손을 들어

포효하듯 소리를 지르다가 자신의 벗겨진 머리를 손바닥으로 두드리며 우악스럽게 달려들었다.

"이놈, 내 손에 죽을 줄 알아라!"

험악한 대머리 사내가 와락 달려들어 복호의 어깨를 덥석 부여잡았다.

"이놈, 죽어봐라!"

소리를 지르며 고개를 젖히는 동시에 복호 역시 탁자에 앉은 그대로 훤한 이마빼기를 찰싹 소리가 나도록 때렸다.

번개같은 손바닥이 벼락처럼 이마빼기를 때리고 빈대같이 달라붙어 거머리처럼 떨어지지 않았다.

"너무 느려!"

복호가 한마디를 내뱉으며 천천히 이마에서 손을 떼자 어깨를 잡은 사내의 두 손이 갑자기 축 늘어지며 그의 두 눈이 한곳으로 몰리더니 커다란 딸기코에서 두 줄기 코피가 주르르 흘러내렸다.

동시에 사내의 무릎이 꺾이며 그 자리에서 철퍼덕 무릎을 꿇었다.

사내의 머리가 뒤편으로 휘청거리더니 다시금 죽은 개구리처럼 사지를 뻗은 채 쓰러졌다.

일렬로 무릎이 꿇린 사내들의 눈이 동시에 토끼눈이 되었다.

철두공을 단련하여 번들거리는 대머리로 못까지 박을 수

있어 철두맹호라는 별호를 가지고 있는 야바위 패 우두머리 장맹달이 그토록 단련하였던 이마에게 배신을 당해 허무하게 쓰러졌으니, 부하들이 상대방의 매서운 손바닥의 위력에 놀라지 않을 수 없었던 것이다.

"빌어먹을, 철두맹호는 무슨 얼어 죽을 철두맹호야? 호두 개새끼도 안 되겠다!"

망고가 화를 식히지 못하여 식식거리며 다가와 쓰러진 대머리사내와 건달들을 마구 쥐어 밟았다.

일렬로 무릎이 꿇린 야바위 건달패들은 기가 죽어 고개를 들지도 못하고 망고가 때리는 대로 맞고, 밟으면 밟는 대로 밟혀 일대 골목길이 망고의 화풀이에 아수라장이 되었다.

복호가 그 모습을 잠시 바라보다가 코웃음을 치며 말했다.

"망고야, 그만 가자."

"예? 전 아직 화가 덜 풀렸는데요?"

"그럼 화 풀고 오너라."

복호가 성큼성큼 골목길을 나가자 구경꾼들이 쫙 갈라지면서 훤하게 길이 났다.

"나는 간다."

망고는 복호가 없으면 큰일이라 개 잡듯이 하던 발길질을 얼른 그만두고 부리나케 그 뒤를 따랐다.

이때는 저녁 노을이 동녘 하늘에 비칠 때라 길거리에 걸린 홍등에 하나하나 불이 들어오기 시작하였다.

손에 은전이 든 상자를 품에 끼고 가벼운 걸음으로 앞서 가는 망고의 얼굴에 화색이 돌았다.

은전 열 냥을 가져와서 백오십 냥으로 불렸으니 횡재도 이 같은 횡재가 없다. 이 돈으로 연경의 제일기루인 영취루에서 꿈 같은 하룻밤을 보낼 수 있을 것이니, 생각만 하여도 기운이 꿈틀꿈틀 솟구치는 것 같았다.

"망고야, 아직도 고려방이 멀었느냐?"

영취루와 기녀를 생각하던 망고는 복호의 말에 흥이 깨어져서 잠시 꾀를 생각하다가 고개를 돌려 싱글벙글 웃으며 말했다.

"예, 예. 가고 있습니다요. 그런데 공자님, 은전 네 냥으로 백오십 냥을 벌어들였으니 목풍아를 보는 것 같습니다요."

"목풍아? 목풍아가 누구냐?"

"지금으로부터 이십여 년 전쯤에 연경을 뜨르르하게 울린 운수 좋은 사내 이름이 목풍아입지요. 목풍아에 관한 이야기 한 번 들어보시겠습니까?"

"네가 말하지 말라고 안 할 사람이더냐?"

"헤헤헤, 그러니까 지금 황제께서 국왕의 신분으로 이곳을 봉지로 삼고 계실 무렵이지요. 그때 연경제일기루가 연자루(燕子樓)였는데, 이 큰 기루가 하루아침에 주인이 바뀌는 일이 있었지 뭡니까?"

"큰 기루가 하루아침에 주인이 바뀌었다고?"

"에. 깜장 안경을 쓴 목풍아라는 이가 하루는 연자루로 찾아와 도박판에서 판을 벌였는데, 그때 공자님처럼 그 치가 연자루의 돈을 싹쓸이하여서 연자루를 털 하나 뽑지 않고 한입에 삼켜 버렸지 뭡니까요. 마치 공자님이 야바위꾼들의 돈을 싹쓸이한 것처럼 말이지요. 그 목풍아란 양반의 머리가 기차게 좋은 사람이어서, 왕궁을 제멋대로 넘나들며 연왕을 꼬드기더니 정란의 변을 일으켜 황제를 갈아치우고 정권을 제 손아귀에 놓았다 폈다 가지고 놀다가 천벌을 받았는지 그만 요절을 하고 말았지 뭡니까? 그 인간이 도박 좋아하고 술과 여자까지 좋아하여 허랑방탕하게 살더니 아쉽게도 요절을 하고 말았지만, 관직에 있을 때 수많은 사람들을 기아에서 구한 공이 커서 천하 건달들에게는 영웅이요, 호걸이라고 아직까지 떠받들어지고 있습니다요."

"머리가 비상하게 좋은 자인 모양이군."

"그렇다 합니다요. 깜장 안경을 쓰고 심복 두 사람과 서문대가를 휘적휘적 지나갈 때면 사람들이 모두 머리를 숙이고 인사를 꾸벅꾸벅 하였다지요."

"광경이 볼 만하였겠군."

"아직까지 연경에 자자한 이야기니 오죽하겠습니까? 그 당시 목풍아가 연자루를 사들이기 전에 연자루의 기둥에는 '하늘에는 주성(酒星) 한 알 반짝이고 있건만은 땅에는 둘도 없는 주천(酒泉)이 여기라오' 라는 한 쌍의 주련(柱聯)이 붙었었는데 목풍아가 도박판에서 돈을 따서 다음날 기루를 사들인 후부터는 '인생 역전은 모르는 사이에 있고, 일확천금은 운수 사이에 있다'는 주련으로 바뀌었습지요. 이 땅의 수천만 도박인들에게는 희망과 같은 이야기입지요."

떠벌떠벌거리며 수다를 떨던 망고가 힐끔힐끔 복호의 눈치를 살피며 슬그머니 말을 꺼내었다.

"그때 목풍아가 하루아침에 사들인 기루가 여기에서 멀지 않은데 한번 가보시렵니까? 저녁 무렵이라 요기도 해야 되겠는데……. 그 다음에 고려방으로 가면 안 될까요?"

망고가 자신의 배를 슬슬 문지르며 허기가 든 것마냥 오만상을 찌푸렸다.

"아무렇게나 하자."

"옙! 제가 인도하겠습니다요."

망고가 휘적거리며 앞장을 서기 시작하였다. 잠시 후 망고가 도착한 곳은 으리으리한 삼층의 주루였다.

주루 입구에 있는 커다란 두 기둥에는 '人生逆轉不知間(인생 역전은 모르는 사이에), 一攫千金有運間(일확천금은 운수 사이에)'라는 주련이 붙여져 있는데 처마에 걸린 편액에는 영취루(靈鷲樓)라는 커다란 글자가 금색으로 쓰여져 있었다.

망고가 말하였던 그 시절 연자루가 지금은 영취루가 되어 있었던 것이다.

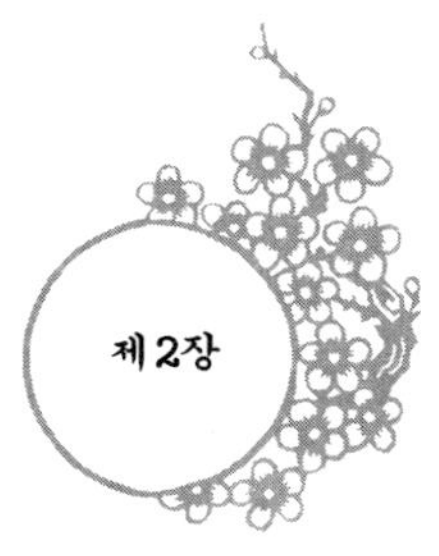

제 2장

기녀 소박(妓女素朴)

붉은 등롱이 훤하게 밝혀진 영취루 앞은
이른 저녁 무렵인데도 수많은 사람들이 오가고 있었다.

연자루 앞에 화장을 진하게 한 여인들이 손수건을 흔들며
손님을 불러모으고 있었는데 망고가 얼른 계단을 올라가며
복호를 이끌었다.

"어머, 어서 오세요! 호호호!"

기녀의 분 냄새가 코끝을 간질였다. 해시시한 기녀의 호들
갑스러운 안내를 받으며 기루 안으로 들어가니 초저녁부터
술에 취한 한량들이 기녀와 함께 어지럽게 오가고, 그 사이로
술과 안주를 나르는 점소이들이 분주하다.

“공자님, 이리 가시죠.”

망고가 이층 계단으로 복호를 이끌어 올라가 한편의 각자(閣子)에 자리를 잡고 난간에 기대어 누 안을 둘러보았다.

장안에서 제일간다는 소문답게 건축이 훌륭하게 잘된 주루이다. 기둥마다 채색 그림이 화려하고 처마 끝에 걸린 발이 저녁 석양을 가렸는데, 그 아래로 빙 둘러서 나지막한 난간이 있고, 난간의 한 간 한 간마다 창문이 있으니 그 창문마다 또한 가늘게 짠 발이 걸려 있다.

눈을 돌려 난간 밖을 바라보니 바둑판처럼 짜여진 넓은 연경의 경치와 멀리 연왕부의 붉은 기와가 석양빛에 그림처럼 아련하다.

“이 주루가 연자루냐?”

“예. 여기가 목풍아가 사들였다는 연자루가 맞습니다마는 지금은 주인이 바뀌어 몇 년 전부터는 영취루가 되었습지요.”

힐끔힐끔 눈치를 살피는 망고를 보고 복호가 머리를 설레설레 저었다.

“이 자식, 결국 진수화를 보러 여기까지 온 것이구나.”

“헤헤헤, 그렇게 됐나요?”

복호는 처음에는 망고의 수다스런 주둥이 때문에 싫어하는 마음이 많았으나 한 달 넘게 한솥밥을 먹으며 살다 보니 정이 들어서 얄미운 짓을 하여도 옛날처럼 얄밉게 미운 마음이 들지는 않아 너털웃음을 지었다.

망고가 지나가는 점소이에게 국수와 안줏거리로 육회 세
근, 화주 한 항아리를 시키며 진소화를 만날 수 있는지 넌지
시 물어보았다.

"손님, 큰돈 없이는 진수화를 만나기 어려운 것도 사실이
지만 며칠 동안은 아예 진수화를 만날 수도 없을 것이니 말도
마십시오."

"아니, 어째서 그런 거냐? 나에게 이유를 말해줄 수는 없겠
느냐?"

망고가 슬그머니 점소이의 손에 은화 한 냥을 넣어주었다.
점소이가 누가 볼세라 얼른 은화를 주머니에 집어넣으며 목
소리를 낮추어 입을 열었다.

"어젯밤에 진수화가 없어져서 저희 주루에서 난리가 났지
뭡니까?"

"진수화가 없어졌어?"

점소이가 얼른 망고의 귓가로 입을 가져가 소곤거렸다.

"흉악한 인간들에게 납치를 당했지 뭡니까? 어젯밤에 한바
탕 난리가 났습니다요."

"뭐야? 그래서?"

"걱정 마십시오. 다행히 오늘 점심 무렵에 무사히 돌아왔
지만 어제 많이 놀란 모양인지 손님을 받지 않겠다고 하여
한동안 진수화를 보기는 어려울 것 같습니다요. 대신 예쁜
기녀들은 많으니 너무 실망하지 마십시오. 그럼 즐겁게 노십

시오.”

점소이가 꾸벅 인사를 하곤 총총히 물러갔다.

망고가 엄청난 일을 알아낸 것처럼 복호에게 말했다.

“공자님, 들으셨습니까요? 오늘 저희가 머물던 객점에서 나간 것이 진수화가 틀림없습죠?”

“그보다 진수화가 손님을 못 받는다니 네 기대가 글렀구나.”

망고가 쓰디쓴 입맛을 다시며 입을 열었다.

“아, 천하일색 진수화의 얼굴을 보지 못하면 연경의 큰 구경거리를 놓치는 것이 아니고 무엇이겠습니까? 임자 없는 큰 돈도 생겼는데 무슨 좋은 수가 없을까 생각해 봐야겠습니다요.”

“목풍인지 돌풍인지처럼 도박해서 기루를 통째로 사버리면 진수화도 네 차지가 될 수 있지 않겠느냐?”

“에헤헤헤, 공자님도 농담을 하시네. 도박장에서 날고 기는 도박꾼들이 즐비한데 그런 일이 가능하겠습니까?”

말을 해놓고 보니 복호라면 가능할 듯도 싶다.

“이참에 공자님이 해보시겠습니까?”

“나는 되었다.”

점소이가 술과 안주를 한 상 부러지도록 내왔다. 그렇지 않아도 배가 고프던 참이라 망고는 국수를 후적후적 먹기 시작하고, 복호는 육회를 한입 넣고 씹다가 항아리 뚜껑을 열어 화주 한 대접을 담아 올렸다. 그때였다.

어떤 자가 성큼성큼 다가와 복호와 망고가 앉아 있는 탁자 옆에 털썩 앉았다.

"나도 한잔 주슈."

그 사람은 방금 전 복호에게 봉패한 야바위꾼 우두머리 철두맹호 장맹달이라는 자였다.

적지 않은 돈을 잃어버린 건달패들이 피 같은 돈을 빼앗기고도 가만있을 수 없어 두 사람의 뒤를 은밀하게 쫓아 영취루까지 따라온 것이다.

태양처럼 훤한 이마에 붉은 손자국이 훈장처럼 새겨져 있는 사내는 복호가 건네는 화주 대접을 받아 꿀꺽꿀꺽 한입에 마시고는 트림을 하였다.

"커억!"

독한 화주와 썩은 입 냄새에 망고가 얼굴을 찌푸렸다. 장맹달은 쓴 화주 한 대접을 여사로 마시곤 탁자 가운데 있는 구운 오리의 다리를 뜯어 질겅질겅 씹다가 목구멍으로 꿀꺽 삼킨 후 복호에게 말했다.

"내 돈 돌려주시오."

망고가 눈을 부라리며 삿대질을 하였다.

"이 자식이 미쳤나? 멀쩡하게 잃은 돈을 뉘에게 달라고 지랄이야, 지랄은! 잔말 말고 썩 꺼지지 못해!"

복호가 독한 화주 한 대접을 마시고 취한 기색이 없는 장맹달을 보자 마음에 들어서 싱긋 웃으며 말했다.

"네가 잃은 것을 왜 내게 달라느냐?"

"잘못했소. 내게 딸린 식구가 많아서 그 돈이 없으면 낭패를 보오."

"딸린 식구가 몇인데?"

"자식 둔 놈두 몇 되구 그렇지 않은 놈도 몇 되구. 이럭저럭 마흔 명 정도 되우."

"많기도 하다."

망고가 눈을 부라리며 말했다.

"이 자식아, 말이 되는 소릴 하거라. 피 같은 우리 돈을 따가는 건 괜찮고 너희들이 잃은 돈을 가져가는 것은 안 된단 말이냐?"

"빌어먹을……."

구시렁거리면서 장맹달이 망고에게 대접을 내밀었다.

"떠들지 말고 한 잔 마시겠느냐?"

"이 자식이 넉살도 좋네. 너 같으면 네 잔을 받겠나?"

"그 잔, 나나 다오."

복호가 싱글 웃으며 대접을 받아 들자 장맹달이 황송하다는 듯이 항아리를 두 손으로 번쩍 들어 대접에 화주를 따러주었다.

복호가 화주 한 대접을 물 마시듯 마신 후 장맹달에게 잔을 건네었다. 장맹달의 두 눈이 휘둥그레졌다.

"술을 잘하십니다. 독한 화주를 대접째로 마시고도 취하지 않는 이는 연경 바닥에서 두사철권 강남학 이외에는 본 적이 없습니다요."

장맹달이 술을 받으며 머리를 굽실거렸다.

"너와 강남학 중에 누가 더 술이 세느냐?"

"함께 대작해 보지 않아서 잘 모르겠지만 저도 술이라면 알아주는 주호(酒豪)인데, 아무렴 이 장맹달이가 강남학이만 못하겠습니까?"

장맹달이 화주 한 대접을 더 마시곤 복호에게 잔을 내밀었다.

"그런데 공자님의 성명은 어떻게 되십니까요?"

복호가 싱글싱글 웃으며 잔을 받으며 물었다.

"네 성명은 어떻게 되느냐?"

"제 성명은 장맹달이라 합니다. 어려서부터 연경에서 자랐는데 건달패 가운데서 자라다 보니 힘을 키워야 할 것 같아 어려서 철두공을 단련한 끝에 철두맹호라는 별호를 가지고 있습니다요. 지금은 적지 않은 식구들을 거느리고 서문대가의 골목길 건달패 우두머리로 살고 있습지요."

"내 이름은 복호다. 그런데 잃은 돈이 왜 필요하느냐?"

"그 돈은 빌린 돈이오. 그 돈을 내일까지 갚지 못하면 전 식구들을 데리고 일평생 노예처럼 술집에서 뒤나 봐주면서 살아야 합지요. 옛말에 용 꼬리보다 닭 대가리가 백번 낫다구, 사내대장부가 돈 몇 푼에 술집에서 심부름이나 하면 쓰겠습니까?"

방고가 끼어들었다.

"이 자식아, 돈 잃고 웬 성화야? 그거야 네 사정이니 우린 알 바 아니다. 술집 심부름꾼을 하든 기녀들의 기둥서방이 되든, 그건 네 문제이니 네가 알아서 하거라. 여기서 죽치고 앉아 술과 안주 축낼 생각 말고 어서 꺼져라."

장맹달이 독살스런 눈으로 망고를 노려보다가 복호에게 고개를 돌렸다.

복호가 싱글싱글 웃다가 탁자에 있는 항아리 하나를 장맹달에게 건네며 말했다.

"남은 항아리에 있는 술을 다 마실 수 있다면 주겠다."

"예?"

"마음에 들어. 남은 항아리에 있는 술을 다 마신다면 상자에 있는 돈을 돌려주겠다."

장맹달이 두 눈을 부릅뜨고 입을 굳게 다물더니 복호가 건네준 항아리를 받아 숨도 쉬지 않고 마시기 시작하였다.

잡고 있는 항아리가 점점 얼굴 위로 올라가며 마지막 한 방울까지 다 마신 장맹달이 항아리를 탁자 위에 소리가 나도록 내려놓았다. 충혈된 눈이 퀭하게 변하며 다리가 풀리는지 잠시 비틀거리다가 중심을 잡았다.

"망고야, 상자를 저치에게 돌려주거라."

"예? 공자님, 이건 저희 술값인데요?"

망고가 돈 상자를 신주 모시듯 품에 안고 머리를 설레설레 저었다.

"이 자식, 따끔하게 혼이 나고 싶으냐?"

복호가 두 눈을 부라렸다.

망고가 저녁 굶은 시어미 상을 하고 앉아 장맹달을 노려보다가 복호의 호통 한 번에 기가 꺾이어서 마룻바닥이 무너져라 길게 한숨을 내쉬며 품에 안은 상자를 힘없이 탁자 위에 올려놓았다.

복호가 물끄러미 바라보다가 입을 열었다.

"세상일이 마음처럼 쉽게 되는 것이 없다더라. 앞으로는 쉽게 돈 벌 생각 말고 착실하게 살아라."

탁자 위의 돈 상자를 잡으려던 장맹달이 복호의 한마디를 듣고 물끄러미 바라보는데 화등잔같이 부릅뜬 눈에서 닭똥 같은 눈물이 뚝뚝 떨어졌다.

"명심합지요."

손등으로 눈가를 문지르던 장맹달이 고개를 꾸벅 숙여 인사하곤 돈 상자를 들고 비틀거리는 발걸음으로 계단 아래로 내려갔다.

망고는 닭 쫓던 개 지붕 쳐다보듯이 허무한 눈길로 천장을 바라보고 한숨을 연신 내쉬었다.

"이 자식아, 사내가 그깟 돈 몇 푼 가지고 소인배처럼 노는 게냐?"

"은전 백오십 냥이 뉘 집 개 이름입니까? 아깝습니다요. 돈 날아간 것이 애통하고, 진수화 못 본 것이 절통합니다요."

세상 다 산 것마냥 한숨을 쉬는 모습이 불쌍하여 복호가 한마디 하였다.

"이 자식아, 처음부터 없던 돈이라 생각하면 될 것이 아니냐?"

"처음부터 있던 돈을 어떻게 없던 돈이라 생각합니까요? 에구, 아까운지고."

망고가 홱 고개를 돌려 독살스럽게 물었다.

"공자님은 대체 그자의 무엇을 믿고 그 돈을 그 자리에서 돌려주십니까요? 쇠똥에 미끄러져 개똥에 코 박은 셈 치면 되지만, 세상에 술이 원수라는 말이 오늘처럼 이렇게 가슴에 와 닿은 적은 없쇠다."

"망고야, 내가 그자에게 돈을 돌려준 것은 그자가 술을 잘 먹어서가 아니라 사람이 불량스럽기는 하지만 남자답게 호방한 것이 마음에 들어서 그랬다."

"언제부터 공자님이 관상까지 보셨습니까? 이참에 멍석 하나 깔아드릴 테니 길바닥에 나가보는 것 어떻습니까?"

"길바닥엔 왜?"

"에구, 내가 말을 말아야지."

망고가 타는 가슴을 화주로 식힐 수가 없어서 죄 없는 가슴을 치며 원통함을 삼키었다.

복호가 그런 망고를 보곤 씨익 웃으며 말했다.

"망고야, 내가 네 소원 하나 들어주까?"

"쳇, 공연히 되도 않는 말씀 꺼내시려걸랑 아예 하지 마시오."

망고가 토라져서 콧방귀를 핑핑거리며 뀌었다.

"이 자식아, 네가 원한다면 내가 진수화를 보여줄 수도 있다."

"지금 절 놀리시는 겁니까요? 방금 점소이가 와서 며칠 동안 안 된다고 하는 말 못 들으셨습니까?"

"이 자식아, 그렇게 있지 말고 내 말을 한 번 들어보거라."

복호가 싱글거리며 어젯밤에 있었던 일들을 이야기하였다.

믿음이 가지는 않았지만 복호의 이야기를 듣고 나니 진수화의 행적과 딱 들어맞았다. 산서이괴에게 납치를 당하여 영취루가 발칵 뒤집힌 것이나, 정오 무렵에 객점을 빠져나간 진수화의 모습을 보았던 점소이의 이야기와 영취루의 점원이 말했던 것이 복호의 이야기와 딱 들어맞았다.

"그, 그, 그렇다면 공자님께서 어젯밤에 진수화와 그것을……."

얼굴에 놀라움과 부러움이 교차한 망고가 주먹과 손바닥을 팍팍 마주쳤다.

"그런데… 그것이 잘 생각이 안 나."

“그런 중요한 것이 생각 안 날 리 있습니까? 잘 생각해 보세요.”

“모르겠어. 기억이 안 나.”

“진수화는 뭐랍디까? 잤다고 안 합니까?”

“글쎄, 진수화가 입을 가리고 웃기만 할 뿐 말은 하지 않더라.”

눈을 천장으로 향하고 잠시 생각하던 망고가 갑자기 배시시 눈을 흘기더니 끽끽거리며 웃기 시작하였다.

“뭐, 뭐야?”

“이제 보니 공자님이 사내 망신을 혼자 다 시키셨구랴?”

“뭐? 내가 사내 망신을 시켰다구?”

“생각해 보십시오. 덥다면서 입고 있던 옷을 훌훌 벗고 절세미인이 벌거벗고 있는 침실로 호랑이처럼 뛰어들었다면 보나마나 일은 났었던 거지요.”

망고가 입가에 미소를 흘리며 손바닥과 주먹을 퍽퍽 소리가 나도록 마주쳤다.

복호는 얼굴이 붉어졌으나 아무렇지 않은 듯 퉁명스럽게 말했다.

“이 자식아, 계집이랑 일이 났으면 난 거지 사내 망신은 또 뭐야?”

“혹시 토끼라고 들어보셨습니까?”

“토끼? 귀가 크고 잘 뛰어다니는 짐승 말이냐?”

망고가 히쭉거리며 웃었다.

"옛말에 씨 보고 춤춘다 하더니 이런 경우가 딱 그 짝입니다요."

"무슨 말이야? 씨 보고 춤춘다니?"

"오동나무 씨를 보곤 벌써부터 오동나무로 만든 가야금 생각이 나서 춤을 춘다는 말입지요. 성미가 급하여 되지도 않은 일을 일찍 서두른다는 말입지요."

"그래서? 그게 뭔데?"

"어허, 말귀가 어두우시네요. 제 말은 진수화와 침실에서 그 짓을 하는데 순식간이 끝이 나버렸다는 말씀입니다요. 총각들은 경험이 적어서 그런 경우가 많습죠. 아, 생각하니 참으로 안타까운 일입니다. 진수화가 산서이괴를 한주먹에 때려눕히는 것을 보고 공자님을 호랑이라 생각하며 맞이하였다가 침대에서 뜻밖에 토끼를 만났으니 얼마나 우스웠겠습니까?"

망고가 껄껄거리며 웃었다.

복호는 깊은 산중에서 자라나 남녀 간의 일을 잘 알지 못하는 까닭에 말 그대로 숙맥이라 망고의 말을 대부분 알아듣지 못하였다. 하지만 망고가 말하는 모양새가 진수화, 그 계집이 복호의 자존심을 구긴 것 같아서 기분이 좋지 않았다.

"난 잘 모르겠는데 기분은 나쁘군. 그런데 남녀가 한 방에서 뭘 한단 말이냐? 호랑이니 토끼니 난 잘 모르겠다."

"나이가 몇인데 아직도 남녀 간의 일을 모르신단 말입니까? 참으로 딱하십니다."

망고가 혀를 차며 복호에게 남녀 간의 일을 어쩌고저쩌고 가르치기 시작하였다. 복호가 망고에게 듣는 것이 요철(凹凸)이 상합되는 남녀 간의 이야기라 민망하고 부끄러워 얼굴이 화끈거리는 가운데, 빨리 끝나 사내 취급 받지 못하는 사람을 일러 토끼라 한다는 말을 듣고 나니 갑자기 가슴속에 부아가 치솟았다.

"진수화, 이 계집이 내가 빨리 끝나서 나를 놀린 게로구나."

"이제 아셨습니까? 큭큭큭, 계집 하나를 감당하지 못하면 사내대장부가 아니지요."

망고가 손바닥으로 입을 가리고 진수화처럼 웃었다. 그 모습에 진수화의 얼굴이 겹쳐져서 공연히 불같은 화가 울컥 치솟았다.

"이 계집, 가만두지 않는다!"

복호가 화난 사람처럼 이를 으드득 갈았다.

망고가 코웃음을 치며 말했다.

"공자님, 가만두지 않는다면 무슨 수가 있습니까?"

"그 계집을 혼내주겠다."

"어떻게 혼내주시게요? 사내 양근을 오뉴월 엿가락처럼 흐물흐물하게 만든다는 방중술(房中術)을 수련한 진수화를 무슨 수로 녹초로 만드실 겁니까?"

"방중술이 무어냐?"

"남녀 간의 밤일을 일컬어 방중술이라고 하지요."

망고가 손바닥과 주먹을 팍팍 치면서 말을 이었다.

"이 방중술이란 것이 옛날에 황제라는 양반이 예쁜 여자와 그 짓을 하면서 만들었다 하는데, 남녀가 그 짓을 잘하면 무병장수할 수 있다나 뭐라나? 남자와 여자가 그 짓 하는 체위를 적어놓았는데, 호보(虎步)니 용번(龍翻)이니 구등(龜騰)이니 봉상(鳳翔)이니 별의별 자세가 있답니다. 그런데 사실 그 짓이야 인간이 태어나면서 본능적으로 타고나는 것이니 여자와 살을 섞게 되면 자연 그리하게 된답니다. 갖은 세파를 겪어온 남자의 입장에서 보았을 때 요는 남자의 정력이요, 둘째는 기술이라, 방중술은 기술에 불과하다, 뭐, 그런 이야기지요."

"미친놈, 난 무슨 말을 하는 건지 모르겠다."

복호가 손을 번쩍 들어 지나가던 점소이를 불렀다.

점소이가 다가와 물었다.

"무얼 더 시키시려구요?"

"너 가서 진수화에게 복호가 왔노라고 전하거라."

"예? 무슨 말씀이신지……? 진수화는 오늘 손님을 받을 수 없습니다요."

망고가 끼어들었다.

"이 자식아, 이분이 누구신지 아느냐? 어제저녁 진수화를 납치한 흉악한 자들에게서 진수화를 구해주신 분이시다. 진수화가 은혜를 갚겠다고 영취루로 오라 하여놓고 이게 무슨 일이람? 하여간 계집의 말은 믿을 것이 못 된다니까."

점소이가 망고의 말을 듣곤 놀란 사람처럼 꾸벅 인사를 하곤 부랴부랴 일층으로 달려가 키 크고 깡마른 사내에게 무어라고 말을 하였다.

그 사내가 부랴부랴 계단을 올라와서는 꾸벅 인사를 하곤 입을 열었다.

"어제 진수화를 구해주신 분이시라구요? 그렇지 않아도 진수화 아가씨가 말씀을 하시더군요."

"진수화가 내 말을 했다구요?"

"예, 공자님께서 찾아오실지 모른다고 며칠 동안 손님을 받지 않겠다고 하셨습니다. 저와 함께 가시지요."

사내가 손을 펼쳐 앞장서기 시작하였다.

복호가 자리에서 일어나 그 뒤를 따르고 망고는 횡재한 사람처럼 싱글거리며 그 뒤를 따랐다.

사내는 삼층의 계단을 올라가서 둥근 방문이 있는 남쪽 끝 방으로 두 사람을 인도하였다.

복호와 망고가 방 안으로 들어가니 넓은 방 안에 호화로운 기물과 아름다운 세간들이 두 사람의 눈을 어리둥절하게 만들었다.

바닥에는 화려한 페르시아 산 붉은 양탄자를 깔았고, 방 안 가운데에는 백옥으로 만든 둥근 탁자가 있으며, 탁자 옆에는 호화로운 표범 가죽을 두른 의자가 있었다.

남향에 붙어 있는 둥그런 창밖으로는 붉은 노을이 아스라이 깔렸는데 창 앞에 네 사람이 누워도 될 것 같은 넓은 침대가 있고, 그 위에 붉은빛이 감도는 화려한 비단 금침이 놓여져 있었다.

"잠시 기다리십시오. 진수화 아가씨가 곧 들어오실 겁니다. 그동안 술상을 준비하겠습니다."

사내가 공손하게 꾸벅 인사를 하곤 바깥으로 나갔다.

휘둥그런 눈으로 사방을 둘러보던 망고는 영취루의 가장 비싼 방에 들어와 진수화를 만나본다는 것이 믿어지지가 않는 듯 자기 볼을 꼬집었다.

"아얏!"

공연히 비명을 지르곤 너른 침대에 폴짝 뛰어 큰대자로 네 활개를 뻗더니 비단 금침에 얼굴을 파묻고 숨을 깊게 들이마시었다.

"아! 이 냄새가 바로 진수화의 살 냄새렷다?"

복호가 뒷짐을 지고 서서 창밖의 광경을 바라보다가 코웃음을 쳤다.

"미친놈, 계집 냄새가 그렇게 좋으냐?"

"좋다 뿐입니까? 천하의 영웅들도 미인에게는 약한 법입니다요. 진수화가 다른 미인도 아니고 하북제일의 절세 기녀인데 오죽하겠습니까? 진수화의 체취가 묻은 금침에 누워 있는 것만으로도 천하를 얻은 것 같습니다요."

망고는 금침을 껴안고 연신 숨을 들이마시었다.

"미친놈."

복호는 한마디를 내뱉곤 창밖으로 펼쳐진 광경을 바라보았다. 불그스름한 노을이 점점 가시고 거무스름한 땅거미가 짙어지면서 넓은 연경 안에 반짝이는 불빛이 선명하게 짙어졌다. 마치 수만 개의 별을 지상으로 가져다 놓은 것처럼 연경의 밤 풍경은 휘황찬란하기 그지없었다.

길가에는 등롱을 휘황하게 달아서 건물과 길의 경계가 뚜렷한데 마치 바둑판을 보는 것 같다. 멀리 불빛을 단절한 검은 성벽에는 횃불이 드문드문하게 보이고, 파수 보는 병사들이 움직이는 듯 횃불이 성벽 위에서 움직이는 것도 어렵지 않게 보였다.

천하를 수중에 넣은 후 이곳을 수도로 만들어 구중궁궐의 높은 누각에서 휘황하게 불 켜진 성시를 바라보던 징기스칸의 마음이 이와 같았을까?

이곳이 얼마 전까지 천하를 주름잡았던 원(元)의 대도(大都)임을 알지 못하는 복호이건만 장대한 도심을 바라보고 있노라니 가슴이 뻥 뚫리는 것 같은 통쾌한 마음이 들었다.

이때 방문이 열리고 점소이들이 줄지어 들어와 둥그런 옥탁자 위에 온갖 음식들을 내려놓았다.

침대에 몸을 파묻고 금침 냄새만 들이키던 망고가 벌떡 일어나서 점소이가 날라 오는 음식들을 바라보는데, 음식들 모두가 이전에 보지 못한 것들이었다.

백옥 같은 탁자 위에 차곡차곡 놓여지는 음식들을 꿀 먹은 벙어리마냥 바라보던 망고가 침을 꼴깍 삼키며 바라보다가 고개를 돌려보니, 복호는 뒷짐을 지고 서서 석상처럼 창밖을 바라보고 있을 따름이다.

말없이 분위기를 잡고 있는 모습이 묘하게 마음을 당겨 뒷짐을 지고 있는 복호가 오늘따라 엄청 무겁게 느껴졌다.

'자식, 제법 분위기 있는데? 어린놈의 자식이……. 나는 어째서 저런 것이 안 될까 몰라.'

머리를 설레설레 젓다가 다시 고개를 돌려 탁자 위에 올려져 있는 작은 백옥 술병을 가리키며 점소이에게 말했다.

"여봐, 여봐. 공자님은 술이 무척 세단 말이다. 그러니 항아리째로 가져오너라. 이런 것 가지고는 간에 기별도 안 간단 말이다. 독한 화주를 항아리째로 가져와야 해. 화주 마실 대접하구. 참, 그리고 공자님은 생식을 좋아하시니 육회도 빠뜨리지 말고 가져오너라. 공자님이 안주로 먹을 거라곤 그것밖에 없단 말이다. 알겠느냐?"

망고가 점소이들에게 갖은 참견을 다하여서 점소이들이 귀찮은 내색을 하면서도 육회와 술 항아리를 가져다가 탁자 옆에 놓고 물러갔다.

"참말 공자님은 대단히 운이 좋은 사람이올시다. 공자님 덕분에 아무나 구경할 수 없다는 연경제일기루의 호사스러운 기루도 와보고, 아무나 먹을 수 없다는 좋은 음식을 먹을 수 있으니 망고가 공자님 따라다닌 보람이 대단 있습니다. 헤헤헤."

망고는 말을 하면서도 작은 백옥 잔에 술을 따라 홀짝홀짝 마시고는 안주도 빼먹지 않고 날름날름 집어먹었다.

"아! 기가 막힌 맛이다! 고기가 혀에서 살살 녹고 술이 목구멍을 타고 술술 넘어가누나!"

작은 잔에 든 술을 마시던 망고가 연신 감탄사를 연발하며 수육 하나를 집어 들어 짭짭 소리가 나도록 씹었다.

그때였다. 방문이 열리면서 붉은 비단옷을 입은 여자 하나가 두 명의 하녀에게 이끌려 방 안으로 들어왔다.

고기를 씹고 있던 망고의 입이 쩍 벌어지며 입 안에 씹고 있던 고기가 맥없이 툭 털어졌다.

망고는 눈앞에 별안간 환하여지는 것 같아서 잠깐 동안 정신을 놓고 있다가 눈 어두운 사람처럼 두 눈을 씻고는 다시 바라보았다.

눈앞에 있는 여자가 누군지는 말하지 않아도 알 것이라. 망고가 아예 넋을 놓고 여자를 바라보았다.

살빛은 눈이요, 살결은 비단 같은데 수정처럼 맑은 눈하며 그린 듯 오뚝한 코와 앵두 빛 입술이 한 폭의 그림 같아서 필설로는 차마 형용이 안 되는 미인이었다.

더구나 그 입은 차림이 아래위로 타는 듯한 붉은 저고리와 붉은 치마를 입었는데, 가슴에 진주를 몇 개 달아서 마치 붉은 장미에 맑은 아침 이슬이 달린 것 같았다.

"진수화가 은인께 인사드립니다."

진수화는 망고는 본 척도 아니하고 맞은편 창가에 서 있는 복호에게 공손하게 인사를 하였다.

"아, 예, 예. 망곱니다요."

망고는 제가 인사를 받지 않았는데도 몸이 진수화의 얼굴이 내려가는 것을 따라서 움직여 어정쩡한 인사를 하였다.

창밖을 바라보던 복호가 몸을 돌려 뚜벅뚜벅 걸어왔다.

"여기에 앉으십시오."

진수화가 다정하게 자리를 권하였는데, 마치 먼 길 갔다 돌아온 지아비를 반기는 것 같아서 망고가 놀랍게 생각하였다.

복호가 무뚝뚝하게 의자에 자리하자 진수화가 살포시 그 옆에 자리하고 앉았다.

멍하게 서 있는 망고는 외톨박이 찬밥 신세라 입맛을 쩝쩝 다시며 앉을까 말까 망설이는데 진수화가 살방살방 웃으며 맞은편 자리를 권하여 앉았다.

백옥 탁자 가운데 있는 붉은 대초의 촛불이 살랑거리며 반짝거리고 있었다.

망고는 연한 불빛 너머로 앉아 있는 진수화의 얼굴을 요리조리 바라보고 요모조모 뜯어보느라고 쉴 새 없이 지껄이던 수다가 딱 멈추었다.

진수화가 백자 술병을 들어 백자 술잔에 따르며 말했다.

"오시지 않을까 걱정하였는데 이렇게 오시니 얼마나 반가 웠던지 몸단장을 하느라고 늦었습니다."

목소리도 은 쟁반에 옥 구슬 굴러가는 듯한 미성이라 망고 는 홀린 듯이 진수화를 바라보다가 부러운 듯이 복호에게 고 개를 돌렸다.

"난 이런 잔엔 술 안 먹는다."

화가 난 사람처럼 무뚝뚝하게 받은 잔의 술을 툭 털어 마시 곤 대접을 앞에 놓고 항아리를 들어 화주를 따랐다.

진수화의 수정 같은 눈이 동그랗게 커졌다.

"헤헤헤, 우리 공자님은 저렇게 술을 드십지요. 주량으로 말할 것 같으면 연경에서 이름 높다는 두사철권 강남학이를 저 밑으로 한참이나 내려다보고 계십지요. 벌써 이층 주루에 서도 화주를 두 대접이나 드신걸요?"

"그런데도 이렇게 멀쩡하단 말인가요?"

망고는 진수화가 자신을 바라보며 물어보자 절로 기분이 좋아져서 재빨리 대답하였다.

"말도 마십시오. 우리 공자님은 두주불사에 힘은 천하장사 라 항우장사의 재림(再臨)이라 할까요? 피가 뚝뚝 떨어지는 돼지고기에 화주를 대접째 마시길 좋아합지요. 어제는 강남 학인지 강낭콩인지가 공자님과 화주를 일곱 항아리나 마시면 서 대작을 하다가 끝내 곯아떨어졌다는 것이 아니겠습니까?

무공이라면 대적할 상대가 없어서 알 수 없는 일이지만 술이라면 가히 천하제일고수라고 할 수 있습지요.”

망고가 엄지손가락을 치켜들었다.

“이 자식아, 쓸데없는 소리 말고 술이나 먹어라.”

“옙.”

망고가 백자 술잔에 담긴 술을 홀짝홀짝 마시며 진수화의 얼굴을 안주 삼아 힐끔힐끔 바라보았다.

진수화가 망고의 말을 듣고 가만히 생각해 보니 어이가 없는 노릇이다. 망고의 말이 사실이라면 어젯밤 술이 만취된 상태에서 말짱한 산서이괴를 한주먹, 한 발길질에 쓰러뜨렸다는 것이 말이 되는 것이다. 그렇다면 말짱한 정신일 때의 무공은 어떠하단 말인가. 상상이 잘 되지 않았다.

진수화가 색기 어린 눈으로 옆에 앉은 복호를 바라보았다. 열기 있는 눈빛에 우뚝한 코, 각진 얼굴에 거뭇거뭇한 구레나룻이 가히 천하를 한바탕 누비고 다닐 만한 사내답게 보였다.

“귀찮다. 저리 가서 자거라.”

어젯밤 진수화에게 모욕을 주었던 복호의 목소리가 아직도 귓가에 생생하다.

산서이괴 두 사람을 기절시켜 포박한 후에 벌거벗고 침대에 뛰어오른 복호는 바로 옆에 묶여 있는 진수화를 발견하곤

그녀의 포박을 풀어준 후 저리 가서 자라는 한마디를 남기고
는 곯아떨어졌던 것이다.

하북제일의 미녀라고 칭송받던 진수화가 하루아침에 소박
아닌 소박을 당하게 되자 화가 나고 기가 찼지만, 또 한편으
로 생각하니 남자가 술 먹고 개 되는 것이 매일반이라 술 먹
으면 음심(淫心)이 동하기 마련인데, 복호 하는 짓이 보기 드
문 대인군자의 모습이라 진수화가 반드시 다시 불러 감사의
마음을 표하기로 작정하였던 것이다.

이날 진수화가 영취루로 돌아와 하루 종일 복호를 생각하
며 마음을 졸였다. 까마귀 노는 데서 백로를 만났으니 눈길이
가는 것은 당연하거니와, 술 취하면 진심이 나오는 법이라 곰
곰이 생각하니 진탕 취하고도 자신에게 눈길조차 주지 않은
목석 같은 사내에 대하여 궁금한 마음이 들어 몰래 점소이를
시켜 성 밖 객점에 가서 탐문케 하였다.

점소이가 다녀와서 하는 말이, 그 사내와 함께 온 두 명의
여자가 있는데 두 명 모두 진수화에 뒤지지 않는 절세의 미인
이라는 것이었다.

진수화는 하북제일기녀 소릴 듣던 터라 자존심이 몹시 상
하였다. 복호가 두 미인과 함께 시간을 보낼 것이면 자신을
돌아보지도 않을 것이라 자신과의 약속을 헌신짝처럼 잊어버
릴까 싶어 저녁 무렵에 점소이를 시켜 넌지시 복호를 불러들
일 생각까지 한 진수화였다.

그런데 뜻밖에 복호가 찾아왔다는 말에 진수화는 아름답게 화장을 하고 예쁜 옷을 입고 복호를 만나러 와보니 그 시종이라는 자가 복호의 내력을 이야기하는데, 실로 보기 드문 호걸이다.

우미인에게 항우(項羽)가 있고 양귀비에게 현종(玄宗)이 있듯이 가인(佳人)에게 호걸(豪傑)이 짝이라, 자존심 강하고 잘나디잘난 진수화의 몸이 갑자기 달아오르기 시작하였다.

"호호호, 영취루에서 소위 고수들이라는 호걸들을 적지 않게 만나본 적은 있습니다만, 공자님께서는 어떤 무술을 배우셨기에 산서이괴를 한주먹에 쓰러뜨릴 수 있었습니까?"

진수화가 복호의 옆에 찰싹 달라붙어 간드러지게 애교를 부렸다.

진수화의 색기 어린 눈웃음과 간들거리는 음성이 애간장을 녹일 정도로 교태스러워 탁자 맞은편에 앉아 있는 망고까지 전신이 흐물흐물 녹아나는데, 바로 옆에 앉아 있는 복호는 입을 굳게 다물고 눈 하나 깜짝하지 않는다.

'저 자식이 토끼 때문에 화난 거 아니야?'

복호의 눈치를 살피면서도 좋던 분위기가 끊어질까 싶어 망고가 얼른 입을 놀렸다.

"격호권(擊虎拳)을 배우셨지요."

복호와 진수화가 동시에 망고에게 고개를 돌렸다. 진수화가 호기심 어린 눈망울로 망고에게 물었다.

"격호권이오? 그런 무술은 처음 들어보는데요?"

"당연하지요. 이 무술은 사람을 상대하는 것이 아니라 호랑이를 상대하는 권법입지요."

"호랑이를 상대한다고요? 호랑이 권법이 아니구요?"

진수화의 두 눈이 크게 휘둥그레졌다. 그림 같은 두 눈에 흑단 같은 보석이 촛불 빛에 반짝거렸다.

복호는 망고가 또 무슨 거짓말을 지껄여댈까 궁금하여 너털웃음을 지으며 망고를 바라보았다.

망고는 복호에게 눈을 깜빡거리며 진수화에게 주둥이를 놀렸다.

"호랑이 권법이 아니구 맨주먹으로 호랑이를 잡는 권법입지요."

망고가 주먹을 들어 허공을 치는 시늉을 하였다.

"호호호, 농담도 잘하시네. 사람이 맨주먹으로 호랑이를 어떻게 잡아요?"

"어허, 잘 모르시는 말씀. 그리 말하면 옛날 양산박의 두령이던 무송(武松)이 경양강 고개에서 취중에 호랑이를 때려잡은 이야기는 말짱 거짓말이 되겠습니다요. 우리 공자님으로 말하자면, 날아다니는 파리 똥구멍까지 볼 수 있는 안력에 진기한 영약을 다량으로 섭취하여 호랑이를 맨손으로 어렵지 않게 잡으실 수 있으니 힘으로 치자면 항우장사요, 무공으로

치자면 장삼봉 저리 가라 할 정도랍니다. 그러니 산서이괴인
지 북동팔망이든지 공자님의 상대가 될 수 없는 거죠."

말이 과하여 이야기가 허풍처럼 들리었으나 진수화는 망
고의 이야기가 재미있어 옥같이 가늘고 고운 손으로 탐스러
운 입술을 가리고 간드러지게 웃었다.

"호호호, 재미있는 분이시네요."

진수화의 꽃같이 웃는 모습을 보니 망고의 입이 귀에 걸리
었다.

"헤헤헤, 제가 한 재미 합지요. 우리 공자님께서 너무 재미
가 없으니 저라도 한 재미를 해야 분위기가 살아나고 술맛도
날 것이 아니겠습니까? 그렇지요, 공자님?"

망고가 무뚝뚝하게 앉아 있는 복호를 바라보고 눈을 찡긋
찡긋하였다.

복호가 망고의 거짓말을 말없이 듣고 있다가 대접을 들어
화주 한 병을 비우곤 탁 소리가 나도록 술잔을 놓고 옆에 있
는 진수화를 바라보다가 입을 열었다.

"내가 토끼였더냐?"

때 아닌 토끼 타령에 진수화가 무슨 말인지 알아들을 수 없
어서 머리를 갸웃거리는데, 망고는 가슴이 까맣게 타서 재빨
리 술 항아리를 들어 화주를 따르며 말했다.

"공자님, 토끼구이 하나 시킬깝쇼? 자, 자, 한잔하시라구요."

"이 자식아, 내가 토끼구이 이야기하더냐?"

호통을 버럭 지르곤 고개를 돌려 진수화에게 말했다.

"어젯밤에 너와 내가 그 짓을 하였느냐?"

머리를 갸웃거리며 진수화가 말했다.

"그 짓이라면?"

"남녀 합방 말씀입죠."

망고가 끼어들어 손바닥과 주먹을 부딪쳤다.

진수화가 곧 토끼 이야기의 뜻을 알아차리곤 잠시 웃다가 말했다.

"과년한 남녀가 벌거벗고 한 침대에서 함께 잤으면 그만이지 또 무슨 이야기가 더 필요한가요?"

복호가 손가락으로 망고를 가리키며 말했다.

"저 자식이 나보고 빨리 끝났다고 하더라. 그게 남자 망신시킨 것이냐?"

"호호호, 말씀드리기가 애매하네요. 남녀 간의 은밀한 밤일을 할 때에는 남자만 즐겁게 끝이 나는 것은 예의라고 하긴 어려우니 토끼가 남자 망신시키는 것이 아니라고는 말씀드리기가 어렵네요."

망고가 킥킥거리며 입을 잡고 웃었다.

"흥, 너희들이 날 바보로 아느냐?"

복호가 진수화의 턱을 잡아당겨 자신의 눈과 마주치게 하였다.

"묻겠다. 내가 어제 너와 그 짓을 했느냐?"

열기 어린 두 눈이 호랑이처럼 바라보는데 아무리 산전수전 겪은 진수화라도 복호의 두 눈을 빤히 바라보며 거짓말을 할 용기가 없어 떨리는 음성으로 사실을 있는 그대로 토설하였다.

복호가 이야기를 듣고 난 후에 고개를 돌려 망고를 노려보았다. 망고는 탁자에 납죽 고개를 숙이고 복호의 눈을 마주치지 못하였다.

"이 자식, 나불거리는 주둥이로 되도 않는 말을 마구 지껄여대더니 알고 보니 네가 거짓말쟁이였구나. 내가 네 말을 본래 믿지 않았지만 오늘 네가 지껄이는 것을 보고 거짓말을 밥 먹듯 하는 놈이라는 것을 알았다. 이 자식, 이리 오너라. 그 쓸모없는 주둥이를 찢어버릴 테다."

망고는 너무 놀라 뒷걸음질치다가 의자와 함께 뒹굴었다. 바닥을 한 바퀴 구른 망고는 갑자기 오만상을 쓰면서 자리에서 벌떡 일어났다.

"욱……!"

얼굴이 새파랗게 질린 망고가 두 손으로 엉덩이를 잡고 두 눈을 가운데로 몰아 숨을 몰아쉬면서 급하게 말했다.

"고, 공자님, 절 건드리시면 안 됩니다."

"왜, 이 거짓말쟁이 자식아?"

"저를 건드리시면 방 안이 오염됩니다. 갑자기 설사가……! 아, 밀려 내려오고 있습니다."

복호가 얼굴을 찡그리며 말했다.

"더러운 녀석! 어서 뒷간에 가거라!"

"그, 그럼 저는 이만……!"

엉덩이를 부여잡고 엄살을 떨던 망고가 살 맞은 뱀처럼 방문을 박차고 바깥으로 뛰어나가 버렸다.

복호가 방문을 바라보다가 머리를 설레설레 저으며 웃었다.

"이 자식, 방문 뒤에 서 있지 말고 이리 오너라!"

그러자 방문이 살며시 열리며 망고가 얼굴을 내밀었다.

"공자님, 용서해 주시는 겁니까?"

"이 자식, 앞으로 거짓말을 하면 용서하지 않는다!"

"헤헤헤, 제가 거짓말을 약간 보탠 것은 분위기를 좋게 하려고 그런 거지 다른 뜻이 있는 것은 아닙니다요. 공자님께서 그 점을 알아주시와요."

망고가 살살거리며 손바닥을 비볐다.

진수화가 웃으며 말했다.

"호호호, 재미있는 분이시네요. 공자님께서 용서하셨으니 어서 이리 와서 앉으세요."

망고가 고양이처럼 탁자 맞은편에 와서 의자를 일으킨 후 슬그머니 주주물러 앉았다.

잠시 두 사람의 눈치를 살피던 망고가 주둥이를 열었다.

"아가씨의 말씀을 듣고 보니 어젯밤에는 아무 일이 없었던 것이군요. 참, 술이 원수라고, 듣고 보니 안타까운 일입니다."

진수화가 말했다.

"뭐가 안타깝다는 거죠?"

"진수화 아가씨는 당하는 처지라 그렇겠지만 남자 입장에서 봤을 때는 절세의 미녀가 바로 옆에 있는데 허수아비 바라보듯 가만 놔두는 것은 가히 안타까운 일이라고 할 수 있지요."

복호가 코웃음을 쳤다.

"실없는 소리 하지 마라."

찔끔 고개를 숙이던 망고가 슬그머니 고개를 들며 주둥이를 놀렸다.

"공자님은 산에서 살아 잘 모르겠지만, 예로부터 남자가 미인의 사랑을 받기 위해 천하를 망가뜨린 일은 부지기수였습니다요. 아주 먼 옛날 주나라 유왕(幽王)이 포사의 웃는 모습을 보기 위해 비단을 수만 장 찢고 봉화를 수천 번 올리다가 주나라를 말아먹고, 당나라 현종이 양귀비의 치마폭에 빠져서 안록산(安祿山)에게 당나라를 말아먹을 뻔한 일도 있습지요. 천하를 좌지우지하던 호걸도 미녀의 사랑을 받기 위해서는 물불을 가리지 않는데, 그에 비하면 공자님은 너무 점잖다는 말씀이지요. 저렇게 아름다운 미녀를 먼 산 바라보듯이 하셨으니 어찌 안타깝지 않겠습니까?"

복호가 진수화를 건드리지 않는 것을 야유하는 말이었지만 진수화의 입장에서 들어보면 자신을 포사와 양귀비 같은 경국지색(傾國之色)의 미색으로 견주어놓고 있으니 기분이 나쁘지 않은 말이었다.

복호가 화주 한 잔을 마신 후 입을 열었다.

"이 자식아, 넌 생각이 글러먹었다. 가녀린 여자를 마구 범하는 것이 어찌 호걸일 수가 있겠느냐? 그건 호걸이 아니라 색한이다. 색한을 호걸이라고 말하는 네가 가소로울 따름이다."

복호가 목을 젖히며 큰 소리로 웃다가 자리에서 일어났다.

망고가 고개를 들어 물었다.

"공자님, 왜 일어나십니까?"

"가야지."

"예? 가신다고요?"

"네 소원대로 진수화의 얼굴도 보았고, 진수화에게 은혜 갚은 술도 마셨고, 어젯밤에 무슨 일이 있었는지도 알았으니 이제는 볼일을 다 본 것이 아니겠느냐? 이제 그만 가야지."

복호가 성큼성큼 걸음을 옮겼다.

진수화가 얼른 일어나 복호의 소매를 잡아당겼다.

"왜 그러시오?"

복호가 걸음을 멈추고 고개를 돌렸다.

진수화는 복호와 얼굴을 마주치자 얼굴이 화끈 달아오르는 것을 깨달았다. 여자를 좋아하는 것이 영웅호걸이 아니라 색한이라는 말 한마디에 진수화는 등줄기에 소름이 끼치는 기이한 전율을 느꼈다.

기루에서 수많은 사람들을 상대하면서 진수화는 복호와 같은 사람을 만나본 적이 없었다.

남자들은 술을 마시면 여자를 여자로 보아주는 것이 아니라 하나의 놀잇감으로 생각하였다. 기녀들은 인격도 없고 생각도 없는 안줏거리와 잠자리의 노리개에 불과한 세상이었다. 세상 어떤 남자가 기녀를 인격이 있는 사람으로 생각하였던가.

'어젯밤 이 사람이 나를 가만 놔둔 것이 바로 그 때문이었구나.'

진수화는 가슴 뭉클한 감동을 느끼었다. 그녀는 진심으로 복호를 놓치기 싫었던 것이다.

"가지 마세요."

애절한 감정이 얼굴에 녹아 들어가 복호는 마음이 흔들렸으나 빙그레 웃으며 말했다.

"술 잘 마셨소."

복호는 진수화의 손목을 잡아 소매를 잡은 손을 떼었다.

진수화의 손이 미끄러지듯 소매에서 떨어지며 한줄기 눈물이 하얀 볼을 타고 흘렀다.

기녀들은 남자에게 마음을 주지 않는다. 진수화가 그것을 모르는 바가 아니나 사랑의 감정이란 것이 한순간에 찾아오는 것처럼 사람의 의지로 잠재우거나 단념시킬 수 있는 것이 아니기에 급작스런 이별에 마음이 아파 눈물이 절로 나왔던 것이다.

"언제 다시 오실 건가요?"

방문을 열고 나가던 복호가 우뚝 서서 고개를 돌려 물었다.

"그대도 팔려 왔소?"

"네? 네."

진수화가 다소곳이 머리를 숙이며 고개를 끄덕거렸다.

"……."

복호가 말없이 문을 닫고 나갔다.

망고가 힐끔힐끔 진수화를 바라보다 후닥닥 그 뒤를 따라 나갔다. 복호는 어느새 계단을 따라 내려가고 있었다. 망고가 난간을 돌아 그 뒤를 따라 내려가니 복호는 벌써 영취루 바깥으로 나가 버린 후였다.

'숙맥 같으니라구. 주는 떡도 못 먹는 자식.'

마음속으로 불같은 욕을 퍼부으며 기루 바깥으로 나가니 복호가 길 가운데 우두커니 서서 사방을 환하게 밝히는 홍등을 바라보고 있었다. 오리 주둥이처럼 입이 댓자나 튀어나온 망고가 구시렁거리며 물었다.

"공자님, 여기서 뭣 하시는 겁니까?"

"불빛이 휘황하구나. 거리가 온통 웃음을 파는 여자들로 즐비한 기루투성이로구나."

"서문대가는 기루가 겁나게 많습지요. 기녀들의 수도 셀 수 없을 만큼 많을 거구요, 기녀들을 찾는 한량들도 수없이 많구요."

망고가 다시 돌아가고픈 마음이 있어서 힐끔 눈치를 살피며 물었다.

"영취루의 나긋나긋한 꽃 같은 기녀를 놔두시구 되도 않는 기루 구경하시는 겁니까요? 이러고 있지 마시고 저와 함께 돌아가십시다요."

복호가 버럭 호통을 쳤다.

"이 자식아, 내가 바보로 보이느냐?"

"예? 바보라니요?"

복호가 말주변이 없어 망고를 혼낼 말이 딱히 생각나지 않아 입에 나오는 대로 말했다.

"기생들은 헤프다더라."

망고가 배시시 웃으며 말했다.

"공자님도 참. 기생들이니 헤프지 정실부인이 헤프겠습니까? 기녀들은 길가의 꽃이라 지나가는 나비들이 언제나 머물다 갈 수 있습지요. 자, 자, 이렇게 시간 보내지 마시구 진수화, 예쁜 꽃이나 마저 보러 가십시다요. 꽃 속에 꿀이 가득한데 볼 것도 없는 길가에서 이게 무슨 일입니까? 어서 가십시다요."

복호가 두 눈을 부라리며 말했다.

"이 자식, 네가 이제 보니 아주 글러먹은 자식이구나."

"예?"

"이 자식아, 기생은 사람 아니더냐?"

"기생도 사람이야 맞습니다만, 기생이란 것이 술자리에서 손님의 흥을 돋우는 일을 하는 사람입지요."

"예끼, 순 날강도 같은 놈! 불상이같이 불쌍한 여자를 생각하면 술이 넘어가느냐?"

망고의 눈이 휘둥그레졌다.

"에계계, 꽃 같은 진수화를 옆에 놓구 여태 불상이 생각을 하신 겁니까? 진수화를 소박 맞힌 것이 불상이 고년 때문입니까?"

복호가 갈고리 같은 손으로 망고의 주둥이를 꽉 잡았다.

"주둥이 닥치지 못하겠느냐? 넌 웃음과 몸을 파는 여자들이 좋아서 그 짓을 한다고 생각하느냐? 같은 사람으로서 기생들이 불쌍하지 않느냐? 에이, 빌어먹을 놈!"

복호가 손가락을 놓아주자 망고가 눈물을 찔끔찔끔 흘리며 부어오른 주둥이를 열었다.

"불쌍한 것으로 따지자면 불상이 같은 여자가 어디 하나둘입니까? 서문대가의 기녀들만 해도 수를 헤아릴 수 없이 많을 텐데요. 하지만 모두 팔자로만 생각해야지 어쩌겠습니까? 어릴 적 가난해서 팔려 온 여자들도 있을 것이요, 불상이처럼 납치를 당하여 온 계집도 있을 것이니 난세에 여자 팔자가 그런 것 아니겠습니까? 그렇다고 불상이처럼 돈으로 모두 사 올 수도 없을 것이니 그저 그게 저에게 타고난 팔자려니 하고 두고 볼 밖에요. 불쌍해도 어쩝니까? 그렇다고 남자들이 기루에 가지 않을 것도 아니요, 수천 년 전부터 있던 기녀들이 하루아침에 없어지지도 않을 것인데 저라고 방법이 있나요?"

복호가 길게 한숨을 내쉬면서 말없이 고개를 끄덕끄덕하였다.

망고가 힐끔 복호의 모습을 바라보며 말했다.

"공자님, 혹시 불상이를 좋아하십니까?"

"이 자식, 되도 않는 소리 말아라. 불상이나 진수화나 불쌍한 것은 마찬가지인데 내가 그런 이들을 데리고 논다면 그것이 사내대장부라 할 수 있겠느냐?"

"계집 마다하는 사내대장부는 내시 아니고는 공자님이 처음일 것이오."

"절개 없는 사내를 장부라고 할 수 있느냐?"

"그래서 절개 없는 계집하고 상종 않겠다는 말씀이오?"

"자꾸 헛소리할 테냐? 불쌍한 계집을 하룻밤 희롱거리로 생각하는 것이 사내가 아니란 말이다."

"전 대장부가 아니라서 불쌍한 계집들한테 갈랍니다."

복호가 영취루로 들어가는 망고의 뒷덜미를 잡았다.

"왜 이러십니까?"

복호의 다른 손이 망고의 사타구니 사이로 파고들어 양물을 움켜잡았다.

"어흑!"

망고의 얼굴이 시퍼렇게 질리어 숨도 쉬지 못하고 컥컥거렸다.

"이 자식, 상부가 되기 싫다니 네 소원대로 양물을 뽑아주마. 그때도 기방에 들어갈 수 있는지 두고 보자."

복호가 손에 힘을 주자 망고의 눈이 한곳으로 몰렸는데, 고통 때문에 말이 목구멍으로 나오지는 아니하여 두 손을 모아 빌며 살려달라는 시늉을 하였다.

"자꾸 헛소리할 테냐?"

망고가 머리를 좌우로 맹렬히 흔들었다.

복호가 양물을 잡은 손을 놓고 목을 젖혀 통쾌하게 웃으며 말했다.

"하하하하! 진작 말을 들을 것이지 고집을 왜 부려? 잔말 말고 고려 상인들이 있다는 곳으로 가자."

망고가 양물을 부여잡고 한동안 숨도 내쉬지 못하다가 못내 아쉬운 듯이 영취루의 휘황한 현판을 바라보며 땅이 꺼져라 한숨을 내쉬었다.

"제기, 불상이 고년 때문에 하북제일기녀가 파랑새처럼 훨훨 날아가 버렸네. 마른하늘에 날벼락도 유분수지, 생각하니 애통하고 되돌리려니 절통하다. 에휴휴휴휴~"

복호가 목을 젖히고 웃다가 망고의 엉덩이를 차면서 말했다.

"이 자식아, 모두 팔자 나름이니라. 잔말 말고 앞장서라."

"갑니다요! 간다구요!"

망고가 툴툴거리며 홍등이 휘황한 서문대로를 휘적휘적
앞장서기 시작하였다.

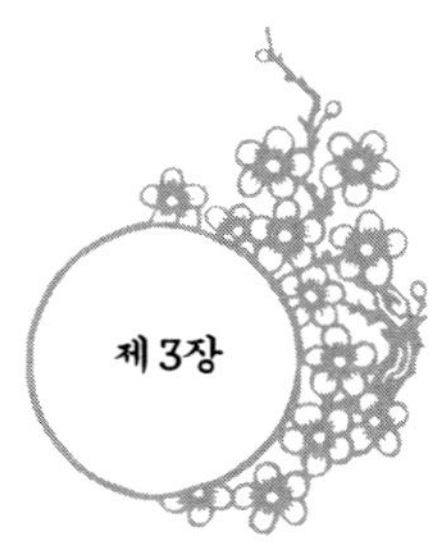

제3장

미인은 화의 근원

　　두 사람이 그 길로 고려 상인이 자주 거처를 잡는다는 전문대가(前門大街)의 약종상(藥種商)으로 와서 수소문을 하였으나 고려 상인들은 봄철에 인삼을 팔러 왔다가 돌아간 까닭에 지금은 사람이 없다는 이야기를 듣게 되었다.

　　이때가 이미 밤이 깊어 연경의 성문이 모두 닫힌 후이다. 두 사람은 하는 수 없이 전문대가의 객점에서 하룻밤을 보낸 후에 이른 아침 일찍 불상과 설란이 기다리고 있는 객점으로 와보니 객점에 때 아닌 난리가 일어나 있었다.

　　어젯밤 강도 사건이 일어났다는 점소이의 떠들썩한 이야기를 들으며 이층 누각 옆으로 가보니 강남학이 대도 하나를 들고 탁자에 앉아 있는데, 그 맞은편 의자에 설란과 불상이 나란히 앉아 있다.

강남학이 화가 난 듯 얼굴이 험상궂은 반면에 두 여인의 얼굴에는 떠는 기색이 완연하였다.

두 사람이 계단을 올라오는 것을 보고 강남학이 성큼성큼 다가가 포권을 하며 말했다.

"어딜 다녀오시는 겁니까?"

망고가 말했다.

"성안에 다녀오는 길입니다요. 그런데 왜 그러십니까?"

강남학의 뒤편에 서 있는 두 여인은 복호와 망고를 보자 안심이 된다는 듯 얼굴이 밝아졌다.

"무슨 일이오?"

복호의 물음에 강남학이 두 사람을 탁자로 이끌어 의자에 앉힌 후에 이야기를 시작하였다.

"어젯밤 늦은 시간에 설란 아가씨의 방 안에서 큰 싸움이 일어났소이다."

"예? 설란 아가씨가 누구와 싸웠나요?"

망고가 설란의 손을 잡고 앉아 있는 불상을 바라보며 물었다.

"글쎄, 어떻게 된 영문인지는 저도 자세히 모르겠습니다. 아가씨들에게 물어보는 것이……."

복호가 설란과 불상에게 물었다.

"어떻게 된 일인지 이야기해 보시오."

설란이 입을 열었다.

"어제 낮에 공자님과 망고가 객점을 나간 후 불상과 함께 파루가 울릴 때까지 누각에서 기다리다가 불상이 무섭고 적적하다 하여 저와 한 방을 쓰게 되었습니다. 저희 두 사람이 한 침대에서 두런두런 이야기를 나누다가 잠이 들었는데, 깜빡 잠이 든 사이에 괴한들이 창밖에서 침입해 들어온 것이었습니다."

"괴한의 숫자가 얼마인지 기억나십니까?"

"다섯 명 정도? 불을 꺼놓은 상태였지만 어둠이 눈에 익어 그들이 다섯 사람 정도였다는 것을 기억합니다. 저희 두 사람은 소리도 한 번 못 지르고 사로잡혀서 입에 재갈을 물린 신세가 되고 말았지요. 괴한들이 포박 당한 저를 데리고 창문을 나가려 할 때였습니다. 갑자기 창문이 살그머니 열리면서 두 사람이 또 방 안으로 들어왔었지요. 그 두 사람은 손에 갈고리 같은 무기를 들고 있었는데 다섯 명의 괴한과는 다른 자들 같았습니다. 두 사람이 어두컴컴한 방 안으로 들어왔다가 저희들을 납치하려던 괴한들을 만나 한바탕 싸움이 벌어졌답니다. 의자며 기물이 깨어지고 호통 소리와 쉿소리가 방 안을 시끄럽게 울리자 사람들이 몰려왔고, 괴한들도 모두 창밖으로 도망을 쳐버렸는데 그때 두 사람이 목숨을 잃었답니다. 저희는 너무 무섭고 떨려서 어쩔 줄을 몰라 하는데 그때 여기 있는 이분께서 저희들을 지켜주셨습니다."

강남학이 말했다.

"전 그때 복호 공자님을 뵈려고 이층 주루에서 밤늦도록 술을 마시고 있었는데, 소란이 일어나서 달려가 보니 괴한들이 창밖으로 도망을 치는 것이 아니겠습니까? 두 분 아가씨는 입에 재갈을 물린 채 포박이 된 상태로 납치될 뻔하였는데, 도대체 누가 이런 짓을 한 것인지 오리무중이올시다."

복호가 머리를 갸웃거리며 말했다.

"갈고리 같은 무기를 든 두 사람이라면 산서이괴 같은데 다섯 명의 사내는 누구지?"

망고가 되물었다.

"공자님, 산서이괴라면 진수화를 납치한 녀석들 아닙니까?"

"맞다."

"음, 제 짐작이지만 그 녀석들이라면 진수화를 공자님께 빼앗긴 보복을 하려고 공자님의 두 아가씨를 욕보이러 온 것이 틀림없습니다요. 누군가 두 아가씨의 미모를 보고 납치하려 하였다가 때맞춰 들어온 산서이괴와 만나 싸움이 벌어진 것이 분명합니다요."

"그럴듯하구나."

"헤헤헤, 제가 변변한 무공도 없이 명화적 부두목을 어떻게 할 수 있었겠습니까요. 기름칠을 한 듯한 주둥이와 기막히게 잘 돌아가는 머리가 있기 때문이 아니겠습니까?"

"그럼 다섯 명의 사내는 누구냐?"

망고가 눈을 들어 천장을 바라보며 머리를 두드렸다.

"글쎄요. 설란 아가씨만 납치하려 하였다면, 설란 아가씨를 노리고 온 것 일 테니 설란 아가씨와 관계된 사람일 수도 있겠네요."

망고가 오만상을 찡그리며 설란을 바라보았다. 설란을 납치할 만한 동기가 있는 곳이라면 당문과 형산, 태산파 세 곳 중의 한 곳이다. 산해관을 넘기 전 과촌에서 복호에게 죽임을 당한 무사들 역시 세 문파 가운데 한 곳의 사람이 틀림없었다. 그런데 어젯밤 설란을 납치하려 하였다면 세 곳 중의 한 곳이 설란의 소재를 알았다는 말이 되는 것이니, 귀찮은 혼란의 소용돌이에 빠져들었다 할 수 있다.

화적 생활을 청산하고 운수 좋게 세상 구경하려 하였더니 일이 마음대로 되는 것이 없다. 모두 여자가 화근이었다.

망고가 오만상을 찌푸리며 말했다.

"공자님, 이럴 것이 아니라 내빼야겠습니다."

"내빼다니?"

망고는 강남학의 눈치를 살피며 슬그머니 복호의 귀에 대고 소곤거렸다.

"설란을 납치하려는 놈들이 설란의 소재를 알았다면 여긴 위험합니다요. 어젯밤 일이 실패하였다면 이놈들이 파리 떼 꼬인 것처럼 달라붙을 텐데, 이럴 땐 소란 피울 것 없이 달아

나는 것이 상책입니다요."

"이미 그럴 필요가 없을 것 같다."

복호가 코웃음을 치며 말했다.

망고가 복호의 시선을 따라 내려다보니 허리에 갈고리를 찬 두 사내가 위풍당당하게 객점으로 들어와 복호를 노려보고 있었다.

풍신 좋게 복호를 노려보는 두 사나이는 산서이괴 구달천, 구달봉 형제들이다. 두 사람이 어젯밤 진수화를 빼앗긴 복수를 하려 작정하곤 점소이에게 물어 복호의 일행 중에 두 명의 아름다운 미녀가 있다는 소릴 들었다. 그에 두 사람이 점소이에게 웃돈을 얹어주고 사정을 살펴보니 마침 복호와 망고가 출타 중이라는 것을 알았다.

두 사람은 복호에게 한바탕 당하고 나서 궁리를 하던 중에 들은 반가운 소식이라 두 사람이 작정하고 늦은 밤 두 여자를 진수화 대신 욕보이리라 몰래 창을 넘어 들어왔다가 뜻밖의 괴한들을 만나 한바탕 칼부림만 하곤 뜻을 이루지 못하고 물러난 후라 화가 머리끝까지 솟았다.

이른 아침 영취루에 갔다가 복호가 어젯밤 때 아닌 호사를 누리고 갔다는 말을 듣곤 화가 머리끝까지 치솟아서 그 길로 이곳까지 달려온 것이다.

오전이라 사람도 없는 주루를 험상궂게 생긴 두 사람이 성큼성큼 들어오는데, 갑자기 그 뒤로 검은 옷을 입은 험악한 인상의 사내들이 칼을 들고 벌 떼처럼 쏟아져 들어왔다.

객잔의 주인과 점소이들의 얼굴빛이 사색이 되어 탁자 아래로 숨었고, 검은 옷을 입은 사내들이 손님들을 쫓아버리고 마구잡이로 탁자와 의자를 부수더니 사방의 문을 일제히 닫았다.

이를 갈면서 이층 계단을 올라오던 산서이괴는 때 아닌 검은 옷을 입은 사람들의 모습에 멍하게 바라보고 섰고, 복호 일행도 벌 떼 같은 사내들을 바라보는데 웅긋쭝긋 서 있는 흑의사내들이 일층을 뒤덮은 것마냥 까마득하여 삽시간에 객잔이 쥐 죽은 듯이 조용하게 변하였다.

검은 옷을 입은 한 사내가 나서더니 난간 옆에 서 있는 설란을 가리켰다.

"저기 저 계집입니다."

그리고 그 사내는 계단에 서 있는 산서이괴를 가리키며 소리쳤다.

"저기 저놈들, 저 계집들과 한패거립니다. 어젯밤 우리 일을 막은 놈들이 저놈들입니다."

그러자 가운데 있던 험상궂게 생긴 털북숭이가 커다란 귀두도를 쳐들고 소리쳤다.

"쳐라! 대항하는 자들은 죽여도 좋으니 계집을 빼앗아라!"

그때였다.

“난 빠질 테요.”

사람들 사이로 머리가 벗겨진 사내가 성큼성큼 걸어나왔
다. 복호가 바라보니 다름 아닌 야바위패 우두머리인 장맹달
이었다.

귀두도를 든 털북숭이가 소리쳤다.

“장맹달, 네가 감히 내 명을 듣지 않겠단 말이냐?”

“나는 은인에게 칼을 겨눌 정도로 염치없는 사람이 아니
오. 받은 돈을 돌려주겠소.”

장맹달이 허리에 찬 주머니를 바닥에 내던지곤 박도를 꼬
나 들고 계단 앞에 섰다. 그러자 젊은 사내들이 장맹달의 주
변에 둘러서서 털북숭이패를 향하여 박도를 쳐들었다.

“저기 계신 공자님은 내 은인이오. 보아하니 공자님의 일
행에게 해를 끼치려던 모양인데, 나를 쓰러뜨리지 않고는 어
려울 것이오.”

일거에 한 패거리가 두 패거리로 갈려 흉흉한 살기를 내뿜
으며 대치하는 형국이 되었다.

털북숭이의 얼굴이 붉게 상기되었다.

복호가 싱긋 웃으며 말했다.

“장맹달, 너는 그만 부하들을 데리고 가거라.”

장맹달이 고개를 돌려 소리쳤다.

“그럴 수 없습니다! 은인이 욕을 보게 할 수는 없습니다!”

“거기서 싸워봐야 좋을 것 없다. 괜히 식구들 다치게 하지

말고 돌아가거라."

"안 됩니다!"

"난 괜찮으니 돌아가라. 내가 저까짓 조무래기들에게 봉변당할 사람이 아니다. 나 혼자 감당할 수 있으니 식구들을 데리고 돌아가라."

장맹달이 한동안 물끄러미 복호를 바라보다가 꾸벅 인사를 하였다.

"부디 몸조심하십시오."

그가 자신의 주변에 있는 무리를 이끌고 썰물처럼 객점을 빠져나갈 때 털북숭이가 소리쳤다.

"장맹달, 두고 보자!"

"두고 보자는 사람 두렵지 않으니 언제든지 두고 보시오! 은인에게 해를 끼쳤을 때는 나도 가만히 두고 보지 않을 테니 어디 두고 보십시다!"

장맹달이 털북숭이를 노려보며 무리들과 함께 객점을 나갔다.

"문을 닫아라."

털북숭이의 말이 끝나기가 무섭게 객점의 문이 닫혔다. 인원이 많이 빠져나갔지만 박도를 든 사내들의 숫자가 사십여 명에 달하여 객점 안이 여전히 꽉 차 있었다.

"저 계집들을 사로잡아라! 가로막는 놈들은 죽여도 좋다!"

털북숭이가 명을 내리자 박도를 든 사내들이 개 떼처럼 달려들었다.

"이놈들아, 난 저치랑 상관없어!"

계단 가운데 있던 산서이괴는 갈고리 같은 무기를 뽑아 들고 계단으로 꾸역꾸역 올라오는 사내들을 위협하며 뒷걸음질쳤다.

망고가 발을 동동 구르며 복호에게 말했다.

"도와주겠다는 장맹달이를 쫓아보내셨으니 공자님께서 무슨 수를 내서야 할 것 아닙니까? 이렇게 가만 계실 겁니까요?"

강남학이 대도를 들고 성큼성큼 나섰다.

"걱정 마시오. 이 강남학이 막아주겠소."

복호가 강남학의 앞을 막아섰다.

"그럴 필요 없소. 내 손님은 내가 막을 것이니 일행을 부탁하오."

진정이 담긴 눈빛에 강남학이 고개를 끄덕이며 한 걸음 물러나자 복호가 성큼성큼 다가가 나무 계단 앞에 섰다.

천천히 뒷걸음질치면서 계단 위로 물러나던 구달봉은 계단 끝에 복호가 물끄러미 서 있는 것을 보고 소리를 질렀다.

"형님, 그 자식이 뒤에 있어요!"

"뭐야?"

올라오는 사내들을 막기에 정신이 없던 구달천은 소리를 지르며 더욱 맹렬하게 갈고리를 휘둘렀다. 앞뒤가 막혔으니 살 수 있는 길은 한 가지밖에 없었다. 수십 개가 연달아 찔러 들어오는 박도를 막으면서 구달천이 소리쳤다.

"달봉아, 내가 막아볼 테니 그 자식을 어떻게 해봐라!"

구달천이 계단을 막는 틈을 타서 구달봉이 계단을 박차고 오르며 복호에게 달려들었다. 그러나 미처 구달봉이 복호가 서 있는 곳으로 올라오기도 전에 복호가 한 발을 번쩍 들어 계단을 힘차게 굴렀다.

쾅!

계단이 한차례 들썩거리더니 계단 끝이 쩌적 소리를 내면서 갈라지기 시작하였다. 구달봉도 그 기세에 주춤하여 난간을 잡고 서서 갈고리를 다잡았다.

복호가 무표정하게 발을 들더니 다시 한 번 계단을 힘껏 밟았다.

쾅!

계단이 다시 한 번 들썩거리더니 계단의 이음새에서 뽀얀 먼지가 피어올랐다.

쩌저저적!

이내 계단을 받치고 있던 커다란 나무가 요란한 소리를 내면서 부서지고 잇달아 계단이 주저앉기 시작하였다.

튼튼한 객잔의 계단을 발길질 두 번으로 무너뜨렸으니 단순한 구르기였지만 실로 엄청난 위력이었다.

"괴, 괴물 같은 놈."

새파랗게 질린 구달봉이 고개를 돌려 소리쳤다.

"형님, 뛰어욧!"

계단이 무너지면서 구달봉은 그 자리에서 훌쩍 뛰며 들고 있던 갈고리를 난간에 걸어 매달렸다.

구달천은 구달봉의 외침을 듣고 무너지는 계단과 함께 바닥으로 떨어져 굴렀다. 이 때문에 계단을 올라오던 흑의의 사내들이 태반은 나무 계단에 깔리고, 태반은 물러 나와서 횡액을 면하였지만 그 덕에 혼자가 된 구달천이 위험에 빠지게 되었다.

가볍게 바닥을 구른 구달천의 주위로 박도와 도끼를 든 흑의인들이 몰려들었다.

"형, 내가 간다!"

난간에 원숭이처럼 매달려 있던 구달봉이 바닥으로 훌쩍 뛰어내려 갈고리를 휘두르며 구달천에게로 다가갔다.

두 사람이 동시에 협공을 하니 검은 흑의인들의 무리가 갈라지면서 구달봉과 구달천이 어렵지 않게 만나 등을 맞대게 되었다.

"빌어먹을, 운수 사나운 날이다."

"그러게. 모두 저 빌어먹을 인간 때문이야, 형."

"맞어. 저 인간을 만나면서 우리 운수가 더럽게도 사나워졌어."

두 사람이 둥글게 둘러선 흑의인들을 노려보면서도 이층

누각 위에 우두커니 서 있는 복호를 힐끔힐끔 바라보았다.

복호는 팔짱을 끼고 서서 무심하게 바라볼 뿐이었다.

망고와 두 여인을 데리고 삼층으로 올라가던 강남학은 계단을 발길질로 무너뜨린 복호의 괴력을 보곤 놀라운 마음을 금치 못하여 잠시 멈추어 섰다가 무슨 생각을 하였는지 계단을 내려와 복호에게로 되돌아왔다.

"왜 돌아오셨소?"

"대협께 드릴 말씀이 있어서 되돌아왔습니다."

강남학은 무리 가운데 있는 털북숭이를 가리켰다.

"저기 있는 털북숭이는 왕상고(王象高)라는 자입니다. 저자는 태산파의 권사로 귀두도를 잘 다룬다고 귀두호(鬼頭虎)라고 불리는데, 키가 너무 커서 팔척금강(八尺金剛)이라는 별명이 있습니다. 연경의 동문대가에서 터를 잡고 직물 상인들의 뒤를 봐주고 있는데, 저치들이 떼거지로 몰려온 것을 보면 어젯밤에 두 아가씨를 납치하려 했던 것이 태산파의 짓이 분명합니다. 그리고 호두균(虎頭勾)을 든 두 사내는 산서이괴 같습니다. 갈고리 같은 무기라고 하기에 의심을 하였습니다만 지금 보니 호두균이 확실합니다. 저들은 무림에서 악명이 제법 높은데, 무엇 때문에 아가씨들을 납치하는 것을 방해했는지 도무지 모르겠군요."

강남학이 이렇게 말하는 것은 전날 산서이괴와 복호 사이에 있던 일을 모르는 까닭이다. 그는 무림에서 명망이 높지는 않지만 연경에서 주당으로 이름이 있어 웬만한 무림 인사들을 꿰고 있는 실정이었다.

복호는 이미 산서이괴와 일면식이 있던 터라 떼로 몰려온 태산파의 우두머리인 팔 척 장신의 덩치 좋은 털북숭이를 한동안 바라보았다. 커다란 큰 키가 보고만 있어도 중압감을 일으켰다.

내려다보는 복호와 올려다보는 왕상고의 두 눈이 잠깐 동안 마주쳤다.

"이리 내려오너라! 박살을 내줄 테다!"

왕상고가 솥뚜껑 같은 주먹을 흔들며 소리를 질렀다.

"누가 박살이 나는지 두고 볼까?"

복호가 코웃음을 치다가 가볍게 몸을 날렸다. 이층 마루에서 훌쩍 뛰어내린 복호가 부서진 계단의 난간을 밟고 나비처럼 사뿐하게 바닥으로 내려앉았다.

"저 자식을 잡아!"

왕상고의 호령에 검은 옷을 입은 부하들이 벌 떼처럼 달려들었다.

복호는 천천히 걸음을 옮기면서 허리에 찬 박달나무 몽둥이를 꺼내 들었다.

첫 번째 사내가 달려들었다. 사내가 우렁찬 기합을 내지르며 복호를 쪼갤 듯이 박도를 크게 휘둘렀다. 그러나 박도가 복호의 머리 위에 미치기 전에 몽둥이가 사내의 목을 먼저 찔러들었다.

사내가 그 자리에서 쓰러지면서 허공에 떠 있던 박도가 주인을 잃고 바닥으로 떨어졌다.

박도가 바닥으로 떨어지기 전에 복호의 발끝이 박도의 손잡이를 찼다. 박도가 방향을 바꾸어 쏜살처럼 털북숭이에게 날아들었다.

박도가 날아올 줄은 미처 생각지도 못한 일이라 놀란 털북숭이가 엉겁결에 바닥으로 납죽 엎드렸다.

큰 곰이 재주를 넘는 것처럼 제법 운신이 빨라 휙 하고 날아간 박도가 왕상고의 머리를 스치듯이 지나 팍! 하고 기둥벽에 꽂혀 도신을 부르르 떨었다. 하마터면 박도에 꿴 꼬치가 될 뻔한 왕상고가 기둥에 꽂힌 도신을 보다가 안도의 한숨을 내쉬며 고개를 들어보니 이게 웬일인가. 박달나무를 든 사내가 부하들을 낙엽처럼 쓰러뜨리고 있는 것이 아닌가.

가을바람에 낙엽 떨어지듯 한다는 표현이 적절하였다. 딱, 딱! 하는 경쾌한 소리가 날 때면 부하들이 어김없이 팩, 팩! 쓰러졌다.

비명도 들리지 않았으니 죽은 것인지 기절한 것인지도 알 수 없었다. 차 한 잔 마실 시간도 지나지 않은 것 같은데 마룻바닥에 쓰러진 부하들이 낙엽처럼 즐비하였다.

적지 않은 부하들이 박도를 한차례 휘둘러 보지도 못하고 상대방의 몽둥이에 맥없이 쓰러지는 모습을 보자,

"이게 꿈이냐, 생시냐?"

놀란 왕상고가 두 손으로 눈을 비비고 다시 바라보니 아직 당하지 않은 부하들이 우르르 도망쳐 와서 자신의 뒤편에 옹 긋쭝긋 둘러서기 시작하였다.

바닥에 쓰러져 있는 것은 온통 부하들이라, 횡액을 당하지 않은 부하들이 겁을 집어먹은 모양인지 치켜든 박도들이 사시나무 떨듯이 하였다.

너른 마룻바닥에 우두커니 서 있는 복호가 씨익 미소를 지으며 손가락을 까닥거렸다.

왕상고는 화가 치밀어 올랐다.

"썩을 놈, 실력은 제법이다만 조무래기들과 고수는 다른 줄 알아야지. 네가 오늘 임자를 잘못 만났다."

왕상고가 성큼 걸어나오더니 귀두도를 힘차게 휘두르며 복호에게 달려들었다. 뚫어지게 상대를 응시하던 복호는 갑자기 성큼 앞걸음질을 쳤다. 신형이 약간 흔들리나 싶더니 복호가 번개같이 왕상고의 가슴 가운데로 파고들었다.

퍽!

둔탁한 소리와 함께 팔 척 거구가 허공으로 날아가 부하들이 모여 있는 곳으로 떨어졌다.

왕상고에게 받힌 사내들이 와르르 무너지면서 허공에서 커다란 귀두도 하나가 마룻바닥으로 떨어져 박혔다.

객잔 구석에서 이 광경을 지켜보던 산서이괴와 이층 마루에서 내려다보던 강남학의 두 눈이 동시에 휘둥그레졌다. 어깨로 들이받아 팔 척 거구를 날려보내었으니 이보다 큰 괴력이 어디 있을 것인가. 작은 몸이 큰 몸을 받아 날려 버렸으니 작지만 작은 힘이 아니다.

"덩치는 산만한 놈이 이렇게 약해서야 어디에 쓰겠나? 쯧쯧쯧."

코웃음을 치면서 뒷짐을 지고 있으니 커다란 신형이 부스스 자리에서 일어났다.

부하들의 부축으로 간신히 일어난 왕상고가 부하들이 가져온 귀두도를 빼앗아 몇 번 숨을 들이쉬다가 큰 코를 벌렁거리며 이를 우두둑 갈더니 괴성을 지르며 달려들었다.

커다란 귀두도가 허공을 가르며 날아들었다. 두꺼운 무게가 속도감을 더하여 바람이 갈라지는 소리가 구석까지 들릴 정도였다.

붕!

허리를 한번에 가를 듯이 귀두도가 날아드는데도 복호는 어떠한 움직임조차 없었다. 단지 궤적을 그리며 날아드는 상대방의 도신을 향하여 힘차게 몽둥이를 뻗을 뿐이었다.

"크악!"

왕상고의 비명 소리와 함께 귀두도가 날아가 객점의 벽에 힘차게 박혔다. 왕상고는 비명을 지르며 자신의 손을 부둥켜잡았다. 움켜잡은 손에서 붉은 피가 뚝뚝 떨어졌다.

복호의 몽둥이 끝은 왕상고가 휘두르는 귀두도의 궤적을 쫓아 그 손아귀를 파고들어 간 것이다.

휘두르는 속도보다 찌르는 속도가 빠른 것은 말할 필요도 없거니와, 열 근 귀두도의 휘두르는 힘이 도리어 왕상고에게 실리어 두터운 손아귀가 맥없이 찢어져 버린 것이다.

손아귀를 붙잡고 비명을 지르는 왕상고의 앞에 복호가 성큼성큼 다가가 멈추었다.

"이 자식, 덩치만 크면 될 줄 알았나?"

왕상고가 인상을 찌푸리며 물러서다가 갑자기 왼손을 뻗었다. 그런데 복호의 목을 움켜잡으려던 왕상고의 손아귀가 복호의 목 앞에서 멈추었다. 뻗어오는 왕상고의 손목을 복호가 한 손으로 붙잡았던 것이다.

왼손으로 왕상고의 손목을 잡아 손아귀가 더 뻗지 못하게 한 복호는 두 눈을 호랑이처럼 뜨고 소리쳤다.

"이 자식! 꿇어라!"

말이 끝나기가 무섭게 왕상고가 두 무릎을 털썩 꿇었다. 손목을 잡고 있던 복호가 왕상고의 정강이를 동시에 걷어찼기 때문이다. 뒤편에서 눈치를 보던 부하들이 웅성거리었다.

"이 자식, 혼이 더 나야겠구나."

갑자기 왕상고가 만상을 찌부러뜨리며 찢어지는 비명을 질렀다.

"아아악!"

복호가 소리쳤다.

"이 자식, 가만히 있지 않으면 손목을 가루로 만들어줄 테다! 병신 되고 싶으면 비명을 질러라!"

복호가 힘을 쓰는 왕상고의 손목을 악력으로 부러뜨린 것이다. 왕상고가 상대방의 힘을 뒤늦게 알았으나 이미 배는 나루를 떠난 후였으니, 고통에 겨워 무릎을 꿇은 채로 머리를 굽실거리며 비명은 지르지 않고 죽는소리로 애원을 하였다.

"사, 살려주십시오!"

"살리고 죽이고는 네 대답에 달려 있으니 지금부터 내 말에 거짓없이 대답하거라."

"예, 예. 살려만 주십시오."

"어떻게 여길 알았지?"

"부, 부하가 우연히 객점에서 설란이라는 계집을 보았다고 하였습니다. 제자들의 원수를 갚으러 백두산에 들어갔던 곽문진이 비명횡사당하고, 청기당과 홍기당의 제자들까지 낭패를 당하고 돌아와서는 기세 좋던 태산파가 한 번에 기울어 소산파도 안 되게 되었습니다요."

"그래서?"

"문파에 공을 세울까 하여 계집을 납치하라고 시켰더니 웬 놈들이 방해를 놓아서 오늘은 부하들을 몽땅 데리고 차, 찾아왔습니다."

복호가 왕상고를 노려보며 말했다.

"죽고 싶으냐?"

"아, 아닙니다. 살고 싶습니다."

왕상고가 몸을 벌벌 떨었다. 상대방의 각진 눈에서 피어오르는 살기에 소름이 돋았던 것이다.

"이 자식, 사내답지 못하다! 그냥 죽어라!"

복호가 사정을 봐주지 않고 오른 손바닥으로 왕상고의 정수리를 누르듯이 때렸다.

퍽!

왕상고의 눈이 까뒤집어지면서 코에서 붉은 피가 주르르 흘러내리더니 들었던 목이 축 늘어졌다. 복호가 잡고 있던 손목을 놓자 왕상고의 큰 몸이 거목처럼 허물어져 바닥에 나동그라졌다.

복호가 뒤편에 웅긋쭝긋 서 있는 사내들을 바라보니 겁에 질린 사내들이 무기를 버리고 무릎을 꿇었다.

"손속이 무섭군. 하지만 우린 포기하지 않는다."

"이놈, 두고 보자. 꼭 복수할 테다."

복호가 고개를 돌려보니 호두균을 든 산서이괴가 닫힌 문을 열고 후닥닥 바깥으로 달아나고 있었다.

이때 이층에서 망고가 사다리를 타고 내려와 복호 옆에 다가와서는 머리가 깨어져 죽은 왕상고를 힐끔 바라보다가 다시 고개를 들어 무릎을 꿇고 앉은 흑의사내들에게 호통을 쳤다.

"이놈들아, 죽고 싶으냐?"

배운 것이 도둑질이라고, 망고가 복호를 따라다니면서 배운 것이 복호의 말투였다.

"살려만 주십시오."

사내들이 마룻바닥에 머리를 조아리며 살려달라고 사정하였다.

망고가 흐뭇하게 바라보다가 위세 좋게 호통을 쳤다.

"화적을 등시타살한 것은 죄가 아니다! 너희들을 이 자리에서 죽여도 죄 받을 일 없으니 당장 목숨을 빼앗아도 되지만, 너희들이 이렇게 사정하니 죽이지는 않겠다! 그러나 너희들을 온전히 보내줄 수는 없다!"

망고가 벌벌 떨고 있는 점소이를 불러 먹과 바늘을 가져오라고 일렀다.

점소이가 먹과 바늘을 가져오자 망고가 소매를 걷어 올려 바늘을 잡으며 주둥이를 놀렸다.

"대명천지에 겁없이 화적질을 한 대가라고 생각하거라! 죄 짓지 말라는 표식으로 약간의 흔적을 이마에 남겨줄 테니 죽고 싶지 않거든 잔말 말고 이리 오너라!"

사내들이 눈치를 보다가 한 사람씩 망고에게 다가갔다.

망고가 사내의 머리끝을 잡고 이마에 여자의 밑구멍을 그려놓고는 먹을 칠하여 자자(刺字)를 하였다.

자자를 당한 사내들이 이마에 무엇이 그려져 있는지도 모르고 열린 문밖으로 부리나케 도망가는데 무릎이 꿇린 사내들은 이마에 칠한 먹물 때문에 무엇을 새겨놓았는지 알지 못하여 다음 차례가 되기만 기다릴 뿐이다.

한동안 망고가 사내들의 이마에 알뜰하게 자자를 하여 객점에 침입한 사내들을 모두 다 보내놓고는 호탕하게 웃었다.

"이 자식들아, 너희 놈들이 낭패를 본 것이 여자 때문이니 다시는 후회하지 않도록 인생에 길이 남을 표식을 하나씩 해주었으니 다시는 그렇게 살지 말거라. 헤헤헤헤."

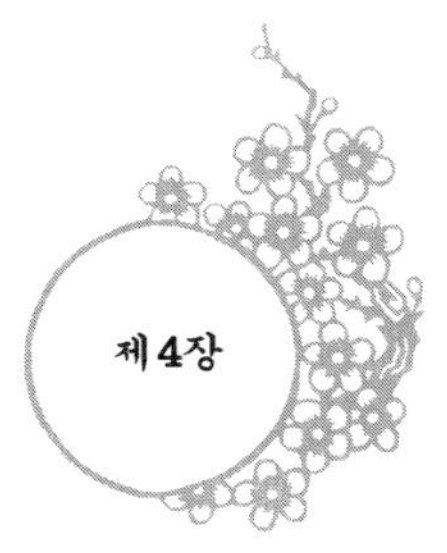

제4장

인과응보(因果應報)

객점에서 죽은 자는 왕상고 한 명이었으나 명색이 살인 사건이라고, 관원이 나왔다가 약간 조사를 하곤 시신을 싸 가지고 돌아가 버렸다. 명률에 따라 도적을 등시타살한 것이라 살인죄가 적용이 되지 않은 것이다.

망고와 객점 주인이 관원들에게 뒷돈을 찔러준 이유도 있었지만, 영락제가 정변을 일으켜 황제가 된 이후라 안정되지 않은 중원 천지에 이런 일이 비일비재하였으니 연경 외곽의 허름한 객점에서 일어난 살인 사건이 큰일이라고 말할 것도 아니었다.

한바탕 관원이 다녀간 후에 무너진 계단을 수리하느라 목

수를 부르고 수선을 부리던 중에 객점 주인이 말은 하지 않으
나 객점을 떠나주었으면 하는 눈치라 망고가 며칠 더 쉬어가
겠다고 버티다가 주인의 사정에 못 이겨 객점 주인에게 이틀
숙식비를 지불하지 않고 나올 수 있었다.

망고가 이틀 숙식비를 치르지 않은 자신의 수단을 자랑하
다가 복호에게 호되게 야단을 맞고 숙식비와 계단 부서진 값
까지 착실하게 치르고 객점을 나오는데, 이때 일행을 맞으러
온 사람이 있었다.

그는 영취루에서 본 적이 있는 키가 큰 사내였는데, 이름은
마방대(馬邦大)라고 하며 영취루의 회계 일을 하는 사내였다.

"진수화 아가씨께서 모셔오라고 분부하셨습니다."

진수화가 무슨 이유로 부르는지는 알 수 없으나 기생이 밝
은 대낮에 부르는 것을 보면 술 마시자는 일은 아니고, 어젯
밤의 일로 복호가 진수화를 다소 꺼리는 바가 있어 거절을 하
였다.

그러나 힘없는 두 미인을 데리고 마땅히 갈 곳이 없다는 망
고의 감언이설에 설득당해 복호는 하는 수 없이 마방대를 따
라가기로 하였다.

마방대는 일행을 인도하여 서문대가의 기루가 밀집한 골
목의 후미진 저택으로 안내하였다.

건장한 사내들이 대문간을 지키고 있는 저택을 들어서니
너른 마당 한가운데에 푸른 버들이 늘어진 작은 연못이 보였

다. 연못 가운데에 작은 섬이 있는데 그 가운데에 작은 정자
가 있고, 연못과 섬 사이에는 무지개 다리가 운치있게 놓여
있었다.

사내를 따라 일각문을 지나자 판석을 깔아놓은 넓은 연무
장이 있는데 그 좌우에 무기를 늘어 세운 창가(槍架)가 들어서
있고, 그 앞에 일곱 간 너른 기와집이 위세 좋게 서 있었다.

장대한 기와집 안으로 들어서니 너른 대청 안 탁자 가운데
에 하늘거리는 푸른 옷을 입은 진수화가 부채를 들고 앉아 있
고, 그 앞에 포박된 두 사내가 무릎을 꿇고 앉았 있었다. 그리
고 진수화의 뒤편으로 감청색 장포를 입은 사내 네 명이 석상
처럼 서 있었다.

진수화가 대청으로 들어오는 복호 일행을 보고 의자에서
일어나 포권을 취하며 맞이하였다.

진수화는 머리에 청띠를 매고 남장을 하고 있었는데 그린
듯한 얼굴과 붉은 입술은 언제 보아도 농염하고 아름답기 그
지없었다.

“어서 오십시오. 기다리고 있었습니다.”

“나와 볼일은 없는 것 같은데?”

복호가 건성으로 대답하면서 포박된 사내들을 바라보니
아침에 객잔에서 문을 뜯고 도망친 산서이괴이다.

주먹질을 호되게 받았던지 눈자위에 시커먼 멍이 들어 있
는 구달봉과 구달천, 두 사람이 감주 먹은 괴상을 하고 앉았

다가 돼지 주둥이처럼 부풀어 오른 입을 달싹거리며 중얼거렸다.

"제기, 재수 옴 붙었네."

"모두 저 자식 때문이야."

진수화가 빙긋 웃으며 복호 일행에게 자리를 권하였다.

"객점 주변을 서성이던 두 사람을 제 부하들이 잡아왔습니다. 두 놈이 공자님의 일행을 납치하려 공모하였더군요."

망고가 배시시 웃으며 말했다.

"저 자식들이 진수화 아가씨를 납치한 놈이군요. 이 자식들이 우리 공자님에게 혼이 나고도 복수한다고 어젯밤에 두 아가씨를 납치하려 하였지 뭡니까? 나쁜 짓을 하였으니 이놈들도 태산파 놈들처럼 이마에 자자(刺字)를 해주는 것이 어떻겠습니까? 워낙 색을 밝히는 놈들이니 한 녀석의 이마에는 남자의 그것을 새기고, 한 녀석의 이마에는 여자의 그것을 새기면 정말로 볼 만하지 않겠습니까? 그럼 산서이괴가 아니라 무엇이라고 불러야 하나?"

산서이괴가 부어오른 눈을 흘기며 망고에게 소리쳤다.

"그랬다간 봐라! 지옥 끝까지라도 쫓아가 네놈을 산산이 찢어줄 테다!"

"이런 빌어먹을 인간들을 봤나. 잘못을 하고도 뉘우치는 기색도 없으니 실로 낯짝이 없는 악한이로다. 이리 오너라. 내가 너희 이마빡에 거시기를 그려줄 테다."

망고가 손가락질을 하며 풍신 좋게 호령을 하였다.

"오냐, 그려만 봐라! 가만두나!"

"오냐, 내가 그려주마! 이마에 음문을 큼직하게 그려줄 테다!"

산서이괴와 망고가 하는 짓이 개, 고양이 으르렁거리는 것 같아 대청이 소란스러웠다.

듣고 있던 복호가 버럭 호통을 쳤다.

"주둥이를 찢어놓기 전에 시답잖은 이야기들 그만두지 못해?! 이마받이를 한 번 더 해주랴?"

망고와 산서이괴가 동시에 주둥이를 닫았다. 시끄럽던 대청이 삽시간에 조용하게 변하였다.

"저희를 무엇 때문에 이곳으로 부른 건가요?"

복호의 물음에 진수화가 빙그레 웃으며 대답했다.

"은인에 대한 보답입니다."

"보답이라고요?"

"어제 약종상을 찾아가 고려 상인들을 찾으셨다면서요? 어제저녁 납치범들이 공자님의 아가씨를 납치하려 한 것과 오늘 아침 태산파의 왕상고가 무리를 지어 객점을 습격하였다가 공자님께 격살되었다는 소식도 들었습니다."

망고의 얼굴이 일그러졌다.

한낱 영취루의 기녀일 뿐이라고 생각하였는데 뜻밖의 일이었다. 도대체 진수화가 어떤 내력을 지니고 있기에 이렇듯 자신들의 사정을 속속들이 아는 것인지, 또 이런 저택에서 남장을 하고 무사들의 호위를 받으며 살고 있는 것인지 궁금하여 고개를 갸웃거리며 진수화에게 물었다.

"아가씨가 그걸 어떻게 아셨습니까? 저희들을 미행하셨습니까?"

"호호호, 미행을 하지 않더라도 아는 수가 있지요. 전 단지 저를 위기에서 구해주신 공자님을 도와드리고 싶었을 뿐이니 안심하시기 바랍니다."

망고가 기둥 옆에 공손하게 두 손을 마주 잡고 시립해 있는 마방대를 흘깃 보다가 입을 열었다.

"혹시 영취루의 주인이 아가씨입니까?"

"전 영취루의 주인은 아니지만 그와 비슷한 권한을 가지고 있지요."

"비슷한 권한이라면?"

"그건 말씀드릴 수 없어요. 비밀이거든요."

진수화가 붉은 입술에 하얀 손가락을 대어 말할 수 없다는 표현을 하였다.

뒷짐을 지고 서 있던 복호가 고개를 끄덕이며 말했다.

"은혜를 갚으려 불렀다니 고맙소. 그렇지 않아도 볼일이 있었는데 잘되었소. 내가 잠시 다녀올 곳이 있는데 그동안 설란과 불상을 잠시 맡아주면 고맙겠소."

"어딜 가시려구요?"

“천진에 가려 하오.”

“천진엘 가신다구요?”

“거기에 볼일이 있소. 산서이괴를 사로잡는 실력을 가진 부하들을 보니 믿음이 가오. 빨리 처리하고 돌아올 것이니 그 동안 잘 부탁하오.”

복호는 살짝 머리를 숙여 인사를 하곤 뒤편에 서 있는 불상과 설란에게 안심하라고 싱긋 미소를 짓더니 망고의 덜미를 잡아끌듯이 대청을 나갔다.

“대, 대협, 같이 갑시다!”

멍하게 서 있던 강남학이 복호의 뒤를 허둥지둥 쫓아왔다.

왔던 길을 되돌아 한마디 말도 없이 저택에서 나오자 망고가 발을 동동 구르며 말했다.

“공자님, 무작정 천진으로 가신다니 이게 무슨 청천에 날벼락 같은 이야깁니까? 험악한 세상에 진수화, 저 패거리들을 어떻게 믿고 설란과 불상을 덥석 맡기고 간단 말입니까? 머리 검은 짐승은 믿지 말라는 말도 모릅니까요?”

“걱정되느냐?”

“걱정이 되고 말고요. 저곳이 무서운 호랑이 소굴인지 어떻게 압니까? 저희들의 뒤까지 미행하는 흉악한 자들인데 아니 그렇습니까?”

복호가 코웃음을 치며 말했다.

“내가 영취루를 모르는 것도 아니고, 멀쩡한 저택이 발이 달린 것도 아닌데 뭐가 걱정이냐? 사내자식이 그렇게 속이 좁아서야 어딜 쓰겠느냐? 산서이괴를 사로잡은 것을 보면 대청 안에 있는 자들의 세가 약하지 않은 듯하니 안심해도 좋을 듯싶다. 이참에 천진에 가서 불상의 복수나 한바탕 시원하게 해주고 오자."

복호는 고개를 돌려 뒤편에 우두커니 서 있는 강남학에게 말했다.

"강 형, 우린 지금 천진으로 갈 생각이오. 손봐줄 못된 인간들이 있어서 다녀올 것이니 상관없는 강 형은 따라올 것 없소."

강남학이 가시수염을 삐죽하게 세우며 말했다.

"백지장도 맞들면 낫다던데, 그러지 말고 나도 끼워주시구려. 내 무공이 왕상고를 일격에 격살하는 대협만은 못하지만 나도 철권이라는 별호가 있을 정도로 무공을 연마하였으니 도움은 되었지 폐는 끼치지 않을 것이오. 나도 데려가시오."

망고는 복호의 무지막지한 무공을 본 터이라 걱정은 되지 않으나 자신의 안전을 위하여 강남학을 데려가는 것이 좋겠다 생각하여 머리를 끄덕거리며 함께 가자고 청하고, 강남학 역시 몇 번이고 동행을 청하자 복호도 마침내 두 사람의 의견을 수락하였다.

세 사람이 저택 바깥으로 나오니 몇 사람이 골목길에 서성거리는데 눈에 익은 사람이었다. 대머리가 훤하게 벗겨진 장맹달이 포권을 취하며 말했다.

"객점에서 나가시는 것을 보고 따라왔습니다. 무사하셔서 다행입니다."

"고맙군, 생각해 줘서."

"별말씀을 다하십니다. 왕상고가 제 세력을 믿고 저희들에게 오만방자를 떨고, 직물 상인들에게 돈을 뜯어먹으며 거머리처럼 살다 공자님에게 비명횡사를 당하였으니 저희들과 상인들이 한숨을 돌렸습니다. 공자님의 은혜를 어떻게 갚아야 할지 모르겠습니다요. 무슨 일이든 제가 도울 일이 있으면 말씀하십시오. 뭐든 도와드리겠습니다요."

복호는 마음이 자연 흐뭇하여져서 장맹달을 바라보며 말없이 웃었다.

마차는 있으나 마부가 없던 차에 장맹달의 식구 가운데 말을 잘 모는 이가 있어 삯을 주고 마차를 몰게 하였다.

마차가 연경을 벗어나서 넓은 대로를 달려나갔다. 가을바람에 금빛 물결이 파도처럼 일렁이는 너른 논밭을 좌우로 바라보며 마차 안에서 복호는 백두산에서 보덕 스님이 들려주었던 이야기를 생각하였다.

"콩 심은 데 콩 나고 팥 심은 데 팥 나는 것이 세상 이치이니, 선악의 보(報)는 마치 그림자가 형체를 따르는 것과 같다. 좋은 일을 하면 좋은 인과를 받을 것이로되 나쁜 일을 하면 나쁜 보응이 돌아올 것이니라."

　복호가 이번 일을 곰곰이 생각함에 징맹달이 덕을 덕으로 갚는 것이 보덕 스님의 말씀과 일치하는 것 같았으나, 왕상고를 격살한 것을 상인들과 장맹달이 좋아한다는 것은 보덕 스님의 가르침과는 달랐다.

　이때에는 살인이 반드시 좋은 일은 아니지만 때에 따라 선행이 될 수도 있다는 할아버지의 말이 더욱 절실하게 가슴에 와 닿았다.

　"망고야, 인생이라는 것은 무엇이냐?"

　때 아닌 물음에 꾸벅꾸벅 졸면서 코를 후비던 망고가 흐리멍덩하게 눈을 떴다.

　"인생이 뭐라니요?"

　"넌 사람 사는 것이 무엇이라 생각하느냐?"

　"전 별로 생각해 본 적이 없어서……."

　귀찮은 듯 머리를 긁던 망고가 입맛을 쩝쩝 다시다가 말했다.

　"그러는 공자님은 뭐라 생각하시는데요?"

　"답이 없으니 너에게 물어보는 것 아니냐."

　"공자님도 참, 잘 아시면서 물으시기는……. 공자님 말마따나 인생사에 답이 있겠습니까? 답이 있다면 진작에 성인군자가 되었겠지요."

옆에 있던 강남학이 웃으며 말했다.

"허허허, 갑자기 왜 그런 물음을 하시는 겁니까?"

"내가 백두산에서 할아버지와 스님, 두 분께 배웠는데 두 분의 가르침이 너무 달라서 종잡을 수가 없었소. 백두산을 나와서 사람 사는 곳에 들어서니 경험하는 것이 두 분의 가르침에서 벗어나는 것이 없었소. 무엇이 옳은 것인지, 무엇이 그른 것인지 도무지 알 수가 없소."

"하긴 저도 반평생을 살아왔지만 무엇이 옳게 사는 것인지는 아직도 모르겠소. 머리에 먹물 든 식자들은 맹꽁징꽁거리며 바르게 살아라 하는데, 실제로 세상은 바르게만 사는 것이 정도가 아닌 것 같더군요. 왕상고 같은 주먹패 건달이나 살인자, 명화적같이 흉악한 자들이 기세를 펴며 힘없이 착하게 사는 사람들을 핍박하며 잘만 살아가는 것을 보면 천도(天道)가 무심하오. 지금의 황제만 하더라도 조카를 죽이고 황위에 올랐으니, 그것만 보더라도 세상이 바로 돌아가는 것이 아니지 않습니까?"

망고가 손가락으로 입을 가리며 말했다.

"에구, 큰일 날 소릴 하시네. 그런 말씀은 아예 입에도 담지 마십시오."

"허허허, 십족(十族)이 멸할까 겁이 나는 모양이지?"

예로부터 역적은 삼족을 멸하는 것이 전해오는 법이나 연왕이 황제가 된 후에 한림원 시강으로 있던 방효유를 몰살할 때 그 가족 친지의 십족까지 연좌가 된 까닭이다.

"쥐 똥구녕 같은 소리 하시네. 연좌할 가족이라도 있어야지요."

망고가 말을 하곤 웃음을 짓는데 왠지 모르게 쓸쓸하고 서글퍼 보였다.

복호가 문득 생각이 나서 말했다.

"그러고 보니 홀어머니가 계신다 하지 않았느냐?"

"……."

"이 자식아, 닥치라고 할 때도 쉴 새 없이 떠들던 주둥이가 그새 고장이 났느냐?"

"말 마시오. 재가(再嫁)하여 잘살고 있을 텐데 알면 무엇 할 테요?"

"되지 않는 소리 마라. 네 어머니가 아니었다면 넌 진작에 죽은목숨이야. 내가 왜 버릇없는 널 살려주었는데……. 기다리는 홀어머니가 있다는 말이 몽땅 거짓말이었느냐?"

"말하지 않았소. 진작에 남의 집 사람이 되었는데 다시 보면 무엇 할 테요? 보면 가슴만 아프지."

복호가 물끄러미 망고를 바라보다가 말했다.

"난 어려서 부모를 잃어 어머니라도 있는 네가 부럽다."

"부러울 것도 많소."

"에이, 독한 놈. 배 아파 너 낳아준 어머니의 정을 단칼에 끊어버릴 수 있는 네놈은 정말 독한 놈이다."

"자꾸 그러지 마시오. 나도 마음이 아프오."

망고가 노려보는데 두 눈가가 붉어져 눈물이 글썽글썽하였다.

"나라고 어머니가 보기 싫은 줄 아시오? 나하고가 아니라 다른 자식 낳고 아옹다옹 잘사는 모습을 보면 가슴속에 천불이 날 것 같아 그렇소."

망고가 한바탕 쏘아주곤 소매 끝으로 눈가를 닦았다.

복호는 괜히 가슴이 찡하여 아무런 말도 하지 못하고 창밖으로 고개를 돌렸다.

강남학이 망고의 어깨를 다독거리며 말했다.

"낳아주신 어머니를 보고 싶은 마음이 어찌 없겠소. 그 심정 이해하오."

망고가 손수건을 꺼내 팽 하고 코를 세차게 풀었다.

"살던 곳이 어디요?"

"도화촌(陶火村)이요."

"도화촌이라면 천진에서 그리 멀지 않은 곳에 있는 자기 굽는 마을 아니오?"

"잘 아시는구려."

복호가 고개를 돌려 말했다.

"네가 천진에 가지 않으려는 것이 네 어머니를 만날까 싶어 그런 거냐?"

"다 늙어 집구석에 처박혀 있을 늙은이가 무서워 못 갈까?"

"그동안 네 어머니가 병들어 죽었으면 어떡할 거냐?"

"그럴 리 없소. 자기점을 하는 큰 부잣집에 시집갔다고 들었소. 잘 먹고 잘살고 있을 테니 걱정 마시오."

강남학이 말했다.

"가만, 가만. 도화촌에서 큰 자기점을 한다면 사(謝)가 말씀이오?"

"사가가 아니라 양(楊)가에게 시집갔소."

"지금 분명히 양가라 하셨소?"

"그렇소. 양가가 확실하오. 이름이 양명지(楊明枝)라 하던데?"

강남학이 머리를 갸웃거리며 말했다.

"도화촌에는 양가가 하는 큰 자기점은 없소. 옛날에는 양가가 하는 자기점이 있었는지 모르지만, 사삼천(謝三天)이라는 자의 자기점이 도화촌에서는 크고도 유명하오. 망 형이 말하는 것이 언젯적 이야기요?"

"십여 년 되었소."

"그동안 연락을 끊고 사신 거요?"

"철들고 고향을 떠나 장성 바깥에서 살았으니 별수있소? 국경을 넘어가는 상인들에게 들은 게 전부요."

"궁금하겠구려."

"궁금하다 뿐이오?"

"그럼 천진에 가는 길에 도화촌에 들러서 넌지시 한번 물어나 봅시다."

"그리합시다."

정오 무렵에 출발한 마차가 일백여 리를 달려 긴 해가 저물어 껌껌한 늦은 저녁 무렵에야 도화촌에 도착하였다.

도화촌은 원대 이전부터 황실에 진상하는 자기(瓷器)를 구웠고, 천진의 상인들과 연계되어 자기를 대량으로 파는 까닭에 문물이 제법 성한 동네였다.

집집마다 크고 작은 가마가 있어 저녁 무렵인데도 가마에서 피어오른 연기가 안개처럼 동네를 휘감고 있었다.

마차를 큰길가에 있는 객점에 세우고 늦은 저녁을 먹은 후에 복호와 강남학은 화주 항아리를 사이에 놓고 대작하여 마시며 이런저런 이야기를 나누는데, 문득 망고가 심부름하는 점소이를 불러 옛날에 자기점 하던 유가의 이야기를 물어보았다.

"오래된 이야기라 전 잘 모르겠습니다요. 그런 이야기라면 주인 어른께서 잘 아시지요. 주인 어른을 불러드릴까요?"

"아니, 되었어."

망고가 손사래를 치며 점소이를 보내곤 한동안 입맛을 짭짭 다시었다.

"궁금하면 주인을 불러 물어보거라. 내가 부를까?"

"아뇨. 제가 잠시 다녀올 데가 있습니다."

망고가 황망히 일어나 객점 바깥으로 나갔다.

십 년이면 강산이 바뀐다 하였는데, 망고가 도화촌을 떠난 지가 이십여 년 전이니 도화촌도 많이 바뀌었다. 그러나 눈에 익은 큰길과 동무들과 어울려 장난치며 놀던 커다란 느티나무는 여전히 그대로라 감개가 무량하였다.

꾸불거리는 뿌리를 땅에 박고 몇백 년을 살았는지 헤아릴 수 없을 만큼 자란 거대한 느티나무 앞에서 망고는 걸음을 멈추었다.

지나가는 바람에 쏴 하고 파도 소리가 났다.

느티나무를 바라보고 있으려니 어릴 적 동무들의 얼굴이 떠올랐다. 망고는 느티나무 왼편으로 난 길을 따라 걸었다.

한적한 길을 따라 한참을 가다 보니 짚으로 만든 그리 크지 않은 집이 나타났다. 망고의 기억에 따르면 이곳은 망고와 가장 절친했던 친구가 사는 집이었다.

농가의 둘레에 자기와 진흙을 이은 담이 있었는데 담장 너머 농가 옆에서 불빛이 깜박거렸다.

거기에 작은 가마터가 있었는데 누군가가 가마를 굽고 있는 듯 보였다.

망고가 슬금슬금 다가가 보니 과연 가마를 굽고 있는지 불빛이 깜빡거리고 불빛 가운데 한 사람이 어슬렁거리며 움직이는 것이 보였다.

"계시오?"

불빛 앞에 어슬렁거리던 사람이 걸음을 멈추었다.

“뉘시오?”

“여기가 공림(孔林)이가 사는 집이 아니오?”

“그렇소만 당신은 뉘시오?”

사내가 천천히 담장으로 다가와 물었다.

망고가 빤히 다가온 사내를 바라보니 머리를 수건으로 질끈 묶었는데 코 옆에 큰 점이 있는 사내였다.

“혹시 공림이 아닌가?”

“누군데 내 이름을 아는 게요?”

“나야, 망고.”

“망고?”

“이 사람, 나를 몰라봐? 나 망고일세. 자네 어릴 적 내가 점박이라 놀렸다고 얼굴에 멍다구를 만들어주겠다며 나와 주먹다짐하였지? 이 사람, 나를 모르는가?”

공림이라는 사내가 망고의 얼굴을 빤히 쳐다보다가 차차 얼굴이 풀리며 반가운 기색이 만연하였다.

“자, 자네가 망고가 맞는가?”

“맞네. 내가 망고일세. 자네 많이 늙었구먼.”

“내가 할 소릴세. 어릴 적 밉상스러운 모습이 남아 있었기에 망정이지 길 가다가 만나면 몰라보겠네.”

두 사람이 담장을 사이에 두고 손을 뻗어 두 손을 맞잡았다.

“여기서 이럴 게 아니라 어서 들어오게.”

사내가 삽작문을 열어주어 망고와 함께 마당으로 들어갔다.

"이봐, 손님 오셨으니 가마 앞에 술상 좀 봐다오."

사내가 집 안을 향하여 소리를 지르곤 두 손을 털면서 가마 앞으로 망고를 안내하였다.

"내가 지금 가마를 굽고 있어서 여길 떠날 수가 없네. 이십여 년 전에 헤어지고 다시 만났는데 사는 것이 궁색하여 친구 대접도 제대로 못하니 미안하네."

"무슨 소린가? 늦은 밤에 찾아온 내가 도리어 미안하지."

젖먹이를 달고 있는 여편네 하나와 턱 밑이 가뭇가뭇한 젊은이와 작은 아이 서너 명이 올망졸망 집 밖으로 나와서 우두커니 보고 있는 것을 사내가 보고 손짓을 하였다.

"이리 오너라."

사내가 아내와 아들자식들을 망고에게 차례로 인사시킨 후에 술상 봐오라고 당부하였다.

자식들이 인사를 하고 물러가고 잠시 후에 아내가 술상을 봐가지고 가마 앞으로 가져왔다.

"아주머니, 죄송합니다. 지나가는 길에 이 친구가 어떻게 사나 궁금해서 들렀더니 공연히 폐만 끼치는 것 같습니다."

아내가 대답도 하지 않고 다소곳하게 인사를 하곤 집 안으로 들어갔다. 사내가 망고의 잔에 술을 따르며 말했다.

"내가 지금 순둥이 마누라 하나에 아들 셋, 딸 하나를 두고 살고 있네. 어려서 본 것이 자기 만드는 일이고 철들어 배운 것이 자기 굽는 일이라 죽지 못해 자기를 만들면서 그럭저럭 입에 풀칠하고 산다네. 그동안 자네는 어떻게 살았나?”

망고는 장성 너머에서 상인들의 짐을 털면서 살았다고 말하기라 어려워 세력 좋은 집안에서 심부름꾼 노릇을 하면서 살고 있노라고 말하였다.

“장가는 갔겠지? 아이가 몇인가?”

“장가는 무슨, 내 팔자에 계집이 가당한가? 그건 그렇구, 어머니는 무고하신가?”

“어머니는 삼 년 전에 돌아가셨지. 아버지 돌아가시고 얼마 되지 않아 따라가셨지.”

“사람두, 말귀 못 알아듣는 건 여전하네. 자네 어머니 말고 내 어머니 말이야.”

“자네 아직 모르는가? 난 아는 줄 알았더니…….”

망고가 마른침을 삼키며 되물었다.

“뭘 말인가? 어머니가 어떻게 되셨나?”

“하긴 자네가 여길 떠난 지 이십 년이 넘었으니 모를 만도 하지.”

“이 사람, 숨 넘어가게 하지 말고 자세하게 이야기 좀 해보게.”

사내가 술을 따라 한 잔 마시더니 입을 열었다.

"자네 아버지가 돌아가신 후에 홀로 남은 어머니가 자네를 키우다가 도화촌에서 제일 부자인 자기장이 양가의 눈에 들어서 첩실로 들어가지 않았나."

"그건 내가 집 나가기 전의 이야기지."

"자네가 집을 나가고 얼마 안 되어 양가의 정실부인이 죽고 자네 어머니가 정실을 꿰어차게 되었네. 자네 어머니와 양아버지의 금실이 동네에 소문이 날 정도로 좋아서 연달아 아들 둘에 딸 하나를 낳아 양명지의 사랑을 담뿍 받으며 잘살았고, 그 때문인지 양명지의 자기점도 장사가 잘되어서 근방에 제일가는 부자 소릴 들었지. 그런데 열흘 붉은 꽃이 없다던가? 이 말이 맞는지는 모르겠지만 아닌 밤중에 홍두깨라구, 십여 년 전에 이 동네에 갑자기 명화적이 들이닥쳤지 무언가."

"명화적이 들이닥쳤다구?"

"그러게 말일세. 깜깜한 밤중에 수백여 명의 명화적이 난데없이 이 마을에 들이닥쳤는데, 그놈들이 다른 사람 집은 가만히 놔두고 마을 제일 부자인 양명지의 집으로 쳐들어간 것이 아닌가. 화적들이 양명지의 집에 침입하여 세간과 재물을 모두 빼앗아가고, 양명지와 가솔들은 쥐새끼 하나 남김없이 몽땅 죽여 버렸었네. 화적들이 물러간 다음날 동네 사람들이 이상하다 생각하면서도 자네 부모님의 금실이 좋아서 화를 당했다고 수군거리더군. 그래서 그때부터 우리 동네에는 금실 좋다는 말을 양가가 첩 들이듯 산다고 말한다네."

사내가 망고에게 술을 따라주곤 안주를 손으로 집어 쩝쩝 씹다가 머리를 내저으며 말했다.

"그런데 지금 곰곰이 생각해 보면 생각할수록 기막힌 일이지."

"뭐가 말인가?"

"명화적들이 자네 양아버지에게 원수를 지지 않고서야 어찌 그렇게 잔인하게 일가를 몰살시킬 수 있단 말인가. 화적들이라는 것들이 마을 사람들의 집은 하나도 건드리지 않고 말이야."

"그럼 자네는 계획적으로 일어난 일이라고 생각하는가?"

"생각해 보게. 도화촌에 뭐가 있어서 화적들이 침입한단 말인가? 더구나 화적들이 세력을 키울 만한 근거지가 되는 곳이 이 근방에 있던가? 몇 대조 조상님 대에 왜구들이 노략질을 하러 온 적은 있다지만 일백 리 밖에 연경이 있고 삼십 리 앞에 천진항이 있는데 명화적이라니, 그게 가당한 소린가?"

"화적들의 짓이 아니라면 누구의 짓인가?"

사내가 좌우를 살피더니 목소리를 죽여 소곤거렸다.

"자네, 잘 생각해 보게. 도화촌에서 제일가는 양가의 자기점이 하루아침에 망하였네. 도화촌에서 생산되는 자기가 양가의 가게를 통하여 나가는데, 하루아침에 양가가 망했으니 자기 굽는 장인들의 생계가 막막하게 되었지. 하나 자기상이 양가 하나뿐이 아니지 않은가. 천진에서 양가가 망했다는 소식을 듣고 몇이나 되는 자기 상인들이 찾아왔지만, 결국에는 사삼천이란 자가 이 마을의 자기를 독점하게 되었다네."

"사삼천이란 자가 상술이 좋은 모양이지."

"우리도 처음에는 그렇게 생각했네. 그러나 차차 알게 되니 사삼천은 보통 사람이 아니야. 사삼천이란 자가 어떤 자인고 하면, 그 배경이 대단 무시무시한 자일세."

"얼마나 무시무시한 자인데 그러나?"

"사삼천은 네 명의 형제가 있는데, 첫째 사일천(謝一天)이 천진항에서 금화표국(金華鏢局)을 운영하고 있지. 사일천은 표검일절(豹劍一切)이라는 별호가 있는 무시무시한 검객이라 자연히 금화표국이 산동 일대를 쩌렁쩌렁 울릴 정도로 세가 좋게 되었단 말일세. 둘째 사이천(謝二天)은 돈 버는 머리가 대단히 좋아서 보선방(寶船房)이라는 상단을 경영하고 있다네. 사삼천이 자기점을 크게 낸 뒤로부터는 자기 같은 물품을 조선이나 왜에 팔아 막대한 이문을 챙기고 있단 말일세. 사형제의 막내인 사사천(謝四天)이 있는데, 나이는 제일 어리나 잔인하고 무공이 뛰어나서 일섬사자(一閃獅子)라는 별명이 있고, 금화표국의 표두(鏢頭)를 하고 있다네. 무공으로는 첫째 형인 사일천을 능가한다더군. 첫째와 둘째가 일가를 이룬 까닭에 사삼천과 사사천이 금화표국와 보선방을 오가며 심부름을 하는 일꾼이 되었는데, 셋째 사삼천은 형제 중에서 제일 능력이 없고 게으른 자라 잔심부름만 하다가 형제를 잘 만나서 여기서 부자질하고 있는 것이고, 사사천은 능력이 좋아서 사일천이 금화표국을 그만두면 그 자리를 꿰어찰 거라더군.”

“형제를 잘 만났군.”

“그렇지. 사형제 중에 제일 못난 사삼천이가 본래 자기상을 하던 자가 아닌데도 자기를 독점하게 된 데에는 사씨 형제들의 도움과 농간이 있었던 것이네. 자기 상인들을 칼과 주먹으로 위협하는 데야 자기 상인들도 도리가 있나? 자기 굽는 장인들에게도 다른 곳에 팔지 못하도록 위협을 하니 마을의 장인들이 도리없이 사삼천에게 만든 물건을 팔아넘겼네. 법보다 주먹이 가깝다더니, 사삼천이 처음에는 제법 후하게 값을 쳐주더니 나중에는 헐값으로 물건을 사기 시작하였네. 힘이 없는 우리는 눈치만 보면서 호구지책으로 자기를 구워 팔아 넘기지만 예전 양가가 있을 때만 못한 것이 사실이네. 사삼천이 자기를 독점하여 삽시간에 떼부자가 되어버린 것을 보면 돈을 아는 사이천이 옆에서 도와준 것이라 짐작할 수 있지만, 아무리 보아도 양가가 망한 것이 사씨 형제들의 소행이 아니고선 이야기가 되지 않네그려.”

“자네는 명화적 소행이 사일천과 사사천이 한 일이라 생각하는 모양이구먼.”

“당연하고말고. 작년 사삼천의 생일날 저녁에 만취한 사삼천이 곤드레만드레가 되어 뒷간에 갔다가 양가의 귀신이 나타났다고 난리가 났었네. 사삼천이 다음날 도사를 불러 옥추경(玉樞經)을 외우고 도화 가지를 때려 원귀를 쫓아내느니 하

며 야단을 부리고, 또 며칠 동안은 승려를 불러 지전(紙錢)을
사르고 제(祭)를 지내어 원귀를 천도시키느니 하며 동네가 떠
나가도록 법석을 부렸네. 제가 죄가 없으면 양가의 원귀가 무
엇 때문에 나타났겠는가? 양가 귀신을 쫓는다 수선을 부리고
법석을 떨 때 마을 사람들 중에 눈치 빠른 사람들은 이미 짐
작을 하였네. 작년에 사삼천이 생일날 상성이 되어 날 궂은
날이면 가끔씩 발작을 하는데, 십여 년 전에 있었던 일을 어
제 일처럼 토설하는 것을 자기 팔러 갔던 사람들 몇몇이 듣고
와서 술자리에서 안줏거리로 이야기하곤 하네."

사내가 쓴 입맛을 다시다가 망고에게 말했다.

"참, 자네, 아버지 복수한다고 마을을 떠나가더니 복수는
하였나?"

망고가 씁쓸하게 미소를 지으며 고개를 설레설레 저었다.

"잘했네. 분하기야 하지만 어쩌겠나? 갑자기 어릴 적 자네
가 아버지 복수한다고 집을 나가던 것이 문득 생각나서 물어
보았네. 그때는 혈기왕성하여 그럴 수 있다 치더라도 지금이
야 어디 그런가? 자식새끼 데리고 고만고만하게 살다가 명이
다하면 순순히 가는 게지. 자네가 혹여 옛날 성질이 남아서
사씨 형제들에게 복수한다고 하다가 되레 낭패를 보면 나는
친구 하나 잃는 것이니 걱정이 되어 말했네."

망고가 고개를 들어 사내를 바라보았다.

넓적한 얼굴에 땀과 개기름이 섞여 번들거리고 거뭇거뭇

한 재가 이곳저곳에 묻어 얼굴이 온통 꾀죄죄한데도 때묻지 않은 순수한 두 눈과 순박한 얼굴은 보고만 있어도 마음이 편안해지는 것 같았다.

"자네, 정말 오랜만일세."

"이 사람. 싱겁네그려."

"내 생각을 해주는 친구를 보니 반갑고도 고마워서 그러네. 자, 내 잔 한 잔 받게나."

망고가 술잔을 들어 사내에게 술을 권하였다.

두 사람은 타고 있는 가마 앞에서 밤새 지난 이야기를 나누며 하룻밤을 꼬박 새웠다.

첫닭이 울 무렵에 모락모락 김이 나오는 밥상을 받고 사내의 가족들과 둘러앉아 식사를 하였다. 난생처음 느껴보는 따뜻한 환대에 망고는 눈물이 나오는 것을 애써 참으며 몇 숟가락을 뜨고 말았다가 아주머니가 민망하게 여기는 것을 보고 밥 한 공기를 알뜰하게 비웠다.

"이 사람, 잘 먹었네."

"우리 먹는 밥상에 밥 한 공기 더 담았을 뿐인걸. 다음에 지나가게 되면 꼭 다시 들르게."

"고맙네."

망고는 삽작문을 나서다가 아주머니에게 다가가 말했다.

"아주머니, 집 떠나온 후로 이렇게 맛있는 식사는 처음입니다. 너무 고마워서 그냥 갈 수 없네요."

망고는 미리 주머니에서 꺼내놓았던 은전 다섯 냥을 아주머니의 손에 올려놓고는 달음질을 쳐서 삽작문 밖으로 내달았다.

"망고야! 망고야! 이 자식아! 돈 가져가거라!"

사내가 소리를 지르며 허둥지둥 따라왔으나 망고의 걸음만 같지 않아서 부르는 소리가 점점 멀어졌다.

망고가 한참을 쉬지 않고 마을 앞 느티나무까지 달려와서 헐떡거리는 숨을 가라앉히고는 이를 악물었다.

누가 한 짓인지는 보지 않아도 알 것 같았다. 남의 나라 땅에서도 강도 짓과 인신매매를 일삼는 자들이 자기 나라 땅에서라고 화적질을 못할까.

어머니와 어린 이복 형제들이 사씨 형제들의 칼날 아래에 억울하게 죽은 것을 생각하니 억장이 무너지고 피눈물이 흘러내릴 것만 같았다.

독살스러운 눈으로 이를 악물고 가까운 주막에서 술 한 병을 사고 장의사에서 지전과 향을 산 후에 마을 뒤편에 있는 외로운 작은 무덤을 찾았다.

돌보는 사람이 없어 잡초가 무성하여 무덤을 찾을 수도 없을 지경인데 우거진 잡초 앞의 작은 툇돌에 양씨명지일가지묘(楊氏明之一家之廟)라는 글이 쓰여져 있어 간신히 무덤을 찾을 수 있었다.

명화적들이 양명지 일가를 몰살하고 시신조차 찾을 수 없도록 불태워 버렸다. 그래 마을 사람들이 불쌍하게 생각하여 불 탄 자리에서 거두어들인 뼛조각들을 한곳에 모아 무덤을 만들었으니 한 사람의 무덤이 아니라 일가의 무덤이 되어버린 것이다.

망고는 말없이 무덤 위에 술병을 기울였다. 맑은 술이 잡초 위로 눈물처럼 떨어졌으나 망고는 눈물 한 방울 흘리지 않고 독살스런 눈으로 이를 갈면서 중얼거렸다.

"내가 그 망할 개새끼들의 일가와 가솔들까지 몽땅 몰살시키지 않으면 사람이 아니다. 어머니, 동생들아, 두고 보시라. 이 원수는 반드시 갚고 말테니……"

술 한 병을 무덤에 모두 뿌린 후에 망고는 뒤도 돌아보지 않고 산을 내려갔다.

망고가 객점으로 돌아오니 복호와 강남학이 객점 난간 옆 탁자에 앉아 기다리고 있었다. 복호는 망고가 이전과 같이 실실 웃는 얼굴빛이 아니요, 눈가에 살기가 어린 것을 이상하게 생각하며 물었다.

"어떻게 된 거야?"

"기다리셨습니까? 어젯밤에는 친구 집에서 보냈습니다."

"그래, 어머니 소식은 들었나?"

"네."

"잘사신다던가?"

망고가 주변의 눈치를 살피다가 방으로 두 사람을 이끌었다. 방 안 탁자에 강남학과 복호가 앉은 후에 망고가 말을 이었다.

"어머님은 망할 개새끼들 때문에 비명횡사하셨답니다."

"개새끼가 사람을 죽인단 말이냐?"

"개가 아니라 개만도 못한 인간을 말합지요."

망고가 어젯밤 친구에게 들었던 이야기를 두 사람에게 해 주었다. 구변 좋은 망고가 눈물을 찔찔 흘려가며 사실대로 이야기하였으나 두 사람의 도움을 끌어내기 위하여 약간의 거짓말을 섞어 이야기하니 세상모르는 순진한 복호는 자기 일처럼 흥분하여 당장에 원수 갚자고 이를 갈았고, 세파를 겪어 노련한 강남학은 팔짱을 끼고 앉아 침착하게 말했다.

"양가가 몰살당하여 사가가 이득을 본 것을 생각하면 망고의 말이 그럴듯하나, 명화적이 한 일을 사씨 형제들이 작당한 일로 보기에는 무리가 있는 듯하오. 듣기에 멀쩡한 사람이 귀신을 볼 정도라면 정상이 아니거나 기가 약한 사람일 텐데, 명화적에게 죽은 원귀를 사삼천이 보고 마구 지껄인 말을 믿을 수 있단 말이오?"

망고가 강남학을 아니꼽게 바라보며 말했다.

"하나를 보면 열을 안다 하지 않소. 보선방이 장사는 하지 않고 남의 나라 땅에서 강도질과 인신매매를 일삼아 뒷구멍으로 부를 쌓는 악한들인데 그까짓 화적질을 못할까?"

"그게 무슨 말이오? 남의 나라 땅에서 강도질과 인신매매를 한다니?"

"공자님을 따라다니는 여자 중에 하나가 고려 사람인데 그 여자가 보선방의 화적 떼들에게 인신매매를 당하여 바다 건너 이 나라까지 끌려왔소. 공자님께서 그 때문에 보선방을 박살 내려고 천진으로 가시는 길이오. 일이 공교롭게 되려고 그랬던지, 어머니와 이복동생을 죽인 보선방 패거리가 내 원수가 되었으니 나는 나대로 공자님과 복수를 할 테요. 그 망할 개새끼들의 씨를 말려 버릴 테요. 공연히 되도 않는 소리 하시려거든 여기서 고만 돌아가시오.”

망고의 눈에 살기가 그득한 것이 금방이라도 일을 벌 기세다.

복호가 탁자를 탁! 하고 치며 입을 열었다.

“네 말이 맞는지 아닌지는 사삼천에게 물어보면 알 것이니 여기서 강 형과 시비할 것 없다.”

강남학이 말했다.

“사삼천에게 물어보신다구요?”

“상성이고 나발이고 죄진 놈이라면 죗값을 토설하겠지요. 만약 내가 물어봐서 망고의 말이 맞다면 죗값을 받아야지.”

강남학이 머리를 끄덕거리다가 말했다.

“망고의 말이 맞다 하더라도 사람 일이 마음대로 되는 것이 있답니까? 이 동네에 사는 사삼천은 죗값을 받는다 하더라도 금화표국의 국주인 사일천이와 사이천, 사사천은 녹록한 자들이 아닙니다. 사일천과 사사천은 산동 일대에 이름이 높을 정도로 고수인데다가 당장 그놈들의 세력을 보더라도 사일천이 거느린 금화표국의 표사만 하여도 수백은 넘을 것입니다. 사이천의 보선방은 또 어떻습니까? 공자님과 저, 망고, 이렇게 단 세 사람이 일을 저지르기엔 너무 큰 세력입니다. 계란으로 바위를 깰 수 있겠습니까?"

망고가 삿대질을 하며 말했다.

"이보쇼, 강낭콩 양반. 말이면 다하는 줄 아시오? 오호라, 당신은 부모 죽인 원수 놈이 대명천지를 활보해 다녀도 원수 놈의 세가 무서워 복수도 하지 않고 집구석에 박혀 있을 양반이구려."

강남학이 바늘수염을 비쭉하게 세우며 소리쳤다.

"말이면 다하는 줄 아는가? 복수도 때를 보아가면서 하잔 말이지 무턱대고 호랑이 굴로 들어가잔 말이 아니잖아!"

"네, 네. 당신 말은 잘 알아들었소. 나는 나대로 생각이 있으니 더는 말 마시오."

망고가 느닷없이 복호의 앞에 무릎을 꿇고 머리를 조아렸다.

"공자님, 공자님께서 제 원수를 갚아주신다면 이 망고는 공자님의 충실한 종이 될 것입니다. 돌아가신 부모님 영전에 맹세컨대 공자님께서 원수를 갚아주신다면 망고가 말 잘 듣는 견마(犬馬)가 되어 언제까지나 공자님을 모시겠습니다. 절 믿어주십시오."

망고가 닭똥 같은 눈물을 뚝뚝 흘리는 것을 보고 복호도 마음이 좋지 않아서 부드럽게 말했다.

"알았으니 일어나라. 내가 복수해 주마."

"정말입니까?"

"정말이니 일어나라. 네가 우는 것을 보니 내 마음이 좋지 않다."

망고가 무릎걸음으로 다가가 복호의 다리를 붙잡고 좋아라 하였다.

강남학은 아무렇지 않게 말하는 복호와 그 말에 좋아서 어쩔 줄을 모르는 망고의 모습이 어리둥절하였다.

이미 외성 바깥의 객잔에서 복호의 무공을 본 적은 있으나 터무니없이 큰 세력을 상대로 터무니없는 말을 하는 것을 보니 정신이 돌았거나 눈에 보이는 것이 없거나 아무런 생각 없는 사람들 같아 보였다.

"망고야, 쇠뿔도 단김에 뺀다고 사삼천이니 사팔천인지 하는 놈을 박살 내러 지금 갈까?"

망고가 손을 내저으며 말했다.

"그놈이 철천지원수 놈이지만 밝은 대낮에는 사람의 눈이 많으니 오늘 밤에 가십시다. 저도 그동안 연장을 구해야 하니까요."

"연장?"

"망할 놈들을 씨도 남기지 않고 죽이려면 저도 무기가 필요하잖습니까?"

“좋다. 네가 좋은 대로 하거라.”

복수공론이 몇 마디 말로 끝이 났다.

망고는 그 길로 객점을 나가서 사삼천의 자기점과 뒤편에 붙어 있는 저택을 한 바퀴 둘러보았다. 사삼천이 운영하는 자기점과 살고 있는 집이 옛날 양명지의 것을 그대로 쓰고 있어서 더 볼 것도 없이 그 길로 시장에 가서 날이 선 도끼 하나와 옷 세 벌을 사서 객점으로 돌아왔다.

망고가 객점 안으로 들어와 술과 밥을 든든하게 먹고 낮잠을 푹 자고 일어나니 벌써 해가 서산으로 기울어 땅거미가 거뭇하게 내려앉았다.

방 바깥으로 나가니 강남학과 복호가 술을 시켜 먹고 있었다. 망고가 점원을 불러 고기와 밥을 넉넉하게 시켜 배가 부르게 먹은 후에 앉아 있으려니 아직도 늦은 밤이 되려면 시간이 멀었다.

“여보, 강 형. 내가 옛날 아버지 원수 갚은 이야기해 드릴까?”

화주 몇 잔에 얼굴이 벌겋게 달아오른 강남학이 흔쾌히 말했다.

“들어봅시다.”

망고가 작은 잔에 화주 한 잔을 담아 홀짝 마시곤 입을 열었다.

“내가 이 동네에서 나서 열일곱까지 살았는데, 아버지가 억울하게 돌아가셨다는 소리를 열다섯에 들었소. 어머니가 내 나이 열다섯에 양명지에게 재가하여 이 년 동안 구박 아닌 구박을 받으며 살았는데, 양명지가 사람이 괜찮아서 그럭저럭 호강을 하며 살았었소. 하지만 남을 아버지라 불러야 하는 것이 죽도록 싫은데다가 양아버지가 나에게 맞지도 않은 일을 자꾸 시키려 들어서 나이 들면 집을 떠나려고 생각하고 있었다오. 그러던 어느 날 내 이름 망고가 아버지가 수자리 가서 북 치는 일을 맡았었다고 지은 이름이며, 아버지가 억울하게 죽임을 당하였다는 것을 알았소. 열일곱 한창 혈기왕성한 나이에 친아버지가 억울한 죽임을 당했다는 소릴 들었으니 내가 가만있을 수 있었겠소? 그때 어머니는 새아버지에게 시집을 와서 아들 하나를 덜컥 낳았는데, 큰 살림살이하고 이복동생 돌본다고 정신이 없어서 내 신세가 그야말로 개털 신세가 되었소. 가만히 생각하니 나를 이 지경으로 만든 것이 아버지를 돌아가시게 한 원수 놈 때문이라 이놈에게 원수를 갚지 않고서는 화가 풀리지 않을 것 같아서 양아버지의 금고에서 돈을 훔쳐서 무작정 집을 떠나왔소. 태어나 마을 밖을 벗어난 적이 없는 놈이 무얼 알겠소? 장성까지 천 리 길을 이 마을에서 허비하고 저 마을에서 허비하다가 간신히 도착하니, 그때 내 주머니에 남은 것이라곤 동전 넉 냥이 전부였다오. 그래 장성에서 구걸하면서 아버지 죽인 원수 놈을 찾아보았소. 아버지가 죽은 때가 십 년 전이었으니 내 나이 일곱 살 때였소.

세월이 십 년이나 지났으니 원수 놈이 수자리 끝나서 저희 집으로 돌아갔을지도 모를 일 아니오. 죽은 놈 불알 만지고 배 떠난 뒤에 칼 찾는 일이지만 이왕 장성까지 왔으니 어쩌겠소. 집으로 다시 돌아갈 수도 없는 노릇이니 사막에서 바늘 찾는 일이지만 할 수밖에요. 일 년 동안 밥을 빌어먹으며 장성 근처 마을을 떠돌아다니면서 아버지 원수 놈을 수소문하였소. 제 정성에 감응을 하였던지, 마침 과촌에서 그때 일을 아는 사람을 하나 찾을 수 있었답니다. 아버지가 하는 일이 고수(鼓手)라 하여 전장에서 북을 치는 것이었는데, 장성에서는 높은 성루에 앉아 있다가 시간을 알리거나 야인들이 침입해 들어왔을 때 신호를 보내는 일을 하였지요. 아버지가 그럭저럭 편하게 수자리 살이를 하다가 집에 돌아갈 날을 백 일 정도 남겨 놓았을 때 문지기를 보는 임등수라는 자가 다리를 삐었답니다. 아버지가 갓 수자리 살러 들어온 임가가 다친 것을 불쌍하게 생각하여 대신에 문지기를 보았는데, 이 임등수라는 자가 성루 위에서 깜빡 잠이 들었는데 일이 안 되려고 그랬는지 야인들이 마을을 침입하여 한바탕 난리가 났지 뭡니까?"

"저런……."

강남학이 혀를 찼다.

"그 때문에 군대에서 한바탕 난리가 났지 뭡니까? 군기가 해이해졌다고 장군이 부장에게 책임을 묻고, 부장들이 백장들에게, 백장들이 십장들에게 책임을 묻다 보니 마지막 책임이 아버지에게 돌아가게 되었지 뭡니까?"

"임등수는 뭐 하고?"

"군율이 엄하니 당연히 임등수가 책임을 물어 참수를 당해야 하지만 세상일이 그리 만만한 것이 아니지요. 임등수는 제가 그 죄로 참수당할까 두려워서 십장과 백장에게 뇌물을 써서 자신의 죄를 아버지에게 돌렸지요. 계급 높은 십장과 백장이 모든 책임을 아버지에게 돌려 죄를 뒤집어씌우니 별수가 있습니까? 군기를 어지럽히고 임무를 태만했다는 죄목으로 목이 달아나고 말았지요. 두 분, 군대에서 효수(梟首)를 어떻게 하는지 아십니까?"

"본 적이 없으니 모르지."

"처음에 북소리가 울리면 죄인을 잡아내서 윗도리를 벗기고, 얼굴에 회칠을 하고 화살로 두 귀를 꿰어가지고 군중에 회술레를 시키지요. 그 다음에 북소리가 울리면 죄인의 머리를 풀어서 줄로 표미기(豹尾旗)에 매어 달고 도수(刀手)가 큰 칼을 들고 목을 겨누지요. 그 다음에 북소리가 울리면 죄인의 목이 맥없이 땅으로 떨어지지요. 몸에서 떨어진 머리는 창대에 걸리어 사람들이 지나다니는 성문 앞에 내걸리는데, 돈 없고 세력 없는 죄로 아버지가 무고하게 그 꼴을 당하셨다는 말을 들으니 피가 거꾸로 돕디다. 내가 반드시 복수하여 아버지의 원수를 갚으리라 다짐을 하였지요. 그 사람에게 물어서 아버지 죽인 원수 놈의 이름을 알았습니다. 임등수뿐 아니라 공모한 십장과 백장의 이름까지 알아내서 수소문을 하였습니다. 이름까지 알고 나니 찾는 것이 어렵지 않았습니다. 백장질 하던 자는 삼 년 전에 죽어 장성 근방에 묻혔다 하고, 십장질 하던 자는 계급이 올라 백장이 되었다 하고, 임등수는 수자리 살이를 끝내고 장성에서 멀지 않은 곳에서 비단 장사를 하고 있는데, 십장 하던 자가 뒤를 대줘 임등수는 이문을 십장에게 나누어 찰떡에 콩가루처럼 붙어살고 있더군요."

"그래, 어떻게 하였나?"

"백장질 하던 자의 묘를 파헤쳤지요. 수소문하여 찾았는데 비슷비슷한 묘가 다닥다닥 붙어 있어서 여러 묘를 팠습니다. 땅이 다 같아 보여도 같은 땅이 없대요. 사람들이 한 땅에 묻혔는데 시신은 전부 다릅디다. 흙이 좋은 곳에 묻힌 시체는 잘 썩어서 살 하나 없고 반듯한 뼈가 노릇노릇한 것이 보기에도 좋은데, 어느 곳은 불에 탄 것처럼 뼈까지 시커멓고, 어느 것은 살이 썩지 않아 금방 죽은 그대로 같고, 어느 것은 관에 물이 가득 차서 퉁퉁 부은 시신이 보기에도 끔찍합디다. 백장질 하던 자가 죄가 많아 그랬던지 습기 많은 곳에 묻혀 썩지가 않았습디다. 그자를 꺼내어 도끼로 목을 잘라 효수한 후에 머리를 장대에 걸어놓고 까마귀밥을 만들었습니다. 죽은 자를 다시 죽이는 것이 마음에 좋지는 않았지만, 그렇게라도 하지 않으면 아버지가 저승에서 편히 눈을 감지 않을 것 같아서 그리하였습니다. 그 다음 차례는 임등수와 십장 하던 자였습

지요. 임등수는 마을에 살아서 마음만 먹으면 처치하는 것은
어렵지 않으나 십장이 문제였습니다요. 그놈이 계급이 올라
서 백장이 되었으니 기세가 얼마나 좋겠습니까? 무공으로 따
져도 제가 그자의 발끝에도 미치지 못할 것이니 잘못 기회를
노렸다가 되레 제 목이 달아날 수도 있어서 한동안 궁리를 하
던 끝에 좋은 기회가 찾아왔습니다요. 두 인간이 찰떡처럼 붙
어서 이권을 나누어 가진다고 말씀드린 적이 있습지요?"

　복호와 강남학이 동시에 고개를 끄덕였다.

　"고려 사신이 연경에 다녀가는 끝에 백장의 반강제적인 추
천으로 고려 상인들이 임등수에게 비단을 적지 않게 사 가서
임등수가 생각지도 않게 많은 이문을 남겼습니다. 임등수가
사례한다고 백장을 불러서 기루에서 한바탕 질탕하게 마셨는
데, 이런 기회가 다시 찾아오기 어려워서 제가 손님인 척 가
장하고 도끼와 긴 칼 한 자루를 품에 숨기고 기루로 들어갔습
지요. 임등수는 돈이 많고 백장은 세력이 좋아서 기루의 가장
좋은 방에서 놀고 있는데 가만히 생각해 보니 제가 두 사람을
당할 수 없고, 기루에 사람이 많아서 일을 벌였다가 사람들에
게 잡혀 버린다면 아니한 것만 못하지 않겠습니까? 두 사람을
사살할 방법이 딱히 없어서 한동안 궁리하다가 좋은 수를 생
각해 내었습니다요."

　"그게 뭔데?"

　"저도 사람일 테니 술을 마셨으면 반드시 일을 볼 것이 아

니겠습니까? 뒷간에서 기다리다가 원수 놈이 일을 볼 때 도끼
로 대가리를 바수어 도륙을 내려고 하였습지요.”

“그거 괜찮은 방법이군.”

“그런데 제가 한 가지 생각지 못한 것이 있었습지요. 백장
놈은 무공이 뛰어나고 힘이 장사라 제가 뒤에서 일을 저지른
다고 쉽게 당할 인간이 아니고, 임등수는 도둑이 제 발 저리
다고 죄진 것이 많아서인지 힘센 일꾼 두 사람을 항상 대동하
고 다니지 무엡니까. 덩치 좋은 백장 놈은 뒤편에서 발자국
소리만 나도 고개를 돌리고, 임등수 이 자식이 뒷간에서 일을
볼 때면 건장한 일꾼 두 사람이 그림자처럼 붙어 있으니 일이
될 리가 있겠습니까요? 시간은 살처럼 가고 기회는 좀처럼 나
지 않아 일단 백장 놈부터 처치하자고 마음을 먹었습니다요.
백장 놈을 뒤편에서 노리는 것이 아무래도 마음에 걸려서 일
을 보는 뒷간의 발판 밑으로 내려갔습지요. 똥간 바닥에서 몸
을 구부리고 있자니 죽을 맛이더군요. 살다 살다 그리 고약한
냄새는 처음 맡아봤습니다요. 술 먹고 싼 오줌과 고기 먹고
내놓은 똥 냄새가 얼마나 고약한지 코가 썩어 문드러지는 줄
알았습지요. 몰려드는 모기 떼에 덥기는 얼마나 더운지 복수
하기가 참말 더럽고도 어렵다는 것을 그때 알았습니다요. 어
찌 되었든 판자 두 개를 똥 위에 올려놓고 기회를 기다렸습니
다요. 몇 놈이 뒷간에서 똥을 누고 갔는데 더럽고 역겨워서
그만두려 할 때에 마침 백장 놈이 죽을 때가 되었던지 내가

기다리던 곳으로 들어왔습지요. 뒤가 마려웠던지 발판에 두 발을 얹고 일을 벌이는데 냄새 나는 큰 덩어리가 엉덩이 사이로 뚝뚝 떨어집디다. 이 기회가 오기를 벼르고 벼른 터라 제가 들고 있던 긴 칼로 그놈의 똥구멍을 힘차게 쑤셨지요. 시퍼렇게 날이 선 긴 칼이 똥구녕에 푹 하고 들어가니 그놈이 억 소리를 지르며 펄쩍 뜁디다. 내가 뒷간 아래에서 소리를 지르며 판자를 잡고 올라가니 그놈이 똥구멍에 칼을 꽂은 채 뛰어가고 있습디다. 내가 세상에 우스운 일은 많이 봤지만 그렇게 급박하면서 웃긴 꼴은 처음 보았소. 똥구녕에 칼 꽂고 도망치던 놈이 몇 걸음 가지 않아 쓰러집디다. 뛰는 동안 똥구멍에 박힌 긴 칼이 움직이며 내장을 훑어내렸는지 비명도 못 지르고 쓰러져서 엉덩이에 박힌 손잡이를 빼려고 바둥거리는 원수 놈에게 다가가니 그놈이 놀란 눈으로 벌벌 뜁디다. 제가 아버지하고 많아 닮아서 아버지 귀신인 줄 알았던 모양입디다. 내가 아버지 죽인 원수 갚으러 왔다고 한바탕 호령하곤 그놈의 머리채를 잡고 도끼로 목을 잘랐소. 생 목이 몸에서 떨어지니 피는 얼마나 많이 흐르던지 땅바닥이 원수 놈의 목에서 떨어지는 피로 온통 흥건하였소. 일이 되려고 하던지 마침 그때 임등수가 일꾼 두 사람을 데리고 뒷간으로 왔다가 내가 백장 놈의 머리를 들고 있는 것을 보고 놀라 뒷걸음질을 치는 것이 아니겠습니까. 따라다니던 일꾼들이 한 손에는 도끼를 들고 다른 손에는 백장의 머리를 든 내가 피투성이가 되어 노려보는 것에 겁을 먹었는지 임등수보다 먼저 도망을 치는데, 내가 백장의 머리를 베고 흥분한 터라 눈에 보이는 것이 없어 자른 머리를 내딘지고 도망치는 임등수를 쫓아가서 마침내 그 대가리를 반으로 가르고 말았소. 지금 생각해 보니 일꾼들이 저의 일도 아닌데 목숨 걸고 나와 싸울 일이 없었으니 도망간 것이 옳았고, 그 덕에 아버지 복수를 어렵지 않게 했소이다.”

강남학이 물었다.

“그 후로 어떻게 되었소?”

“두 사람을 죽였으니 살인죄로 버젓하게 면상 그림이 붙여지고 적지 않은 현상금까지 걸렸지요. 잡혀서 목이 달아나는 것보다 장성 너머로 도망쳐서 야인들과 함께 사는 것이 나을 것 같아 야밤에 장성을 넘어 정처 없이 도망치다가 화적 떼들에게 잡혔지요. 화적 떼들이 내가 임등수와 백장을 살인한 도망자인 것을 알고는 대우가 좋아지더니 함께 화적질을 하자고 부추깁디다. 갈 데도 없는 신세에 가타부타 선택의 여지가 없어서 화적 떼 안에서 굴러먹으며 살아왔지요.”

강남학이 혀를 차며 말했다.

“아버지의 원수 갚고 돌아오니 어머니의 원수 갚을 일이 남았으니 말이오.”

“에휴, 세상에 나같이 기구한 팔자도 없을 것이외다.”

망고가 바닥이 꺼져라 길게 한숨을 내쉬다가 입가에 웃음을 머금으며 말했다.

"다행히 우리 공자님께서 도와주신다고 약조를 하였으니 마음이 놓입니다요."

창밖을 바라보니 날이 완전히 저물어 먹장 같은 어둠이 펼쳐져 있었다.

강남학이 잠시 바깥을 바라보다가 말했다.

"내가 잠깐 생각나는 것이 있네."

"뭐요?"

"자네 말을 들어보면 사일천, 사이천, 사사천이는 천진에 있다는 말이고, 덜떨어진 사삼천이가 홀로 도화촌에 있다는 말이니 사삼천을 박살 내는 것은 어렵지 않겠으나 녹록잖은 나머지 형제들이 문제가 아닌가? 사삼천이 죽었다면 나머지 형제들이 경계할 것은 당연한 것이 아닌가?"

"그건 그때 가서 생각하지요. 지금은 사삼천이를 족쳐서 어머니를 죽였는지 실토를 받아내고 그놈을 박살 내는 것이 중요합지요."

망고가 작은 잔에 화주 한 잔을 따라 마시곤 주섬주섬 짐과 도끼를 챙겨 자리에서 일어났다.

"공자님, 이제 가시지요."

복호가 고개를 끄덕이며 자리에서 일어나니 강남학도 자리에서 일어나 곧 세 사람은 어두운 밤에 객점을 나섰다.

가을밤이라 찬바람에 옷깃이 펄럭이며 스산한 가운데 조용한 마을에 간간이 개 짖는 소리가 들려올 따름이다.

복호와 강남학이 망고를 따라 어두운 골목길을 이리저리 돌아서 사삼천이 살고 있다는 집 앞으로 인도하였다.

이 장은 족히 넘을 듯 위세 좋은 대문 앞에서 망고가 검은 천을 나누어주며 자신의 코와 입을 가렸다.

"이 자식아, 우리가 도적이냐?"

"도적이 아니더라도 우리 얼굴을 알아서 좋을 것이 없지요. 그리고 말짱한 원수가 화적으로 변장하여 어머니와 이복 동생들을 죽였는데 우리라고 그렇게 못합니까?"

그 말에 복호와 강남학이 검은 천으로 얼굴을 가렸다.

망고가 담장을 따라 거뭇거뭇한 골목길로 들어서 한참을 걸어가다가 작은 문 옆에서 걸음을 멈추었다.

"여기는 후원과 통하는 담장이라 경계하는 사람도 없으니 이곳으로 들어가십시다."

그때 담장 뒤편에서 개 짖는 소리가 요란하게 들려왔다.

"제기, 개를 키우는군."

망고가 허리춤에서 수건을 꺼내어 펼치었다. 수건 안에는 안주로 먹던 육회가 한 주먹 들어 있었는데 망고가 고기를 집어 담장 안으로 던졌다.

미칠 듯 짖어대던 개소리가 금세 잠잠하게 변하였다.

"개새끼들이 고기를 다 먹기 전에 담을 넘어야 합니다요."

망고가 몸을 숙여 어깨를 타라는 시늉을 하였다.

복호가 피식 웃다가 담장을 바라보니 이 장 정도 되어 보였다.

"이 정도라면 네 힘을 빌릴 필요도 없다."

복호가 뒷걸음질을 하다가 갑자기 앞으로 내달아 훌쩍 뛰었다. 신형이 솔개처럼 솟구치는데 사람의 뜀뛰기에는 한정이 있어서 높은 담장을 넘지 못할 것 같은데, 복호의 한 발이 담장 가운데를 차고 그 반동으로 담장을 가볍게 넘어갔다.

강남학과 망고가 멍하게 서로의 얼굴을 바라보았다. 이내 담벼락 가운데 있던 문이 살며시 열리었다.

"높은 담장을 손도 대지 않고 넘어가는 재주가 있으시니 공자님께서 도적질을 하신다면 큰 부자가 되셨겠습니다."

"되도 않는 소리 마라."

문 안으로 들어가니 황소 같은 누런 개 두 마리가 혀를 빼 물고 쓰러져 있었다.

망고가 물었다.

"어떻게 된 겁니까요?"

"미친개들이 달려들기에 대가리를 한 대씩 때려주었다."

"고기에 청산가리를 넣어야 했는데 이 마을에 변변한 약재상이 없어서……. 공자님께서 해결해 주시니 이렇게 일이 쉽네요."

"잔말 말고 앞장서기나 하거라."

망고가 앞장서 가다가 너른 평지를 잠시 바라보았다. 이곳에는 내당이 있던 자리였는데 지금은 집은 어디 가고 잡초만이 무성하였다.

멀지 않은 곳에 건물이 하나 보였다. 창가에 불빛이 반짝이는 것을 보고 망고가 살금살금 다가가 창문에 구멍을 뚫었다. 문틈으로 방 안을 바라보니 계집종 하나가 탁자 위에서 바느질을 하다가 고단한 모양인지 기지개를 켜고 있었다.

망고가 사정없이 방문을 박차고 들어가며 도끼를 들고 소리쳤다.

"한마디라도 입 밖으로 낸다면 살아남지 못할 줄 알아라!"

여종이 놀라 벌벌 떨면서 손을 모아 빌었다.

"살려주세요! 살려주세요!"

"누가 말하라 하더냐?"

망고가 계집의 가슴팍을 발길질하자 여종이 바닥에 나동그라졌다. 여종의 얼굴에 아픈 기색이 가득한데 말도 못하고 눈물을 뚝뚝 흘리며 두 손을 싹싹 비볐다.

뒤따라 방 안으로 들어온 복호가 말했다.

"죄 없는 계집을 왜 때리느냐? 말로 하거라."

망고의 기세가 조금은 누그러졌으나 화를 이기지 못하여 계집의 머리채를 잡고 말했다.

"말만 잘 들으면 살려주겠다."

"예, 예. 살려만 주십시오."

"바깥에 있던 내당은 어디로 갔느냐?"

"옆에 있던 내당은 옛날 화적 떼들이 불을 질러 없어졌습니다요."

어머니와 동생들이 화적 떼들에게 살해당하여 집과 함께 불에 탔다는 것을 짐작할 수 있었다. 망고가 이를 악물며 계집종에게 물었다.

"네 주인은 어디에 있느냐?"

"주, 주인 어르신은 사랑채에 계십시다."

"어딘지 안내하거라."

망고가 방 안에 있는 실타래로 계집의 두 손을 뒤로 묶고 말했다.

"만약 비명을 지르거나 거짓말을 했을 때는 내 도끼가 네 머리통을 쪼개 버릴 게다."

망고가 시퍼렇게 날이 선 도끼를 보여주니 계집이 사시나무 떨듯 몸을 떨며 고개를 끄덕거렸다.

계집종이 앞장서서 길을 인도하여 세 사람이 그 뒤를 따랐다.

복호는 시답잖은 망고가 악에 받쳐 눈가에 살기가 뻗치는 것을 보고 사람이란 모를 것이라 생각하고, 강남학은 망고가 정말로 독한 사람이라 생각하였다.

늦은 밤이라 일꾼들도 잠이 들어 온 세상이 괴괴한데 먼 산에서 뻐꾸기 우는 소리가 정적을 깨며 들려왔다. 한동안 어둑한 회랑을 돌아가던 여종이 담장 가운데 있는 둥그런 월문 앞에서 걸음을 멈추었다.

"저 안이 사랑채입니다요. 주인 어르신은 저기 계십니다요."

여종이 발발 떨면서 입을 열었다.

"알았다. 확인해 보지."

망고가 도끼를 쥔 손에 침을 뱉더니 다짜고짜 월문 안으로 들어갔다. 문 안에 넓은 마당이 있고 그 앞에 일곱 간 큰집이 보이는데, 망고가 성큼성큼 마당을 걸어가다 보니 문 앞에 검은 옷을 입은 사내 두 사람이 서 있다가 소리를 질렀다.

"웬 놈이냐?"

두 사내가 다가오다가 망고의 손에 들린 도끼를 보고는 장검을 뽑아 들고 다가오며 소리쳤다.

"괴한이다!"

검은 옷을 입은 사내 두 사람이 집 뒤편에서 장검을 들고 달려나왔다.

망고는 일이 쉽게 풀리겠다고 마음을 놓았다가 뜻밖에 무사들을 발견하고 뒷걸음질쳐서 월문 밖으로 부리나케 뛰어나왔다.

"아이구, 공자님! 집 앞에 무사들이 있습니다요!"

"표국의 무사들일 테지요."

강남학이 대도를 휘두르며 월문 안으로 뛰어들어 가 무사들과 칼부림을 하였다.

강남학의 힘이 좋아서 큰 칼을 마구잡이로 휘두르며 네 명의 무사와 상대하였으나 상대방의 무예가 만만치가 않고 수적으로 열세라 점점 밀리는 상황이 되었다.

한편 사랑채 앞에 칼 부딪치는 소리와 호통 소리가 난무하게 되자 그 소란에 깨어 일어나 몽둥이와 창을 든 하인들이 화적 떼처럼 사랑으로 몰려들었다가 월문 앞에 있는 두 사람을 발견하고는 우뚝우뚝 섰다.

"도적이냐?"

사람들 사이에서 덩치 좋은 사내 하나가 장검을 휘두르며 달려들었다. 큰 덩치의 사내답지 않게 신속한 발걸음을 보고 복호가 성큼 걸어나가며 사내에게 다가갔다.

"죽어라!"

사내가 장검을 좌우로 휘둘렀으나 복호가 가볍게 몸을 좌우로 피하며 송곳처럼 파고들어 가 사내의 가슴을 들이받았다.

덩치 큰 사내가 허공으로 솟구치며 모여 있는 사람들 사이로 떨어지더니 다시는 움직이지 않았다.

가슴 가운데 명치를 정통으로 들이받혔기 때문에 그 자리에서 숨이 끊어졌던 것이다.

멈칫멈칫 서 있는 하인들 위로 한 사내가 까마귀처럼 솟구쳤다.

"핫!"

긴 창이 복호의 머리를 바수어 버릴 듯 힘차게 떨어져 내렸다. 복호가 침착하게 창을 바라보며 그 자리에서 몸을 빙그르르 돌렸다.

팍!

창이 떨어지면서 바닥의 판석에 먼지가 일어났다. 바닥에 떨어진 창이 복호의 왼쪽 다리를 향해 비스듬히 쓸어왔다. 정강이를 향해 날아온 창을 복호의 발바닥이 판석에 내리눌렀다.

창을 붙잡혀 꼼짝달싹하지 못하게 된 사내가 몸을 빙그르르 돌며 허리춤에서 단검을 뽑아 드는 순간 복호가 발끝으로 창을 감아 올려 사내를 향해 튕겨 보내었다.

사내가 단검을 든 손으로 창을 받지 못하고 팔에 부딪쳐 뒷걸음질치는 순간 복호의 손바닥이 벼락처럼 사내의 뺨을 후려갈겼다.

사내가 눈을 까뒤집으며 바닥으로 쓰러졌다. 두 팔과 다리가 바르르 떨리더니 다시는 움직이지 않았다.

복호가 고개를 들어 둘러선 사람들을 바라보며 호통을 쳤다.

"이 자식들, 죽고 싶으냐?!"

무공을 연마한 표국의 두 무사가 힘도 못 쓰고 즉사를 하고 나자 힘없는 하인들이 우르르 흩어지다가 다시금 멀리에서 올망졸망 모여 강도라고 함성만 지를 뿐이었다.

"망고 자식 때문에 팔자에도 없는 강도가 다 되어보는 군."

복호가 목을 젖혀 웃는데 망고가 다가와 급하게 말했다.

"에구, 공자님! 여기서 이러지 마시고 어서 도와주세요! 이 러다가는 원수고 뭐고 물 건너가겠습니다요! 강남학이도 위 험하다구요!"

망고가 발을 동동 굴리는 것을 보고 복호가 너털웃음을 짓 다가 망고에게 손을 뻗어 도끼를 받았다.

"참, 어렵게 상대하는군."

한마디 말을 내뱉더니 도끼를 내던졌다. 도끼가 쏜살처럼 날아가더니 강남학의 뒤편으로 살금살금 다가가는 무사의 가 슴에 박히었다. 무사가 찍소리도 못 지르고 바닥으로 개구리 처럼 사지를 뻗었다.

복호가 성큼성큼 월문 안으로 들어서며 허리춤에 찬 박달 나무를 꺼내었다. 그러자 강남학과 싸우던 무사 한 사람이 복 호에게 달려들었다. 사내의 검이 창끝처럼 복호의 복부로 찔 러들었다.

복호가 서두르는 기색도 없이 박달나무 몽둥이로 사내의 검을 휘감아 올리며 왼 손바닥으로 사내의 얼굴을 밀었다.

퍽!

사내의 목이 덜컥 들리며 허공으로 살짝 떴다가 바닥에 뒷머리를 박고 그 자리에서 정신을 잃었다.

강남학을 핍박하던 두 사내가 뜻밖의 적이 나타나 동료 두 사람을 어렵지 않게 살해한 것을 보고 놀란 차에 한 사내가 기합을 지르며 달려들었다.

검끝이 빙글빙글 돌면서 복호를 위협하였으나 칼끝이 다리에서 숫구치며 목을 향해 치솟는 것을 빤히 바라보면서 살짝 목을 피하니 검끝이 스치듯이 지나갔다. 그와 동시에 복호의 왼 주먹이 사내의 가슴팍을 내질렀다.

가슴을 정통으로 맞은 사내가 헉! 소리 한 번 지르고는 그 자리에서 무릎을 꿇고 앉아 무너졌다. 격살권의 위력에 심장이 터져 버린 것이다.

강남학을 상대하던 사내는 삽시간에 세 사람을 쓰러뜨린 것을 보고는 놀라 뒷걸음질을 치다가 후닥닥 월문 바깥으로 도망쳐 버리고 말았다.

강남학이 복호의 무공을 본 적은 있지만 한주먹에 한 사람을 기가 막히게 절명시키는 것을 보고 그 재주에 놀라 대도를 뒤에 감추며 포권을 취하는데, 복호의 뒤편에 서 있던 망고가 마당에 죽은 사내의 가슴에 박힌 도끼를 빼어 들고서는 위세 당당하게 사랑채 방문을 박차고 들어갔다.

"어, 어떻게 된 거냐?"

어두운 사랑채의 벽에서 떨리는 사내의 음성이 들려왔다.

망고가 소리 나는 곳으로 다가가니 큰 침대 하나가 있는데 계집 하나가 웅크리고 앉았고, 침대 위에 이불을 뒤집어쓰고 누군가가 발발 떨고 있었다.

"야, 양명지인가?"

침대에서 떨리는 음성이 들려왔다.

"오냐, 내가 양명지다."

망고가 침대 옆에 웅크리고 있는 계집을 발로 차 밀어내곤 침대 위로 뛰어올라 가 이불을 걷어내자 발가벗은 사내 하나가 놀란 모습으로 손을 모아 빌었다.

"아이구! 살려주십시오!"

"내가 너를 데려가러 왔으니 잔말 말고 이리 나와라."

망고가 사내의 머리채를 잡아끌고 바깥으로 나왔다.

사삼천은 그렇지 않아도 상성이 되어 정신이 오락가락하는 판인데 도끼 든 사내가 죽은 양명지라고 하며 머리채를 잡고 끌어당기니 미친 병이 도져서 순순히 끌려나오며 하소연을 하였다.

"양 대인, 사, 살려주십시오. 제 잘못이 아닙니다. 형님들이 시켜서 한 일이지 제가 한 일이 아닙니다. 모두 형님들이 한 일이야요. 잘난 형님들을 데려가시고 저는 데려가지 마십시오."

월문 바깥에 하인들이 둘러서 있는데 사삼천이 놀라서 제 잘못을 지레 토설하는 것이 되었다.

"네가 한 일이 아니라도 네가 한 일이나 같다. 나를 죽이고 내 식구들과 가솔들까지 남김없이 죽였으니 너도 죽어라. 네 형제들의 목숨도 다 데려갈 것이니 원망 마라."

망고가 마당 가운데 우뚝 서서 사삼천에게 한차례 호통을 치곤 도끼를 들어 사삼천의 머리를 사정없이 때렸다. 무거운 도끼가 사삼천의 머리를 반으로 쪼개놓으니 제가 살 도리가 없어서 그 자리에서 혼백 없는 시체가 되고 말았다.

집 안에 침입한 자객이 옛날에 죽은 양명지라 하는 데에 반쯤 놀라 있는데 사삼천의 실토가 떨어지기 무섭게 머리통이 날아가는 광경을 보고 월문 밖에서 물러가지 않고 있던 하인들이 소리를 지르며 썰물처럼 도망쳐 버리고 말았다.

사삼천의 집이 동네 제일가는 부자일 뿐 아니라 형님 덕에 나발 부는 형국으로 세력이 제일 큰 까닭에 사삼천의 집에 강도가 들었다는 소리가 나기 무섭게 하인들 중에 걸음 잰 사람이 마을에 소문을 내었다.

사삼천의 집에 강도가 들었다는 소문에 마을군이 조직이 되어 사삼천의 집으로 몰려왔다가 도망치는 하인들을 만났는데, 사삼천이 박살나 죽는 것을 보고 도망치던 하인들이 양가 귀신이 사삼천을 죽였다는 말을 퍼뜨려서 사람들이 일변 무섭게 생각하며 사삼천의 집에 들어가는 것을 꺼리었다.

그중에 간담이 있는 자는 집으로 들어가 보자고 하는데, 마을의 나이 든 촌로들은 사씨 형제들이 양명지 일가를 몰살한 것을 알게 모르게 알고 있어서 사삼천이 비명횡사한 것을 불쌍하게 생각지 않았다.

도리어 흉악한 강도들 잡으려다가 애꿎은 사람 목숨이 떨어질 것을 저어해서 걸음 날랜 자들로 하여금 관가에 기별하게 하고는 사람들을 줄로 늘어세워서 사삼천의 대문을 에워싸고 아우성을 지르게 할 따름이었다.

망고가 사삼천을 죽이고 눈이 뒤집혀 그 가족들까지 몰살하려는 것을 복호가 도끼를 빼앗아 말려서 가까스로 진정이 되었다.

망고가 대문 밖에서 들리는 함성 소리를 듣고 뒷문으로 빠져나가려다가 화가 덜 풀려서인지 사랑채를 뒤져 금화와 지전들을 챙긴 후에 이부자리에 불을 놓았다.

불이 이부자리를 태우고 기둥을 타고 올라 천장에 옮겨 붙었다. 천장의 들보니 기둥이 타기 좋은 목재들이라 불이 기세 좋게 일어나 사랑채를 태우고 안채와 바깥채까지 옮겨 붙어 삽시간에 사삼천의 집이 불바다가 되었다.

바깥에서 아우성을 치던 사람들이 집 안에 불 난 것을 보고는 놀라 물을 나르며 불을 끄기에 바빴다.

사삼천의 자기점이 시장에 붙어 있어서 자기점에 옮겨 붙으면 도화촌의 시장까지 몽땅 불바다가 될 판이라 강도를 잡기는커녕 불 잡기도 바빠 세 사람은 그 덕에 뒷문으로 여유있게 빠져나갈 수 있었다.

세 사람이 객점 근처에서 망고가 등에 짊어진 옷을 갈아입
었다. 핏물이 번져 있는 옷을 벗고 새 옷으로 갈아입으니 강
도질한 사람 같지 않았다.

"이런 것은 어디서 배웠느냐?"

"원수 갚을 사람이 이 정도도 생각하지 못하면 되겠습니
까? 이제 객점으로 돌아가십시다."

세 사람이 돌아오니 객점 주인과 하인들이 문 앞에서 불구
경을 하고 있었다.

"어딜 다녀오시는 겁니까?"

"불구경 다녀오는 참이오."

망고가 시치미를 떼곤 불빛이 환한 곳을 바라보다가 객점
안으로 들어와 술과 안주를 시켜 마시며 멀쩡하게 불구경을
하였다.

그날 새벽 무렵에야 불길이 잡혔다. 아침이 되자 관리가
형리(刑吏)를 대동하고 다 타버린 사삼천의 집에 나와서 현
장을 임검(臨檢)하고 검시한 결과에 하인들의 이야기를 듣고
살인의 전말(顚末)을 적었으나, 옛날에 죽은 양명지가 살아
와서 사삼천을 타살하였다고 믿기 어려워 화적 떼의 소행으
로 치부하였다. 그러나 어두운 밤중에 복면한 살인자의 얼굴
을 본 사람이 없어서 일이 흐지부지하게 감추어져 버리고 말
았다.

무지한 마을 사람들은 이 일을 두고 억울하게 죽은 양명지

의 귀신이 똑같은 방법으로 원한을 갚았다고 구구히 말들이
많았는데 오직 한 사람, 망고의 친구는 망고가 범인인 것을
알고 있었으나 입 밖에는 내지 않았다.

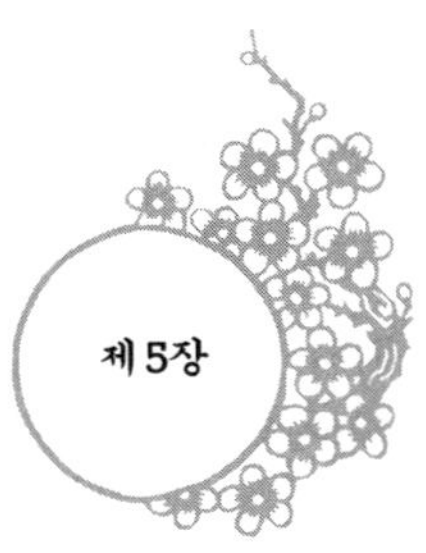

제 5장

파방(破房)

　　사삼천이 비명횡사한 소식은 다음날 삼십
리 밖에 있는 천진의 금화표국과 보선방에도 전해졌다.

　　사형제 중에 가장 덜떨어져 따돌림을 당하던 사삼천이었
지만 혈육의 정이 있어 사일천과 사이천, 사사천이 당장 도화
촌에 사람을 보내어 살인자를 수소문하였다.

　　사일천이 사삼천이 상성된 후에 표국 무사 여섯 명을 붙여
주었는데 그중에 다섯이 죽고 하나가 살아남았다.

　　살아남은 자가 사일천의 보복이 두려워 숨어 지내다가 사
사천에게 잡혀 전날 있었던 일을 토설하였는데, 목격한 하인
들의 이야기와 다름이 없었다.

세 사람이 집 안에 침입하여 한 사람이 다섯 사내를 죽였으며, 한 사람이 양명지라고 하면서 사삼천의 머리를 도끼로 찍어 박살 내었다는 말을 듣고 세 사람이 머리를 맞대고 앉아 살인자를 잡을 공론을 벌였다.

"형님, 그때 양명지를 확실하게 죽였습니까?"

사이천이 콧수염이 좋은 사일천에게 물었다.

"내가 멱을 따서 확실하게 숨통을 끊어놓았다. 그것도 모자라서 안채에서 태워 버렸는데 어떻게 살아 있을 수 있나?"

"귀신이 곡할 노릇이오. 죽은 혼백이 물건을 들 수도 있단 말이오?"

"미친 소리 마라. 죽은 혼백이 복수할 수 있다면 우리가 벌써 죽었게?"

"그럼 혹시 양명지의 아들이 있는 것 아니오?"

"모르는 소리 마라. 그날 양명지의 자식들과 종들까지 모두 죽여 뒤탈이 없게 하였다. 내가 확인하였어. 양명지의 핏줄은 이 세상에 없단 말이다."

"어허, 기막힌 일이오."

"기가 막히기는 나도 마찬가지다."

눈매가 날카로운 사사천이 입을 열었다.

"형님들, 양명지의 핏줄이 아니라면 그만이지 신경 쓸 것이 무엇입니까?"

"무슨 말이냐?"

두 형제가 사사천을 바라보았다.

"귀신 놀음 하는 것도 아니고, 세 놈이 강도 짓을 했다면 세 놈을 잡아 이야기를 들으면 그만 아니오. 그놈들이 양가의 핏줄이든 아무 상관 없는 도적이든 뭐가 상관이오. 잡아서 삼천 형님 복수나 하면 그만 아니오."

"그렇구나."

"제가 표국의 사람을 풀어서 수소문해 보겠습니다. 그날 밤 도화촌에서 어슬렁거리던 세 놈만 찾으면 되겠지요."

사사천의 말대로 금화표국에서 사람을 풀어 수소문하던 끝에 객점에서 세 사람이 머물렀으며, 그중의 한 사내가 시장에서 도끼를 구입하였다는 말을 들었다.

세 사람이 사건이 일어난 다음날 아침 마차를 타고 사라졌다는 말을 듣고 사일천이 동생을 지키지 못했다는 죄명으로 표국 무사를 죽여 바다에 수장시킨 후 사사천으로 하여금 마차를 타고 간 세 사람을 수소문하게 하였다.

사일천과 사사천이 백방으로 범인을 수소문하는 동안 보선방의 방주인 사이천은 사삼천의 시신을 수습하는 한편 자기점을 원상으로 회복시키기에 힘썼다.

사삼천이 말이 도화촌 자기점의 주인이지, 실제는 허수아비라 모든 전권을 사이천이 맡고 있었기에 자기점을 원상태로 회복시키는 것이 어렵지가 않았다. 그러나 그렇지 않아도 일거리가 많은 보선방의 여러 가지 일을 동시에 맡게 되니 번거롭고 피곤하여 장부를 앞에 두고 머리를 싸매고 앉아 있으니 대청으로 예쁜 여자 하나가 두 하녀에게 어깻죽지를 잡혀 이끌려 들어오고 있었다.

여자가 대청 안에 들어오면서 두 눈을 독살스럽게 뜨고 사이천을 노려보았다.

"잘하시오. 어젯밤엔 어디 가 주무셨기에 하품을 그리 늘어지게 하실까?"

이 여자는 사이천이 얼마 전에 들인 세 번째 첩이었다. 천진의 기루에서 노래 잘하고 얼굴 예쁘기로 최고로 치는 비연(飛燕)이라는 기녀를 큰돈을 들여 첩으로 들여놓았는데, 기생방에서 호사하던 기세가 남아 있는데다가 사이천의 총애를 함빡 받고 아들까지 나아서 정실부인은 고사하고 첩실 윗부인들에게도 삿대질을 마구 할 정도로 기세등등하였다.

시샘 많은 것이 여자들이라, 비연의 유세를 보다 못하여 얼마 전에는 정실부인과 한바탕 싸움이 났었는데, 비연이 한바탕 자처한다고 난리가 나서 정실부인과 첩들이 모두 쫓겨 집 밖으로 나가는 일이 있었다.

그 후에 이 여자가 정실부인이 된 것이라 정실부인이 쓰는 내당을 독차지하고 있었는데, 사이천도 독자를 낳아준 아내 비연에게는 힘을 쓰지 못하고 고분고분한 터라 가뜩이나 주름 많은 얼굴을 찡그리며 말했다.

"사삼천이 며칠 전에 죽어서 그 일을 마무리하느라 못 갔
어."

여자가 도끼눈을 뜨고 말했다.

"바른 대로 말하시오. 어젯밤엔 어느 계집한테 가셨소?"

"이 사람, 내가 설마 자네 놔두고 다른 계집에게 갔겠나?"

"흥! 내가 모를 줄 알고? 며칠 전에 조선에서 예쁜 계집들
을 한가득 데려왔다는 말을 들었는데?"

천진제일 기녀라 남자를 손아귀에 넣고 마음대로 흔드는
말재주를 익히 아는 까닭에 무언가 꼬투리를 잡아 시비하려
는 줄 눈치 채고 사이천이 슬그머니 말머리를 돌렸다.

"이보게, 그 아이들은 비싼 값으로 팔 아이들이야. 팔 물건
들을 먼저 맛보는 것이 될 말인가? 도대체 무슨 이야기를 하
려는지 말 돌리지 말고 이야기하게."

여자가 눈꼬리를 올리며 말했다.

"흥! 대인이야말로 말 돌리지 마시오!"

"말을 돌리다니? 무슨 말을 하고 싶은지 하라구. 들어보세."

여자가 입술을 꾹 다물었다가 콧방귀를 뀌며 말했다.

"그 계집들의 울음소리가 성가시어 죽겠소. 우리 소보가
자다가 깜짝깜짝 놀라서 사시나무 떨듯 자지러지게 운답니
다. 늦은 밤 같으면 귀신 울음소리 같아서 무서워서 소피도
못 보겠어요."

"그 때문이라면 내가 단속을 단단히 하지."

"내가 계집들 울음 단속하라고 여기까지 온 줄 알아요? 계집들 우는 소리 듣기 싫으니 당장 내보내 버리란 말이에요."

"그게 말처럼 쉬운 일인가? 계집들을 줄줄이 묶어서 데려가다가는 큰일나게?"

"흥! 그 계집들이 나와 독자인 소보보다 좋다면 그 계집들이랑 사시오. 나는 오늘 소보와 함께 나가 버릴 테니까."

사이천은 장사하며 상방(商房)을 일구느라 시간을 허비하다가 나이 마흔이 넘어 간신히 아들 하나를 낳았다.

사이천이 비연 이외에도 정실 하나에 첩실 두 명을 더 두었지만 기다리는 아들은 없고 딸만 부지기수라 숫자를 손으로 셀 수 있을지언정 이름을 기억할 수도 없을 정도였다.

딸이 너무 많아서 진저리를 내다가 들인 첩이 마침내 고대하던 아들을 낳았으니 아들에 대한 사랑은 이 세상 누구 못지않은 사이천이었다.

"비연(飛燕)아, 왜 그러느냐? 내가 조선 계집들은 팔아버릴 뿐이지 건드리지 않는다고 하지 않더냐? 그리고 그 애들은 곧 팔려 나갈 것이다. 그때까지 기다려 주면 안 되겠니?"

"내 말을 못 들었습니까? 후원의 계집들 때문에 소보가 깜짝깜짝 놀란다고 하지 않아요. 소보가 잘못되면 책임지시렵니까? 난 내 집에서 계집들이 울고 짜는 것은 못 보겠으니 근일간에 계집들을 내보내든가 내 눈에 띄지 않도록 수를 내주시오. 그렇지 않다면 나는 소보와 함께 떠나 버릴 테요."

사이천이 한숨을 길게 내쉬며 말했다.

"알았으니 그만 들어가라구. 사람 눈이 있는데 이러면 내가 곤란해지잖아. 내가 알아서 처분하지. 그렇지 않아도 소보가 보고 싶었는데 일이 끝나는 대로 들어갈 테니 기다리고 있어."

"그럼 그렇게 알고 가겠어요."

여자가 만족스러운 대답을 얻었는지 사이천에게 눈짓을 찡긋하곤 하녀들에게 어깻죽지가 들려 대청을 걸어나갔다.

비연의 탐스러운 엉덩이가 살랑거리는 것을 멍하니 바라보던 사이청이 입맛을 쩝쩝 다시었다.

"이거 비연이와 소보 때문에 안 되겠는걸? 계집들을 팔아넘기거나 금화표국에 맡기는 수를 생각해 봐야겠어."

사이천이 다시금 장부를 몇 장 더 뒤적이고 있으려니 하인 하나가 대청 안으로 세 사람을 데리고 들어왔다.

사이천이 바라보니 앞선 사나이는 결발(結髮)에 둥근 백옥이 달려 있는 두건을 두르고 호사스런 운문단(雲紋緞) 장포를 입고 빛깔 좋은 흑단화를 신고 있는데, 호랑이처럼 각진 얼굴에서 은은한 광채가 쏟아지는 것이 장사치가 한눈에 보아도 이름 있는 대갓집 자제 같아 보였다.

대갓집 자제의 그 뒤편에 따라오는 사내 두 사람의 덩치는 천상 하인 같아 보이는데, 하나는 가시수염이 무성하고 입술이 두터워 말없는 호위무사 같아 보이고, 하나는 제비꼬리수

염이 듬성듬성 달라붙어 볼품없는 얼굴에 입술이 얇아 말 많
은 집사쯤으로 보였다.

"무슨 일이냐?"

하인이 굽실거리며 말했다.

"계집을 사러 왔다 합니다요."

"계집을 사러 왔다고?"

사이천이 세 사람을 바라보다가 손을 저으며 말했다.

"여긴 상단이지 계집을 사고파는 곳이 아닙니다. 다른 곳
에 가서 알아보십시오."

공자가 머리를 갸웃거리며 제비꼬리수염사내를 바라보니
그 사내가 싱글싱글 웃으며 다가와 귓가에 대고 소곤거렸다.

"요동에서 여기까지 소문 듣고 먼길을 찾아왔소이다. 이분
으로 말씀드리자면 건주위 도독지휘사의 막내 자제이신데,
이곳에서 고려 여인을 살 수 있다는 말을 듣고 먼길을 직접
찾아오셨습니다. 돈이라면 얼마든지 드릴 것이고, 비밀도 지
켜드릴 것이니 걱정 마시오."

사내가 눈을 찡끗거리며 웃다가 허리춤에서 금화 한 덩어
리를 꺼내어 탁자에 놓았다.

사이천은 원래 조심성이 많은 사람인데 사내가 금화를 내
놓으며 요동 지휘사를 들먹이자 더욱 조심스럽게 세 사람을
바라보다가 제비꼬리수염사내에게 물었다.

"건주위 도독 지휘사의 성명이 어떻게 되시는지요?"

"이 사람, 조심성이 많으신 분이시군. 건주위 도독 지휘사의 성명은 이만주(李滿住)되시오. 못 믿는 것 같으니 더 이야기하리다. 건주좌위 지휘사(建州左衛指揮使)는 동맹가첩목아(童猛哥帖木兒)이고, 건주우위 도지휘(建州右衛都指揮)는 동화니치라고 하는데 두 사람 모두가 야인이오. 또 말하자면……."

망고가 만주 벌판에서 화적질을 하고 산 까닭에 요동의 벼슬아치뿐 아니라 그곳에 대해서는 모르는 바가 없었다.

어쩌구저쩌구 마구 지껄여대는데, 조심성 많은 사이천이지만 망고의 말이 대부분 맞는데다가 물 흐르듯 막힘없이 말하는 것이 거짓이라고 느껴지지 않아 다소간은 안심이 되었다. 그러나 돌다리도 두드리고 건넌다고 다시 한 번 물었다.

"요동이면 조선과 가까우니 여자를 구하기 쉽지 않소?"

"조선에서 요동까지가 팔백 리 길이오. 그것이 짧은 거리 같지만 결코 짧은 거리가 아니오. 사람 없고 맹수 많은 인접한 지역이라 조선 사람은커녕 야인들까지 꺼리는데 여자를 구한다니 그게 가능한 말이오? 계집이 요동에도 없으라는 법은 없지만 우선은 짐승같이 맨발로 쏘다니기 좋아하는 야인 계집들은 버릇이 없고 배운 것이 없어서 눈에 차지 아니하고, 전족(纏足) 하는 한족 계집은 우선 걷는 것부터 병신 같아서 우리 도련님 마음에 안 차시오. 계집하면 뭐니뭐니 해도 고려 계집이 나긋나긋하고 예쁜데다가 말을 잘 듣는다고 옛날부터 최고로 치지 않았소? 우리 황제께서도 고려 여자를 데려다가

첩으로 삼으실 정도이니 두말할 필요가 뭐 있소? 그래 소문
듣고 여기까지 찾아왔소. 그렇다고 닳고 닳은 계집을 달라는
것은 아니오. 아직 남자를 타지 않은 처녀라야 하오.”

“처녀가 아니라면 어떡합니까?”

“처녀가 아니라면 돌아가야지 별수있소?”

사내가 사이천을 빤히 바라보다가 실망한 얼굴로 말했다.

“처녀가 아닌 모양이구려. 그럼 돌아갈 테요.”

사내가 탁자에 놓인 금덩어리를 잡자 사이천이 얼른 사내
의 손을 잡으려 말했다.

“미안하오. 시험하였소.”

“시험하였단 말이오? 그럼 고려 계집이 있소?”

“있고말고요. 며칠 전에 고려에서 데려온 계집들이 있습지
요. 나긋나긋하고 어여쁜 것이 모두 처녀들이라 손님들의 입
맛에 딱 맞을 겁니다.”

그렇지 않아도 방금 전에 애첩에게 고려 계집을 다른 곳으
로 내보내라는 성가신 이야기를 들었던 터라 사이천은 잘되
었다 생각하며 자리에서 일어났다.

“미안하지만 무기가 되는 것을 가지고 갈 수 없습니다.”

세 사람 중에 가시수염사내가 대도를 가지고 있어서 가시
수염이 대도를 하인에게 내놓자 사이천이 앞장섰다.

“규칙이니 이해해 주시오.”

사이천이 앞서 가자 그 뒤를 세 사람이 따르고 검은 옷을

입은 호위 무사 다섯 명이 조용하게 뒤를 따랐다.

따라가는 세 사람은 누구인지 말할 것도 없이 복호와 망고, 강남학이다.

복호가 천진으로 온 이유가 보선방의 괴멸 때문이었는데, 일이 공교롭게 되어 보선방의 방주와 망고의 원수가 하나가 되어 망고가 보선방 괴멸시키는 것을 자신의 일처럼 생각하고 모든 일을 꾸몄다.

사삼천을 죽인 다음날 세 사람이 천진으로 올라와 보선방과 가까운 객점에 투숙하면서 보선방과 금화표국을 엿보니, 두 곳이 벌집을 쑤신 것 같은데 그중에 만만한 것이 보선방이었다.

무공을 익힌 무사들이 상대적으로 적은 곳이 보선방이었기에 망고는 사이천을 먼저 죽일 작정을 하고 복호를 앞장세워 들어온 것이다.

복호는 마음 같아서는 눈앞의 사이천을 한주먹에 죽여 버리고 싶었지만 고려 여자들을 구한다는 마음이 앞서고, 망고가 때가 되기 전까지 참아달라고 신신당부를 한 덕에 살심을 꾹 눌러 참으며 사이천을 따라갔다.

“수하들도 많을 텐데 방주께서 직접 거래를 하십니까?”

망고의 물음에 사이천이 대답했다.

“계집 파는 일은 보통 행수가 하는데, 행수가 도화촌에 급한 볼일이 있어서 가느라 사람이 없습니다. 하나 걱정 마십시오. 그 일에 대해서는 행수 빼고는 제가 잘 알고 있으니 말입니다. 그런데 왜 하필이면 조선 여자를 찾습니까?"

망고가 천연덕스럽게 말했다.

"야인들이 조선 여자들을 좋아하니까요. 예쁘고 참하면서 옷도 잘 만들고 일도 잘하고 적응력이 빠르니까 야인들이 좋아하지요."

사이천이 회랑을 앞서 가면서 입을 열었다.

"하긴 야인들이 좋아할 만은 하겠군요. 하지만 제가 볼 때에는 고려 여자도 참말 예쁘기는 하지만 전족(纏足)한 한족 여자만은 못합디다."

"여자가 절룩거리는 것이 병신 같고 집안일도 잘하지 못해서 나는 싫던데요?"

"모르는 말씀입니다. 전족을 하면 병신 같아 보이기는 하지만 조여주는 것이 기가 막혀서 밤이 즐거운 장점이 있습지요."

"전족한 여자들은 뒤룩뒤룩 살찐 돼지 같던데요?"

"움직이지 않으니 살이 찌는 건 당연하지만 양귀비가 살이 찐 까닭에 천하제일미란 소릴 들었지 않습니까?"

"조비연은 말라서 천하제일미인이란 소릴 들었지 않소."

"조비연이 성제(成帝)의 손바닥에서 춤을 추었다는 이야기는 들어본 적이 있지요? 조비연이 전족이었지요. 모르긴 몰라도 성제가 밤마다 몇 번은 죽었다 깨어났을 것이오."

"실없는 소리도 잘하시오."

"실은 내 세 번째 첩실이 전족이요. 그 계집이 정말 밤이면 정말로 사람을 죽입디다. 돼지를 얼굴 보고 잡는 것이 아니지 않습니까? 처녀가 좋긴 하지만 하룻밤 지나고 나면 그것도 말짱 끝이니 너무 처녀만 바라지 마시란 말이오."

"처녀가 아닌 것도 있소?"

"계집 중에 말을 잘 안 듣는 것은 부하들이 손을 봐주지요. 손님들과 같은 분들이 적지 않아서 기막히게 예쁜 계집은 처녀를 손상하면 우리만 큰 손해를 보니 달래는 편이지만 못생긴 것이 발광을 하면 부하들이 돌아가며 손을 보지요. 계집이 말을 안 듣다가도 한 번 남자 맛을 보고 나면 기가 꺾여서 순순히 말을 잘 듣는답니다."

"자처하는 계집도 있겠소?"

"더러 있지요. 독한 계집들은 간혹 목을 메거나 손목을 이로 끊어 자처한답니다. 왜인 계집 같은 경우에는 못나서 그렇지 고분고분한 맛은 있는데, 조선 여자들은 예쁜 것이고 못난 것이고 간에 자처하는 것들이 간간이 있으니 내 경험으로 비추어보면 조선 여자들이 독종 중의 독종이라 할 수 있지요. 그래도 사람들이 너나 할 것 없이 조선 여자를 좋아하는 것을 보면 독종이라 인물값을 한다고 해야 할까요?"

"조선 계집을 어떻게 데려오십니까?"

사이천이 힐끔 망고를 바라보다가 슬그머니 말머리를 돌

렸다.

"그보다 요동에는 요즘도 조선에서 말 수입이 많은가요?"

망고가 태연하게 대답하였다.

"요즘도 많지요. 천자께서 친정(親征)하시길 좋아하시니 말이 많이 필요한 건 사실이지만, 건주위의 야인들에게도 말이 많은데 구태여 조선에서 때때마다 엄청나게 말을 사들이는지 이유를 모르겠습니다. 그렇게 사들이다가는 조선 사람이 부자가 되겠지만 말이 씨가 마를지도 모르겠다고 우리끼리 농담을 주고받곤 한답니다."

사이천은 세 사람을 잠시 의심하였으나 망고가 요동의 물정을 자세하게 알고 있는 것 같아 연기처럼 솟아났던 의심이 눈 녹듯이 풀리었다.

"그 이유를 모르십니까?"

"내가 알면 뭣 때문에 물어보겠습니까?"

"천자께서 남경에서 즉위하시고 얼마 되지 않아 안남(安南 : 베트남)에 친정(親征)하셨고, 다시 오 년이 되지 않아 고비사막으로 군대를 이끌고 야인들을 정벌하러 가시지 않으셨습니까? 중원의 서북에 있는 타타르와 오이라트는 원나라가 패망한 후에 남은 잔당들인데, 천자께서 화근덩어리라 생각하시기 때문이지요. 안남이 정벌되면서 중원의 남쪽은 화근이 없어졌으나 세 방향이 남았는데 서북을 치려 하면 동쪽에 있는 조선이 문제가 됩니다. 조선이 말로야 형제 같은 사이라지만 천자께서 건주위에 야인으로 하여금 위장을 두어 지키게 하는 것은 조선 때문이지요. 조선이 말하자면 심복지환이라, 배후를 칠까 두려워 기동력이 되는 말을 사들여 움직이지 못하게 한 것이지요."

망고가 웃으며 말했다.

"조선같이 작은 나라가 감히 중원을 넘볼 수 있나요?"

"모르는 소리요. 홍무제께서 천자가 될 때에 제일 두려워한 것이 조선이란 것을 모르시오?"

"정말이오?"

"원대에 고려가 원나라의 형제 나라로 대접을 적지 않게 받았소. 한나라 사람들이 개만도 못한 취급을 받은 것을 생각하면, 고려 왕들이 원나라 공주를 데려가서 왕비로 삼은 것이 적지 않으니 원과 한패거리라 생각하지 않았겠습니까? 더구나 조선의 태조가 신궁(神弓)이라 소문이 자자하였소. 양유기가 울고 갈 정도의 명궁이었다고 조선 사람들이 침이 마르게 말합디다. 그가 무력으로 고려 왕조를 무너뜨리고 조선을 세웠는데 군사력이 보통 강한 것이 아니오. 그 당시 조선 군사들이 고려 왕조의 뜻을 받들어 중원을 치러 온다는 소문이 이 땅에 무성하였는데, 천자께서 명나라를 세우고 아직 완전하지 못한 터에 조선 군사가 원나라의 잔당들과 함께 쳐들어온다면 후사를 감당할 수 없어 원나라 잔당들에게는 후하게 대접하고 조선 사신들에게는 꼬투리를 잡아 엄하게 매질하여 천자의 위엄을 보인 후에 다시는 이 땅에 들어오지 못하도록 강하게 조처하였지 무어요. 홍태조께서 붕어하신 후에 지금의 천자께서 보위를 이으실 때 도리어 조선의 세력을 얻어 어렵지 않게 천하를 잡으실 수 있었소. 언젠가 천자께서 조선 사신에게 백호 모피를 선물로 받으신 때가 있었는데, 그때 조선 국왕의 아들인 홍무제의 무식함을 탓하였음에도 천자께서 아무 소리도 못하신 것이 바로 그 때문이 아니겠습니까? 지금 천자께서 사방팔방으로 친정을 하여 국력이 피폐되는 반면에 조선은 전쟁도 없이 나라가 잘 이끌어져서 백성들이 배부르게 잘살고 있으니, 지금 조선의 군사력이 보통이 아닐 게요. 그런데 중국으로 매년 일만 필이 넘게 수입이 된다 하면 조선의 기마군은 점점 쇠퇴할 것이 아니겠습니까? 기마군이 없으니 조선이 군사들을 짓쳐 들어오지 못할 것이고, 이것이 천자께서 의도하는 바이지요."

"대단하시오. 이제 보니 다 알면서 모른 척하셨소그려. 앙큼하오."

"미안하오. 장사를 하다 보면 조심을 많이 하게 됩니다. 물건 장사도 조심을 많이 해야 하는 판에 사람 장사야 오죽하겠소. 내가 못 믿어서가 아니니 너그럽게 용서하시오."

사이천의 의심이 완전히 풀린 것을 확인한 망고가 웃으며 말했다.

"그건 그렇구, 조선 계집을 어떻게 구해오시오?"

"그건 말씀드릴 수 없소. 미안하오. 나중에 계집을 데려가
거든 계집에게 물어보시오."

이런저런 이야기를 나누며 꼬불꼬불한 회랑을 따라 몇 개
의 문을 지나가던 사이천이 검은 옷을 입은 네 무사가 지키고
서 있는 둥근 월문 앞에 다가가니 그들이 꾸벅 인사를 하고
왼편의 담장에 붙어 있는 철문을 열었다.

검은 철문이 열리자 연잎이 가득한 정원에 기역 자로 꾸불
꾸불한 다리가 있는데, 그 가운데 팔각정이 시원스럽게 서 있
었다.

사이천이 다리를 따라 팔각정을 지나 연못 맞은편으로 가
니 그곳에 여섯 간짜리 기와집이 한 채 있고, 그 앞에 무사 두
사람이 지키고 서 있었다.

사이천이 다가가자 무사가 말없이 꾸벅 인사를 하곤 문을
열어주었다. 나무판자로 두껍게 만든 문이 열리고 사이천의
뒤를 따라 안으로 들어가니 기와집 안이 곧 감옥이었다.

좌우로 나무를 이어 만든 감옥 안에 땟국이 꼬질한 여자들
이 치마저고리를 입고 포도송이처럼 모여 앉아 있다가 눈물
것은 얼굴로 사이천과 복호 일행을 바라보았다.

복호가 가만히 여자들을 바라보니 어떤 여자는 감옥 창살
에 붙어 서서 살려달라 빌고 있고, 어떤 여자는 독살스런 눈
으로 소리를 지르고, 어떤 여자는 그저 하염없이 웅크리고 앉
아 울고 있을 따름이다.

"그렇지 않아도 사흘 전에 삼십 명의 조선 계집이 들어왔습니다. 동생이 사흘 전에 죽어서 그 뒤처리를 하느라고 계집들을 신경 쓰지 못하여 형편이 없습니다. 저것들이 보기에는 지저분하게 보여도 고운 아이들이라 깨끗하게 씻기고 곱게 화장하면 참말로 기가 막히게 예쁜 아이들이랍니다."

사이천이 엄지손가락을 치켜세우며 계집 자랑을 하였다.

복호는 인간을 짐승처럼 다루는 사이천의 행동에 화가 나는 판에 바로 앞 창살에 열다섯 정도 되어 보이는 어린 여자아이가 울며불며 살려달라고 손을 모아 비는 것을 보자 참았던 화가 마침내 폭발을 하였다.

"이 짐승만도 못한 놈! 네 목소리를 듣는 것도 역겹다! 이런 어린아이를 데려와서 팔아먹으려 하다니, 너 오늘 내 손에 죽어봐라!"

복호가 벼락처럼 사이천의 멱살을 잡고 망치 같은 주먹으로 안면을 힘차게 때렸다.

퍽! 하는 소리와 함께 억! 하고 사이천이 비명을 질렀다. 한 주먹에 무너진 콧대에서 코피가 주르르 떨어지면서 눈동자가 슬그머니 뒤로 까뒤집혔다.

"너 같은 망할 놈은 한 대로는 모자라다!"

복호가 호통을 치며 사이천의 안면을 무자비하게 때렸다. 퍽, 퍽! 하는 소리와 함께 사이천의 코가 납작하게 문드러지고 얼굴이 피투성이 되었는데도 비명 소리 하나 없었다.

안면을 맞으면서 절명해 버린 때문이었다.

"에구머니!"

망고가 시체가 되어 축 늘어진 사이천을 보고 저도 모르게 비명을 질렀다.

망고는 사삼천의 집에서 가져온 돈으로 조선 여인들을 구해낸 후 늦은 밤에 잠입하여 사이천을 격살할 생각을 하고 있었다.

그와 강남학은 미리 생각한 대로 사이천의 뒤를 따라가면서 보선방에 있는 무사들의 숫자와 건물의 배치 상황을 머릿속으로 그리고 있었는데, 복호가 화를 참지 못하고 일을 저지르자 공든 탑이 와르르 무너진 것 같아서 어찌할 줄을 몰랐다.

더구나 조심성 많은 사이천이 무기를 가져오지 않도록 하였기 때문에 수중에 대적할 만한 무기도 없으니 칼을 든 무사들에게 꼼짝없이 어육이 될 판이었다.

"방주께서 살해당하셨다!"

문 앞에 있던 무사 다섯이 소리를 지르며 칼을 뽑아 들고 달려들었다.

망고는 얼른 복호의 뒤편으로 몸을 숨기자 강남학이 바로 앞에 있는 탁자를 들어 달려드는 무사들을 향해 내던졌다.

콰직!

탁자가 부서지며 무사들이 뒤로 물러났다가 다시금 달려들었다.

“강 형, 비키시오.”

복호가 주먹을 불끈 쥐고 강남학의 앞으로 나섰다. 창살 때문에 좁은 통로라 찌르는 검을 피하기도 어려운 지경이다.

무사 하나가 날카로운 검을 찔러 들어왔다. 복호가 그 자리에서 슬쩍 몸을 틀자 칼날이 겨드랑이 사이로 빠져나왔다. 순간 복호가 겨드랑이를 꽉 조이면서 손바닥으로 무사의 턱을 쳐 올리자 뿌드득 하는 소리와 함께 무사의 머리가 돌아갔다.

무사가 맥없이 쓰러지며 손에 든 장검이 바닥에 떨어졌다. 망고가 얼른 장검을 주워 강남학에게 건네주는 동안 복호가 앞으로 나아가며 무사들을 한주먹으로 격살하였다.

사이천이 조선 여자를 납치하여 팔아넘기는 것을 자랑처럼 말하는 것을 보고 화가 나 있던 터라 주먹에 살(殺)이 단단히 들어 달려드는 무사들이 허수아비처럼 한주먹에 목숨을 잃었다.

복호가 어려서 돌쇠 할아버지에게 배운 것이 찰나의 순간에 상대방을 절명시키는 수법이었으니 주먹을 쓰면 반드시 사람이 병신 되지 않으면 죽어나갔다.

보덕 스님이 복호에게 몽둥이 휘두르는 법을 가르쳐 준 것은 바로 그 버릇을 감쇄하려 한 것인데, 이날따라 손에 몽둥이를 들지 아니하였고, 사람을 사고파는 망할 인간들을 죽여버릴 마음이 가슴속에 불이 붙어 손속에 조그마한 사정도 두지 않았다.

순식간에 다섯 명의 무사가 박살이 나서 집 앞을 뒹구는 시신이 되었다. 보선방의 방주가 죽었다는 말이 퍼지면서 까만 옷을 입은 무사들이 후원으로 몰려들었다.

망고가 발을 동동 굴리며 말했다.

"공자님, 이제 어쩝니까?"

"걱정 말고 강 형과 함께 불쌍한 여자들을 풀어주거라."

문 앞에 서 있던 복호가 큰소리를 치면서 연못에 걸쳐 있는 다리를 막고 섰다. 잡혀온 여자들이 도망치는 것을 막기 위해 만들어진 후원이라 길이라곤 연못에 걸친 다리밖에는 없는데 복호가 다리를 가로막고 서서 다리로 뛰어오는 무사들을 향하여 호령을 하였다.

"죽고 싶으면 오너라!"

적수공권으로 큰 소리를 지르는 것을 보고 무사들이 칼을 휘두르며 달려들었다가 복호의 한주먹에 박살이 나서 연못으로 낙엽처럼 떨어졌다.

상대방의 일 초가 곧 저승길이나 다름없었다. 웅크리듯 서 있다가 상대방의 검초를 피하며 급소를 때리면 그것으로 끝이었다. 그 순간이 번개 같아서 무사들은 어떻게 당했는지도 모르게 연못으로 떨어졌다.

다섯 명의 무사가 힘 한 번 못 써보고 연못에 빠져 가라앉는 것을 보고 다리를 건너오던 무사들이 뒷걸음질을 쳐서 팔각정 앞에 섰다.

이때 망고와 강남학이 무사들에게 빼앗은 장검을 하나씩 들고 감옥에 갇혀 있는 여자들을 꺼내어 밖으로 나왔다.

복호가 그 모습을 보고 여자들이 알아들을 수 있는 조선 말로 이야기하였다.

"구하러 왔으니 걱정 마시오."

벌벌 떨던 여자들이 복호의 한마디에 안심이 되는지 서로의 얼굴을 바라보았다.

망고가 소리쳤다.

"공자님, 길이 없어서 도망칠 곳이 없습니다!"

"알았다."

복호가 성큼성큼 걷다가 다리 난간을 차고 비호처럼 팔각정에 내려섰다. 검은 옷을 입은 무사가 놀라 칼을 휘둘렀지만 휘두른 칼을 회수할 사이도 없이 강력한 좌장에 오른 뺨을 맞고 연못으로 떨어졌다.

칼과 같은 무기는 날카로운 이점이 있지만 길이가 긴 까닭에 회수하는 순간에 빈틈이 많았다.

복호가 스님에게 몽둥이질을 배우면서 한 방에 끝이 나는 주먹질 놔두고 무엇 때문에 몽둥이질을 배울까 우습게 생각한 적이 한두 번이 아니었으나 차차 몽둥이를 주먹처럼 다룰 수 있게 된 후에 검법이란 것을 다시 보았었다.

휘두르고 찌르는 이치를 복호가 어렵지 않게 배우게 된 후로는 더욱 칼 든 무사들이 우습게 생각되었는데, 세상에 나온 후로 칼 든 사람은 많으나 제대로 다루는 사람은 없어 무사들의 한 번 휘두르는 법에 빈틈이 많아 어렵지 않게 처치할 수 있었다.

팔각정을 지키던 무사들이 복호의 다섯 동작에 혼백 없는 시신이 되고 말았다.

다리 끝에 있는 철문 앞으로 사고 났다는 소릴 듣고 달려온 무사들과 하인들이 빼곡하게 서 있었다.

복호가 기세를 몰아 팔각정에서 철문을 향하여 성큼성큼 다가오니 사람들이 갈라지면서 덩치 좋은 사나이가 큰 창을 들고 기세 좋게 앞으로 나오다 갑자기 우레 같은 함성을 지르며 달려와 한 발을 구르며 창을 찔러들었다.

창끝이 화살 끝처럼 가슴을 향하여 파고드는 데 복호가 난간에 허리를 기대며 살짝 몸을 틀자 창끝이 간발의 차이로 지나갔다.

복호가 그것을 놓치지 않고 얼른 창끝을 덥석 잡더니 발을 굴러 사내의 가슴팍을 발길질로 내질렀다.

사내가 창을 놓치면서 다리에서 나뒹굴었다. 뒤편에 따라오던 무사들이 우르르 물러서 철문 앞으로 밀려가자 넘어졌던 사내가 식식거리며 일어났다.

"옛다, 네 창 받아라."

복호가 빼앗은 창을 돌려 잡기 무섭게 사내를 향해 던졌다. 날카로운 창이 화살처럼 날아가 다리 가운데 서 있는 사내의 가슴팍을 뚫었다.

등 뒤편에 붉은 창끝이 삐죽하게 튀어나온 것을 보고 놀란 무사들이 뒷걸음질을 치는데 정작 가슴에 창을 맞은 사내는 멍하게 가슴에 박힌 창대를 바라보다가 눈이 뒤집히며 그 자리에서 허물어졌다.

복호가 성큼성큼 다리로 걸어가자 무사들과 하인들이 재빨리 문 안으로 곤두박질치듯 들어가며 철문을 닫았다.

고개를 돌려보니 팔각정과 다리에는 여인들이 옹송그린 채 서 있었다.

"공자님, 저놈들이 문을 닫았는데 어쩝니까?"

"걱정 말아라."

복호가 철문 앞에서 몸을 돌려 다리를 건너 팔각정까지 되돌아왔다가 다시 철문을 향해 달리기 시작하였다.

힘차게 뜀박질을 하던 복호가 다리 가운데 부분에서 발을 구르며 껑충 뛰어오르더니 두 발을 모아 철문을 힘껏 찼다.

쾅!

요란한 소리와 함께 철문이 통째로 떨어져 나가 문밖으로 떨어지면서 철문에 깔린 하인들과 무사들이 비명을 지르며 한바탕 아수라장이 되었다.

철문이 맥없이 부서지자 다친 사람들, 덜 다친 사람들 할 것 없이 부산하게 일어나 도망을 치기 시작하였다.

망고와 강남학이 여자들을 인솔하여 철문 앞까지 다가왔다.

철문 앞에 두 갈래 길이 있었는데, 대청이 있던 곳에서 한 무리 무사들이 칼을 들고 몰려오는 것을 보고 복호가 바로 옆에 있는 둥근 월문을 가리키며 말했다.

"내가 이곳에서 막고 있을 테니 너희들은 저 안으로 들어가거라."

정신이 없는 와중이라 망고와 강남학이 여자들을 이끌고 월문 안으로 들어갔다.

월문 안은 내당이 있는 곳이라 집 안의 계집종들이 때 아닌 변고에 놀라 내당 안으로 들어왔는데, 하필이면 이들이 내당으로 들어오자 수십 명의 여종이 놀라 비명을 지르며 이리 뛰고 저리 뛰다가 도망칠 곳이 없자 다시 안채 안으로 들어가 발발 떨어댔다.

안채를 지키고 있던 검은 옷의 두 무사가 칼을 뽑아 들고 달려들자 강남학이 장검을 휘두르며 상대하였다.

입심이나 좋았지 무공이 형편없는 망고는 여자들을 데리고 마당 가로 돌아가다가 뒤뚱거리며 하녀들에게 부축되어 나오는 귀부인을 발견하였다.

붉은 비단옷을 잘 차려입고 머리에는 커다란 가체를 하였는데 진주 목걸이에 보석 머리꽂이로 화려하게 치장한 것을 보니 사이천의 아내가 틀림없어 보였다.

망고가 재빨리 달려가서 부인을 부축하고 있는 하녀들의 엉덩이를 내질러 바닥으로 쓰러뜨렸다.

"에구머니!"

귀부인이 비명을 지르며 덩달아 쓰러지는데 그 앞에 앞서 가던 토실토실한 여자가 고개를 돌리다가 망고를 보고 털썩 무릎을 꿇고 주저앉았다.

"아이구! 살려만 주세요!"

망고가 빌고 있는 여자를 바라보니 두 손에 갓난아이를 싼 포대를 안고 있는데 가슴이 큰 것하며 입은 모습이 천상 간난쟁이에게 젖 주는 유모 같고, 바닥에 쓰러져 있는 귀부인은 사이천의 아내가 분명한 듯한데 전족을 하여 잘 걷지도 못하는 것이 사이천이 총애한다는 셋째 첩 같았다.

망고가 다짜고짜 쓰러져 있는 귀부인의 멱살을 쥐고 말했다.

"네가 사이천의 첩년이지?"

귀부인이 독살스럽게 눈을 뜨고 말했다.

"첩년이라니? 내가 정실이야!"

산전수전 겪은 계집이라 두려움 없는 사람처럼 도끼눈을 뜨고 도리어 큰소리를 쳤다.

강남학과 싸우고 있던 무사 하나가 이 모습을 보고 달려들었다.

망고가 얼른 부인의 멱살을 잡아 일으키며 칼을 목에 가져다 대고 소리쳤다.

"움직이면 계집을 죽이겠다."

무사가 뛰던 걸음을 멈추고 눈치를 살폈다.

부인이 소리쳤다.

"난 걱정 말고 이놈을 잡아라!"

"미친년!"

망고가 부인의 엉덩이를 걷어차 바닥에 자빠뜨리고는 포대를 안고 있는 여자에게서 아이를 빼앗아 칼을 들이대고 말했다.

"미친년, 다시 주둥이를 놀려보거라!"

귀부인의 얼굴이 새파랗게 질렸다.

"이 개 같은 놈아! 아무 죄도 없는 갓난아이를 죽이는 흉악한 짐승이 어디 있단 말이냐?! 그 칼 내려놓아라!"

망고가 침을 뱉으며 말했다.

"미친년, 내가 네 말을 순순히 들을 사람처럼 보이느냐? 그렇지 않아도 내가 눈에 보이는 것이 없는 사람이다! 네 지아비는 우리 집에 강도질하여 집안을 몰살시키고, 장사한다고 다른 나라에서 인신매매를 일삼아 부를 챙긴 자이다! 누가 흉악하고 개만도 못한 인간이냐?! 개만도 못한 인간과 사는 네가 인간이냐?! 개만도 못한 놈의 자식이 인간의 자식이라고 할 수 있느냐?! 네가 정히 말하지 않겠다면 개만도 못한 자식을 죽여 버릴 테다!"

"알겠으니 그만두어라."

"알았다면 저놈더러 칼 내려놓으라 하거라!"

부인이 무사에게 칼을 내려놓으라고 명령하였다.

무사는 사이천의 명령을 받고 내당을 지키는 임무를 맡은 까닭에 순순히 칼을 내려놓았다.

"저기 싸우고 있는 놈에게도 말하란 말이다!"

부인이 어찌할 수 없어서 소리를 지르기도 전에 강남학에 게 핍박을 받다가 가슴에 칼을 맞고 쓰러졌다.

칼을 버린 무사가 주춤거리며 뒷걸음질치다가 몸을 돌려 쏜살처럼 월문 밖으로 도망쳤다.

"억!"

무사가 구르듯이 마당 안으로 나동그라졌다.

방금 전까지 말짱하던 사내가 어디를 맞았는지 헉헉거리 며 사지를 벌벌 떨다가 딸깍 숨이 떨어졌다.

무사가 숨이 끊어지는 것을 보고 강남학이 이마에 땀을 닦 으며 월문 밖을 바라보니 월문 바깥이 온통 주검투성이가 되 어 있었다.

복호가 부러진 창자루 하나를 칼처럼 들고 월문 앞에서 달 려드는 무사들을 쓰러뜨리는데, 몽둥이가 휙 하고 한 번 움직 일 때마다 한 사람이 억! 하고 맥없이 쓰러져 네모난 작은 마 당 안에 까만 옷을 입은 무사들이 가득하게 널브러졌다.

"죽고 싶은 놈은 오너라! 얼마든지 상대해 줄 테니! 아하하 하!"

복호가 네 사람을 한 번에 쓰러뜨리고는 목을 젖혀 크게 웃고 있었다.

'조조의 백만 대군을 장판교에서 몰아내는 장비가 이러한 모습이었을까?'

뒤편에 칼 든 무사들과 하인 여럿이 감히 다가올 생각을 못하고 우뚝우뚝 서 있을 따름인데, 복호가 월문을 가로막고 웃고 있는 모습이 이야기로 들었던 장비의 모습처럼 위풍당당하여 강남학은 뒤편에서 보고만 있는데도 전신에 소름이 찌릿찌릿하게 일어나는 것 같았다.

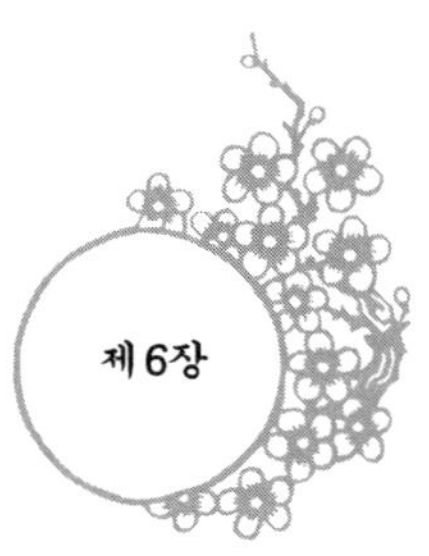

제6장

파국(破局)

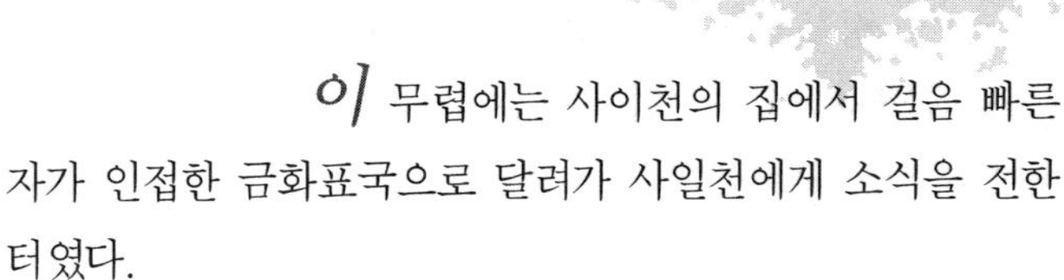

이 무렵에는 사이천의 집에서 걸음 빠른 자가 인접한 금화표국으로 달려가 사일천에게 소식을 전한 터였다.

사일천이 죽은 동생의 복수할 요량으로 힘쓰는 자들과 금화표국의 무사들을 모두 긁어모아 보선방으로 곤두박질하듯 달려와서는 아예 보선방의 문을 닫아걸었다.

사이천이 보선방을 맡게 된 것이 따지고 보면 사일천의 덕이다.

사일천은 무공이 뛰어나 표검일절(豹劍一切)이라는 별명을 가지고 금전표국의 표두로 이름을 날리다가 금화표국을 세운 것이 이십여 년 전의 일이다.

이 무렵 사이천이 보선방의 행수를 하고 있었는데, 보선방의 방주 오기(吳基)가 사이천의 장사 수단과 사람됨을 좋지 않게 생각하여 상방을 떠날 것을 종용하였다.

사이천이 이에 앙심을 품고 사일천과 공모하여 보선방의 방주를 살해하고 힘으로써 사이천을 보선방의 방주가 되도록 하였다.

보선방의 방주 오기가 인자후덕하여 상도에 자부심을 가지고 큰 이문을 남기지 않으며 바르게 장사를 하여 이름이 높았는데, 사이천이 방주가 된 다음에는 보선방의 평판이 바닥을 쳤다. 하지만 사이천이 장사 수단은 무척이나 밝은 사람이라 연왕이 정란군을 일으킬 때 영롱한 수단으로 발빠르게 자금을 지원하여 천자가 된 다음부터는 그 덕을 받아서 보선방이 크게 일어나게 되었다.

사이천이 보선방을 맡게 되자 보선방과 금화표국이 실과 바늘처럼 도와가며 상단을 이끌어 나갔는데, 보선방이 말이 상단일 뿐이지 표국의 무사들과 협잡이 되어 돈이 되는 일이라면 강도질도 서슴지 않아 엄청난 제물을 단시일에 모아 천진제일의 상단이 되었던 것이다.

사이천이 돈이 되는 일이라면 무엇이든 하는 성격이고, 사일천은 상단에 기생하여 먹고사는 표국을 운영하는 탓에 보선방의 자금력으로 표사들을 사들여 천진에서 제일가는 세력이 된 것은 말할 것도 없으니 보선방의 변고는 곧 금화표국의 변고나 다름이 없었다.

칼날같이 뾰족한 코밑에 팔자수염이 위엄있게 난 사일천은 독수리처럼 날카로운 눈매에 살기를 가득 띠고 얼굴빛이 흑색이 되어 허둥지둥 달려와 머리를 조아리는 집사에게 물었다.

"어떻게 된 거냐? 사이천이 죽었다는 게 정말이냐?"

"저, 정말입니다요."

사일천의 눈매가 꿈틀거렸다. 보선방으로 말하자면 금화표국의 마르지 않은 돈줄이니, 그 돈줄의 중심에 있는 사이천이 죽었다는 말은 적잖은 충격을 주었다. 그러나 사일천은 얼굴색 하나 변하지 않고 냉정하게 집사에게 물었다.

"살인자들은 어떻게 되었느냐?"

"모두 멀쩡하게 살아 있습니다요."

"뭐라고? 표국의 실력있는 무사들이 서른 명이나 배치되었는데 세 놈밖에 안 되는 자객이 아직도 멀쩡하게 살아 있단 말이냐?"

"한 놈의 무공이 엄청나게 강해 표국의 무사들과 저희 보선방의 무사들까지 몰살을 당하고 지금은 몇 남지도 않았습니다요. 아침까지도 잘나가던 보선방이 하루아침에 파산하게 생겼으니 이게 꿈인지 생신지 황당하기만 합니다요."

울상을 짓고 있는 집사의 말이 믿어지지가 않아 사일천이 다시 물었다.

"그놈들은 지금 어디에 있나?"

"두 놈은 셋째 마님의 처소에 피신하여 있고, 무사들을 파리 잡듯이 하는 자는 내당의 월문 앞을 가로막고 있습니다요."

"앞장서라!"

사일천이 소리를 지르자 벌 떼 같은 무사들이 까맣게 집사를 따라가기 시작하였다.

집사를 따라가는 검은 옷을 입은 자들은 표사들로 그 수가 백여 명이나 되어 회랑을 갈 때는 까만 개미 떼가 지나가는 것 같은데, 그들 가운데 동그란 붉은 무늬가 찍힌 옷을 입은 있는 자들은 그중에 무공이 조금 더 나은 보표들이다.

금화표국의 표두는 막내 동생인 사사천인데 사삼천의 살인자를 수소문하여 다니느라고 천진을 떠나 있어서 국주(局主)인 사일천이 친히 무리를 이끌고 왔는데, 사일천의 좌우로 세 명의 호랑이 같은 젊은이가 화려한 갑옷을 입고 번쩍이는 무기를 들고 따라갔다.

그 세 명의 젊은이는 사일천의 아들들로 사산(謝山), 사강(謝江), 사암(謝巖)이니 천진삼호(天津三虎)라는 별명이 있을 정도로 무예가 출중하여 사일천의 사랑을 받고 있는 이들이었다.

사일천은 홍라(紅裸) 장포를 입고 환도를 찬 가벼운 옷차림인데 반하여 세 아들은 각각 위풍당당하게 홍, 청, 흑색 전포(戰

袍)를 입고 반짝이는 은 비늘[銀鱗] 갑옷을 하고 장검과 장창, 도끼를 들고 사일천을 전위하여 보표들의 뒤를 따랐다.

복도를 따라가다 보니 긴 회랑 끝에 한 떼의 사람이 모여 있는 것이 보였다. 내당은 여인네들이 거처하는 곳이라 집의 뒤편이나 외간 남자들이 쉽게 출입하기 어렵게 설계되어 있었다.

사이천의 내당 역시 그러한 설계를 따라서 지어진 까닭에 회랑이 끝나는 곳에 네모난 벽으로 둘러싸인 마당이 있고, 그 마당으로 후원과 내당으로 갈려진 문이 나 있었다.

그 마당이 말하자면 길목이니 그곳에 무수한 사람들이 쓰러져 있고, 그 한가운데에 부러진 몽둥이 하나를 든 사내가 미친개 떼처럼 달려드는 무사들을 상대하고 있는데 사일천이 한눈에 보기에도 상당한 고수가 틀림없었다.

적수가 칼을 들었다 치더라도 수많은 사람들을 홀로 상대하는 것이 어려운데 첫째 이유가 칼을 휘두르면서 힘이 빠지기 때문이고, 둘째가 칼이 사람을 베면서 칼날이 무뎌지기 때문이었다. 더구나 칼을 맞는다고 반드시 사람이 죽는 것이 아니라서 아무리 고수일지라도 여러 사람이 한꺼번에 죽기로 덤벼들면 도리가 없는 것이다.

그러나 마당 가운데 호랑이처럼 몽둥이를 휘두르는 사내는 빈틈을 노려 급소를 딱! 소리가 나도록 때릴 뿐이라서 체력의 소모가 적고, 무기가 무뎌질 일이 없을뿐더러 상대방이 저항할 수 있는 여지를 남겨두지 않기 때문에 강호에서 풍파를 많이 겪은 사일천은 한눈에 그가 굉장한 실력을 가진 고수라는 것을 짐작할 수 있었다.

"배후가 안전하니 저놈이 힘을 쓸 수 있는 게다. 창을 든 자들이 동시에 공격하라."

사일천이 명령을 내리자 창을 든 보표들이 회랑 앞에 일렬로 늘어서서 마당으로 다가가며 사내를 향하여 일제히 찌르기 시작하였다.

사내가 열 개가 넘는 창이 동시에 공격해 들어오는 것을 감당하지 못해 뒷걸음질치다가 월문 안으로 뛰어들어 가자 창수와 칼을 든 무사들이 월문 안으로 함성을 지르며 몰려들어 갔다.

"흐흐흐, 이제는 독 안에 든 쥐다."

사일천이 회심의 미소를 지었다.

이때 복호는 수십 개의 창끝이 동시에 찔러오는 것을 감당할 수 없어 월문 안의 내당 마당으로 뛰어들어 갔다. 그 뒤를 따라 창을 든 무사들과 칼을 든 무사들이 벌 떼처럼 쏟아져 들어오자 복호는 힐끔 뒤편을 바라보다가 다시 한 번 뒤를 돌아보았다.

망고와 강남학이 무사들이 입는 검은 옷으로 바꿔 입고 안채 옆에 서 있는데, 그 뒤로 수십여 명이나 되는 여종들이 포도송이처럼 모여서 바들바들 떨고 있었다.

사일천과 백여 명이나 되는 무사들이 월문 안으로 밀려들자 망고와 여종들이 담벼락에 붙어 월문으로 이동하기 시작하였다.

망고는 똥 씹은 얼굴로 다리를 절룩거리고, 강남학은 얼굴을 구긴 채 가슴팍을 쥐고, 여종들은 힐끔힐끔 복호를 바라보며 그 뒤를 따르는데 새까맣게 마당으로 쏟아진 무사들이 도리어 망고 일행을 보호하여 어렵지 않게 월문 밖으로 나섰을 때 뒤편에 서 있던 사일천이 말했다.

"아주머니와 아기는 어디 가고 여종들만 있는 거냐?"

"저놈들이 들어오기 전에 피신하셨습니다. 미리 들어온 두 놈은 저희가 처치하였는데, 저와 이 친구는 칼을 맞아 부상을 당했습니다."

오만상을 찌푸린 망고가 가슴팍이 붉게 물든 강남학을 가리키며 능청스럽게 대답하였다.

"음, 잘했다. 어서 계집들을 피신시켜라."

"예."

망고가 월문을 절룩거리며 나가다가 마당 한가운데 서 있는 복호에게 눈을 찡긋하더니 강남학과 여종들을 데리고 월문 바깥으로 나가 버렸다.

'저, 저 잔머리……'

복호가 순진하여도 눈썰미는 기가 막히게 좋아 강남학과 망고가 옷을 바꿔 입은 것과 따라가던 여종들의 얼굴만 보고

도 그들이 잡혀온 조선 처자인지 알았다.

망고가 이 집에 심부름하는 여종들과 조선 여자들의 옷을 바꿔 입게 하여 도망칠 계교를 낸 것이 틀림없었다.

걸리적거리는 사람들이 무사하게 도망을 쳤으니 이제 남은 것은 복호가 죽자 사자 싸우는 길밖에는 방법이 없었다.

호랑이보다 무서운 적은 아니지만 숫자가 많아 호랑이보다 더 무서운 적이 될 수도 있었다.

할아버지의 호통 소리가 귓가에 들려오는 것 같았다.

"이 녀석아, 눈앞의 범보다 무서운 것이 마음속의 두려움이다. 두려움을 떨치지 못하면 범을 잡기는커녕 범의 먹잇감밖에는 되지 못한단 말이다. 부딪쳐 보지도 않고 지레 겁을 먹는 겁쟁이는 범잡이가 될 수 없어. 범을 잡으라는 말이 아니다. 네 스스로 할 수 있다는 마음을 단단히 먹는다면 뭔들 못하겠느냐. 마음, 그게 가장 중요하다."

창검이 햇빛을 받아 반짝거렸다.

마당에 새까맣게 모여든 무사들을 보고 있던 복호가 갑자기 싱긋 미소를 지었다.

월문 앞에 의자를 놓고 앉은 사일천이 말했다.

"미친놈이로구나. 제 죽을지도 모르고 웃고 있다니……."

복호가 사일천을 바라보다가 몽둥이로 가리키며 말했다.

"네가 우두머리구나. 사이천과 사삼천이 죽었으니 네가 사
일천이냐? 내가 부르지도 않았는데 이렇게 와주니 고맙다.
모두 박살 내버리려고 했는데 사사천이 없어 아쉽구나."

사일천의 앞에 있던 삼형제가 노기충천하여 소리쳤다.

"저런 미친놈! 저놈을 죽여라!"

무사들이 달려들려고 할 때 사일천이 손을 번쩍 쳐들었다.
무사들이 행동을 멈추고 물러섰다.

사일천이 의자에서 일어나 복호를 노려보며 말했다.

"이제 보니 네가 사삼천을 죽인 놈이구나."

"내가 사삼천을 죽이지는 않았지만 내가 도와주었으니 네
말이 반은 맞다. 그렇지만 사이천은 내가 죽였다."

사일천이 이를 갈며 소리쳤다.

"넌 누군데? 우리와 무슨 원한이 있기에 우리 형제들을 죽
이려는 것이냐?"

"도화촌의 양명지 일가를 너희들이 죽였지?"

"넌 양씨와 어떤 사이지?"

"그건 알 필요 없고, 사삼천에게 네놈들이 강도질한 것을 다
들었다. 무고한 사람들을 돈 때문에 몰살하였으니 그것이 너희
형제들이 죽어야 할 첫 번째 이유다. 두 번째 이유가 또 있지."

사일천의 눈가가 꿈틀거렸다.

"죄 없는 조선 처녀들을 사고팔고, 강도질을 일삼았지? 자
식 잃은 부모의 마음과 불쌍한 여자들의 눈물을 생각하면 너

희가 죽어야 할 이유는 충분할 것 같은데……."

"흥, 누가 죽어 나가는지 두고 보자!"

사일천이 이를 갈며 손을 번찍 처들었다.

앞에 있던 사산이 급창(及唱)처럼 말을 받아 소리쳤다.

"저놈을 죽여랏!"

말이 떨어지기가 무섭게 창을 든 무사들이 함성을 지르며 복호를 향해 달려들었다.

날카로운 긴 창 여러 개가 동시에 찔러 들어오는 것은 막기 어려워 복호가 뒷걸음질을 치다가 계단을 훌쩍 뛰어올라 집 안으로 들어갔다.

창수 둘이 앞문을 박차고 들어왔다가 허물어지듯 쓰러졌다. 기둥 뒤편에서 기다리고 있던 복호가 집 안으로 들어오는 창수들의 정수리를 번개처럼 가격하여 쓰러뜨린 것이다.

집 안은 탁자와 의자, 병풍 같은 세간과 기둥이 있어서 창을 든 사람이 동시에 공격하지 못하는 이점이 있었다. 그뿐 아니라 방 안의 세간을 방패로 삼아 상대방의 공격을 손쉽게 막으면서 유리하게 공격할 수 있었으므로 혼자인 복호에게는 최적의 장소였다.

창수들과 검사들이 공을 세울 욕심에 집 안에 들어왔다가 시신이 되어 무더기로 쓰러졌다.

"진법을 아는 놈이다! 사방의 문짝을 모두 부수고 들어가라!"

사일천이 소리치자 무사들이 사방의 문짝을 부수면서 집 안으로 뛰어들었다. 집 안의 세간이 부서지는 소리와 함성 소리, 기합 소리, 비명 소리가 요란하게 들려왔다.

집 안이 한바탕 아수라장이 되는 것을 느긋하게 바라보던 사일천은 코끝을 스치는 냄새에 머리를 갸웃거렸다.

"이상하다. 타는 냄새가 나는구나."

사일천의 앞과 좌우를 호위하던 세 명의 아들이 킁킁거리며 냄새를 맡다가,

"정말 타는 냄새가 나는데요?"

하고 고개를 돌렸다가 일제히 두 눈을 휘둥그레 떴다.

사랑채가 있는 큰 와가에서 검은 연기와 불길이 치솟고 있었기 때문이다. 동시에 불이 났다는 함성이 어지럽게 들려왔다.

사일천이 의자에서 일어나 바라보니 창고가 있는 건물과 상방의 우뚝우뚝한 건물들이 붉은 불길에 휩싸여 검은 연기를 일으키고 있었다.

앞서 도망쳤던 망고가 여자들을 데리고 보선방을 빠져나가는 동안 강남학이 집 안 구석구석을 돌아다니면서 불을 지른 것이다.

사이천이 비명횡사하고 수십 명의 무사가 떼죽임을 당한 것이 퍼져 일꾼들이 겁을 집어먹었는데, 사일천이 대문을 닫아건 후에도 안심이 되지 않아 하인들이 횡액을 피하려 너도

나도 도망을 쳐버린 까닭에 불을 끄는 사람은 열 사람도 되지 않아 집 안에 번진 불이 무서운 기세로 옆 건물로 번지면서 타오르기 시작하였다.

대청에서 시작한 불이 사랑채를 태우고, 비단 창고에서 시작된 불이 자기 창고와 어물 창고, 곡식 창고까지 옮겨 붙어서 매캐한 검은 연기와 뜨거운 불기운이 보선방을 금세 아수라장으로 만들었다.

사랑채와 제법 멀리 떨어져 있는 내당이지만 연기가 회랑을 따라 월문을 향하여 솔솔 퍼져 들었다.

"아버지, 불이 난 것 같습니다."

보선방은 금화표국의 돈줄이라 창고가 타버린다면 금화표국도 망하는 것이다. 설상가상(雪上加霜)에 사면초가(四面楚歌), 엎친 데 덮친 격이라 얼굴을 찌푸리며 잠시 생각하던 사일천이 어렵게 말했다.

"할 수 없구나. 산아, 너는 오십 명을 데리고 가서 불을 진압하거라. 여긴 나와 네 동생이 맡겠다. 창고가 불에 타면 뒷일을 기약할 수도 없으니 창고부터 불을 꺼야 한다."

"예."

사산이 꾸벅 인사를 하곤 집 안을 포위하고 있는 무사들을 데리고 월문 밖으로 나갔다.

반수나 되는 무사들이 불을 끄러 나가는 바람에 안채 마당에는 겨우 십여 명의 무사들이 남아 사일천의 주위를 둥글게 둘러싸고 있었다.

안채 안에서 쿵쾅거리며 싸우는 소리가 요란하게 들리더니 잠시 후에 보표 하나와 표사 두 명이 비틀거리며 밖으로 나와 계단을 거꾸러지듯 내려왔다.

보표는 다리에 힘이 빠졌는지 안간힘을 쓰며 무릎으로 엉금엉금 기어오다가 무슨 말을 하려는지 입을 달싹거리는데, 말은 나오지 아니하고 붉은 선혈만을 토하였다.

한바탕 피를 토하던 사내가 창백한 얼굴로 사일천을 바라보다가 눈이 까뒤집어지며 털썩 바닥에 쓰러졌다.

뒤따라온 표사 세 명은 엉덩이에 불난 것처럼 발을 동동 구르며 가슴팍을 쓰다듬다가 별안간 선혈을 토하며 쓰러져서는 다신 일어나지 않았다.

사일천의 막내아들 사암이 죽은 보표의 가슴팍을 풀어보니 주먹 자국이 가슴에 선명하게 새겨져 있었다.

"암경(暗勁)이 실린 주먹입니다."

사암의 얼굴빛이 흑빛이 되었다. 암경이 실린 주먹을 날리는 자는 무림에 얼마 되지 않았다. 암경이라는 것이 전신의 힘을 한곳에 모아 기력을 주먹 바깥으로 발동시키는 일이기에 깊은 내공을 수련하지 않고서는 불가능한 일이었다.

무예를 익힌 보표들 수십여 명을 어렵지 않게 상대하고 암경으로 상대방을 격살시키는 정도라면 명문정파의 수제자이거나 명사에게 수련을 받은 고수가 틀림없다 생각되어 사일천의 여유있던 얼굴에 핏기가 가셨다. 그때였다.

한바탕 태풍이 지나간 것같이 처참하게 부서진 집 안에서 무사 두 사람이 절룩거리며 포대에 싸인 아이 하나와 귀부인을 데리고 나왔다. 사이천의 독자인 소보와 세 번째 첩 비연이었다.

비연은 수건으로 입을 막아 아갈잡이를 당해 독살스런 눈을 깜빡깜빡거리며 무사의 부축을 받고 걸어오고 있는데, 그 뒤를 따라 재갈을 입에 문 여종들이 옷도 제대로 걸치지 못하고 고개를 숙인 채 벌벌 떨면서 뒤따라 나왔다.

그 모습을 보고 사일천이 머리를 갸웃거렸다.

사강이 아이를 안고 오는 사내에게 물었다.

"그자는 죽었느냐?"

사내가 고개를 내저으며 말했다.

"두 사람 빼고 몰살했습니다. 그자가 저와 저치를 살려주면서 아이와 마님, 계집종들을 데려가라고 하기에 이렇게 밖으로 나올 수 있었습니다."

사강과 사암은 어이가 없어서 사일천을 바라보았다.

잠시 어떻게 된 영문인지 생각을 정리하던 사일천은 재갈을 푼 비연에게 물었다.

"아주머니, 어떻게 된 겁니까?"

비연이 사일천에게 매달리듯 소리쳤다.

"아주버니, 저놈을 갈가리 찢어주세요. 저 죽일 놈이 죄 없는 소보 아버지를 죽이고 멀쩡한 우리 집을 이 모양으로 만든 놈입니다."

"알고 있으니 어떻게 된 것인지 이야기해 주세요."

비연이 망고와 강남학, 두 사람에게 사로잡히게 된 이야기와 사이천이 얼마 전에 데려온 조선 여자들과 내당에 갇힌 여종들이 옷을 바꿔 입게 된 이야기를 하였다.

사일천이 그제야 자신이 보기 좋게 속은 것을 깨달았다.

"아주버니, 복수를 반드시 해주세요. 네?"

비연이 눈물을 닦으며 사정하였다.

"알았으니 어서 나가시오. 여긴 위험합니다."

비연이 사일천의 눈치를 살피며 여종들과 함께 월문 밖으로 피하였다.

사일천이 집 안에 무언가 어른거리는 것을 발견하고는 바라보니 형편없이 부서진 집 안에서 말짱한 장포를 입은 사내가 천천히 나타났다. 이 사내가 복호임은 두말할 필요도 없다.

너른 마당이 불리하다 생각되어 집 안으로 뛰어들어 간 복호는 들고 있던 막대기를 버리고 적수공권으로 달려드는 무사들을 상대하였다. 부서진 문짝과 세간, 큰 기둥과 단단한 벽이 훌륭한 방패막이가 되고 주먹이 뛰어난 무기가 되었으니 좁은 방 안에서 운신하기 어려운 창과 칼을 든 무사들이 상대가 될 리 없었다.

복호가 어릴 적부터 몽둥이보다는 주먹을 운신하는 법을

몸에 익힌 터라 뒤늦게 배운 몽둥이 휘두르는 법이 주먹질보다 낫다고 할 수 없을 정도로 주먹질에는 천성으로 능하였다.

호랑이의 앞발을 피하는 몸놀림과 한주먹에 격살하는 주먹질을 보덕 스님의 감화 때문에 사용하지 않았을 뿐인데, 상황이 여의치 않아 평소대로 돌아오니 아무리 여러 사람이 무기를 가지고 달려들지언정 긴 무기를 든 것보다 주먹질이 더 위력을 발휘하였다.

스님에게 배운 사혈과 마혈을 할아버지의 당부로 활혈보다 더 익숙하게 공부한 까닭에 살(殺) 있는 주먹과 손으로 달려드는 무사들의 죽는 혈을 두드리면 무사들은 썩은 나무처럼 쓰러졌다. 그 덕에 내실의 방과 기둥을 거침없이 뛰어다니면서 무기 든 무사들을 때려잡는 데는 그리 많은 시간이 걸리지 않았다.

마지막까지 대항하지 않고 피해 다니던 두 사람을 복호가 손쉽게 사로잡은 후에 끝 방에 즐비하게 묶여 있는 여자들을 데리고 나가게 한 후 집밖으로 나가니 담장 위로 보이는 것이 타는 연기와 불꽃이요, 새까맣던 무사들이 몇 되지 않아 복호가 팔짱을 끼고 서서 마당에 둘러서 있는 무사들과 사일천을 둘러보았다.

마당에 있던 사일천이 놀란 얼굴로 물었다.

"네, 네놈은 도대체 누구냐? 어느 문파에서 나왔느냐? 누가 시킨 일이냐? 도대체 어떤 놈이 나와 무슨 원수가 져서 이렇게 무도한 일을 저지른단 말이냐?"

복호가 두 팔을 허리에 대고 사일천에게 물었다.

"내가 너에게 물어보고 싶은 말이다. 넌 양명지와 무슨 원수가 있기에 그 가족을 몰살하였나?"

"……."

사일천은 잠시 대답을 머뭇거리다가 물었다.

"좋아, 그렇다면 네가 나와 내 형제들을 죽여 얻는 이득이 무엇이냐? 네가 얻는 이득이 도대체 무엇이기에 우리 집안을 이렇게 철저하게 망가뜨리는 것이냐?"

복호가 고개를 갸웃거리며 말했다.

"이득을 바라고 한 게 아니야. 난 단지 너희 형제들이 정말로 나쁜 놈이라서 응징하고 싶었을 뿐이야."

"이, 이런 무식한 놈. 겨우 그런 이유로……."

"네놈들이 먹지도 못하는 돈 때문에 죄 없는 사람을 죽인 것보다는 낫지 않나?"

복호가 계단을 천천히 내려왔다.

사일천의 주위에 둘러섰던 검은 옷의 무사들이 다가가 복호를 포위하였다. 그러나 십여 명이나 되는 무사들의 얼굴에 겁먹은 기색이 역력하였다.

죽는 것이 겁나지 않는 사람이 어디 있으랴. 금화표국에 몸을 담고 있으나 이미 적지 않은 동료들이 칼 한 번 휘두르지 못하고 눈앞에서 죽어가는 광경을 보았으니 맥이 빠지고 죽음이 두려워서 쥐불알만큼 남아 있던 살심이 흔적도 없이 사라지고 말았다.

무사들의 칼끝이 떨리는 것을 보고 복호가 웃으며 말했다.

"죽고 싶으면 덤벼도 좋다. 난 아량이 조금은 있어서 나에게 덤비지 않는 자는 살려주기도 한다."

복호가 일일이 눈을 마주치자 무사들이 덤벼들지 못하고 조금씩 뒷걸음질을 치기 시작하였다.

"에익! 빌어먹을!"

무사들의 뒤편에 서 있던 사일천의 막내아들 사암이 무사들 사이로 파고들며 허리에 찬 도끼를 집어 던졌다. 시퍼렇게 날이 선 작은 손도끼 두 개가 쏜살처럼 복호에게 날아들었다.

피핑!

바람을 가르며 맹렬하게 날아드는 도끼 날이 선명하게 보였다. 손도끼가 회전하며 날아오는 위세는 대단해 보였지만 실상은 보덕 스님과 할아버지가 던지는 작은 돌팔매보다 대단할 것이 없어 날아오는 손도끼를 어렵지 않게 덥석 잡았다.

사암의 두 눈이 휘둥그레졌다.

"옜다, 네 것이니 받아라."

복호가 되레 손도끼를 사암에게 내던졌다.

놀란 사암이 펄쩍 뛰며 머리로 날아드는 손도끼를 가까스로 피하였으나 다른 손도끼 하나가 가슴팍에 맞았다.

쨍!

불꽃이 일어나며 손도끼가 바닥에 떨어졌다. 가슴에 갑옷을 입은 탓에 도끼 날이 파고들지 못한 것이다.

"저런, 갑옷 입은 보람이 있구나."

복호가 손도끼 떨어지는 것을 보고 너털웃음을 짓자 둘러서 있던 무사들이 서로의 얼굴을 바라보다가 누가 먼저랄 것 없이 월문을 향하여 도망치기 시작하였다.

손속에 사정을 두지 않은 잔인함과 엄두를 낼 수 없는 무공에 죽음이 두려워 꽁무니를 내뺀 것이다.

내당의 너른 마당에 사일천과 사강, 사암 세 부자가 덩그러니 남았다. 매캐한 연기와 열기를 머금은 바람이 내당으로 불어닥쳤다.

월문 안으로 시커멓게 재를 뒤집어쓴 사산이 뛰어들어 왔다가 내당의 마당에 네 사람이 덩그러니 서 있는 것을 보고 걸음을 멈추었다.

"어떻게 되었느냐?"

사산이 풀 죽은 얼굴로 고개를 설레설레 저으며 말했다.

"불의 기세가 너무 좋아서 불길을 잡을 수 없었습니다. 불을 끄던 보표들도 도망쳐 버리고, 창고는 하인들이 재물을 꺼내어 도망쳐 버리는 바람에 불을 끌 사람이 없어 창고와 상청이 완전히 불바다가 되었습니다."

"와, 완전히 망했구나."

보선방을 일구기 위해 사일천은 평생을 허비해야 했다. 금화표국과 보선방, 그와 동생이 평생을 바쳐 이룩한 재산이 한순간에 재가 되어버린 것이다.

"인생이 연기처럼 허무하다는 것이 이를 말함인가?"

사일천은 허탈한 웃음을 짓다가 서글픈 표정으로 허공으로 퍼져 가는 연기를 바라보았다. 그동안 악착같이 살아왔던 모든 기억들이 시커먼 연기 사이로 주마등처럼 스쳐 지나갔다.

"으드득!"

사일천이 천천히 고개를 돌려 복호를 노려보았다. 독사 같은 두 눈에 독이 옴팡지게 올라 살기가 이글거렸다.

"우리 집안을 이렇게 만들어놓고 살아서는 못 간다."

사일천이 이를 악물며 허리에 찬 환도를 빼어 들었다. 새파랗게 날이 선 검이 불빛이 붉은빛을 띠었다.

아들 세 명이 결진을 한 것처럼 움직여 사부자가 복호의 네 방향을 포위하여 자리를 잡으려 하였다.

복호가 배후를 빼앗기지 않으려고 재빨리 몸을 움직여 담벼락을 기대고 서려 하였다.

순간 사일천의 한 발이 튀어나오며 칼날이 번개처럼 번쩍거렸다.

샥!

장포의 가슴 옷깃이 일 자로 잘려졌다.

‘빠르다.’

사일천과 동시에 움직이지 않았다면 목이 가슴에서 떨어질 뻔하였다. 이렇게 빠른 칼 놀림은 복호가 이전에 본 적이 없어서 껑충 뒷걸음질을 쳤다.

‘빠르다.’

사일천도 놀라기는 마찬가지였다. 그는 표검일절(豹劍一切)이라는 별명이 있었는데, 표범처럼 빠른 발도술(拔刀術) 때문이었다. 적지 않은 무인들이 그의 빠른 검술에 패하여 천진뿐 아니라 산동 일대까지 명성이 크게 알려졌는데, 사람들은 그를 일러 표풍검(豹風劍)이라 부를 정도였다.

칼을 뽑는 순간이 너무 빨라 적에게 칼을 두 번 휘두르는 법이 없는 사일천이었건만 상대방의 동작이 너무나 빨라 일검을 허무하게 회수하고 말았다.

“쳇.”

짧은 순간 상대방에게 검의 간격을 읽혀 버린 것을 직감하며 사일천은 잇달아 표풍검을 휘둘렀다.

날렵한 검이 복호의 가슴을 벨 기세로 날아들었다.

뒷걸음질치던 복호는 담벽을 차고 바닥을 굴러 피하며 땅을 차고 뒤따라오는 사암에게 달려들었다.

손도끼를 든 사암이 아버지의 뒤를 안심하며 따라오다가 갑작스런 복호의 출현에 도끼를 휘둘렀으나 상대방의 왼손이 어느새 사암의 손목을 잡고 오른손 바닥이 가슴을 강하게 가격하였다.

팍!

갑옷과 손바닥이 마주치는 소리가 크게 울렸다.

사암이 주춤거리며 뒷걸음질을 치다가 멈추어서 미소 띤 얼굴로 소리쳤다.

"그 정도로 나를 어쩌지 못해!"

튼튼한 갑옷이 가슴을 막아주어 걱정할 것 없다 생각하였는데 갑자기 가슴 가운데가 타는 것 같은 통증이 밀려들었다.

타는 듯한 통증은 수십 개의 칼이 가슴을 후비는 것 같은 고통으로 변하여 사암이 가슴을 쥐어뜯으며 소리를 질렀다. 그러나 비명이 목구멍에서 나오기는커녕 난데없는 붉은 피가 한바탕 쏟아졌다.

바닥에 떨어진 붉은 선혈을 놀란 눈으로 바라보던 사암의 두 눈이 뒤집어지면서 뻣뻣하게 굳은 몸이 비명 소리 하나 내지 못하고 벌러덩 뒤로 넘어가 버렸다.

"막내야!"

사일천이 소리를 지르며 달려들었다.

복호는 뒷걸음질치면서 들고 있던 손도끼를 사일천에게 내던졌다. 날아오는 손도끼를 쳐내고 쓰러진 사암의 앞에 우두커니 선 사일천이 피투성이가 된 얼굴로 컥컥거리는 막내 아들의 얼굴을 잠시 바라보다가 핏발 선 눈으로 복호를 노려보았다.

"이 죽일 놈!"

복호가 바닥에 떨어져 있는 투박하게 생긴 박도를 주워 들며 태연하게 말했다.

"그렇게 볼 것 없어. 조선의 처자들을 마구잡이로 약탈해 왔지? 자식 잃은 부모의 심정을 이제부터 느껴봐라."

사일천의 등줄기에 소름이 끼쳤다. 복호가 노리는 것이 남은 두 아들이란 것을 알았기 때문이다.

"내 아들을 건드리지 마라!"

말이 끝나기도 전에 복호의 신형이 왼편에 떨어져 있는 사강을 향하고 있었다.

사강이 악에 받쳐 달려드는 복호를 향해 창을 찔렀다.

"어림없다."

장검이 회전하며 창끝에 찰싹 붙어 창대를 따라가기 시작하였다. 철창에 불꽃이 일어나며 칼날이 무서운 기세로 손가락을 향해 다가가자 놀란 사강이 창을 내던지는 순간 복호의 왼 손바닥이 사강의 가슴을 때렸다.

사강이 허공으로 날아가 뒤편 계단에 처박히며 선혈을 토하였다. 놀란 눈으로 바라보던 사강의 머리가 천천히 수그러졌다.

사일천의 검이 복호를 막으러 온 것은 사강이 좌장에 맞은 직후였다. 복호는 기다리고 있었다는 듯이 사일천과 어울려졌다.

투박한 박도가 날렵한 장검과 어울리는데, 장검이 날렵하고 법도가 있지만 박도는 강맹한 도법과 날카로운 검법이 기묘하게 어우러져 투박한 박도에게 장검이 쩔쩔매었다.

산더미로 정수리를 누르는 듯 투박한 박도가 허공에서 내려와 풀 헤치는 뱀을 찾듯이 바닥에서 치솟아 날렵한 장검이 박도를 막느라고 위아래로 올지 갈지를 반복하다가 다시금 태산처럼 내리누르는 기세에 사일천이 뒤로 물러난 틈을 타서 복호가 계단 옆에 머리를 떨구고 죽어 있는 사강의 어깨를 차고 봉당 위로 훌쩍 뛰어올랐다.

상대방이 이 정도일지는 생각 못했던 사일천이 마당 가운데 우두커니 서 있는 사산을 향하여 부르짖었다.

"사, 사산아, 어서 도망치거라!"

"그럴 수 없어!"

복호가 그 자리에 훌쩍 뛰어 땅을 차며 허공으로 까마귀처럼 높게 솟구쳤다.

두 형제의 죽음에 오금이 굳어버린 사산이 성난 호랑이 같은 상대방의 기세에 기가 질려 뒷걸음을 치려다가 걸음이 엉키어 엉덩방아를 찧었다.

사일천이 급한 마음에 들고 있던 표풍검을 복호에게 던졌다.

"이놈, 내 칼을 받아라!"

복호가 허공에서 몸을 돌치며 표풍검을 쳐내느라 중심을 잃어 멀리 뛰지 못하고 바닥으로 착지하자 사일천이 우레 같은 소리를 지르며 떨어진 창을 들고 달려들었다.

복호가 그 자리에서 박도를 성난 사자처럼 휘두르며 사일천과 몇 합을 어울렀다.

사일천이 검을 잘 다루는 사람이라 창을 다루는 것이 그만 못한데다 남은 아들을 지키려는 마음이 급하여 창법이 흔들리는데, 박도가 철창에 부딪칠 때마다 손아귀가 저려 저도 모르게 뒷걸음질을 쳤다.

그동안 자리에서 일어난 사산이 살금살금 움직여 복호의 뒤편으로 소리 소문도 없이 와서 수리검 여러 개를 한꺼번에 내던졌다.

피핑!

사일천과 싸우느라 정신이 팔려 있던 복호가 뒤편에서 들려오는 파공음을 듣고 본능적으로 몸을 피하였으나 왼편 등줄기가 뜨끔하였다.

"아버지!"

사산의 목소리를 듣고 화가 나서 복호가 몸을 돌쳐 사산에게 달려들었다. 분노에 온몸의 피가 거꾸로 돌아 칼을 쥔 손에 힘이 들어갔다. 땅을 차고 허공에 높이 뛰어오른 복호가 사산의 몸을 가를 것처럼 힘차게 칼을 휘둘렀다.

"죽여 버린다!"

사산이 치명상을 입혔다 생각하였다가 호랑이처럼 달려드
는 복호의 기세에 몸이 굳어 어쩔 줄 모르는데 그 앞을 사일
천이 번개처럼 달려들어 칠창을 들어 막았다.

깡!

칼과 창이 부딪쳐 불꽃이 일어나며 세 사람이 한자리에 멈
추었다.

엄청난 내력이 실린 복호의 칼은 막고 있는 철창을 자르고
사일천의 어깨를 파고들어 가 가슴 한가운데에서 멈추어 있
었다.

반이 잘린 철창을 든 채 창백한 얼굴의 사일천이 어렵게 입
을 열었다.

"하, 하나밖에 남지 않은 아들이오……."

죽어가는 사일천의 두 눈이 또렷하게 복호의 눈을 응시하
였다. 복호가 열기 띤 눈으로 사일천을 바라보니 사일천이 마
지막 힘을 쥐어짜듯이 입을 열었다.

"사, 살려주시오……."

사일천의 주름진 눈가에서 한줄기 눈물이 주르륵 흘렀다.

'아버지의 마음이 이런 것인가?

복호는 가슴이 뭉클하여 말없이 고개를 끄덕거렸다.

철그렁!

철창이 두 토막이 나서 바닥에 떨어졌다. 석상처럼 굳어 있
던 사일천의 입가에 미소가 피어올랐다.

"미, 믿고 가오."

마지막 남은 숨을 토해내며 사일천은 낡은 모래성처럼 허물어졌다.

"아버지!"

사산이 악에 받쳐 장검 한 자루를 들고 달려들었다.

동생과 아버지의 죽음을 눈앞에서 목도한 터라 분노와 원한이 극에 이르러 검을 휘두르는 법이 배우는 자만도 못하였다.

복호가 슬쩍슬쩍 칼날을 피하다가 왼손을 뻗어 사산의 손목을 잡았다. 사산이 왼 주먹으로 복호의 가슴팍에 일권을 가하려는 순간 복호의 오른손이 사산의 왼 손목을 마저 잡았다.

"꿇어라."

갑자기 손목이 부러지는 통증이 일어나며 사산의 몸이 무너지듯이 주저앉으며 두 무릎이 꿇려졌다.

독 오른 사산의 눈이 복호를 올려다보았다.

"죽여 버릴 테다!"

"미친놈!"

복호가 발을 들어 사산의 가슴팍을 내질렀다. 사산이 사일천의 시신 옆으로 나뒹굴었다.

한바탕 바람과 함께 매캐한 연기가 소용돌이치며 일어나더니 불똥이 사방으로 날리었다.

매캐한 연기가 내실에 자욱하게 일어나며 어느 사이엔가

내당 건물에 불이 옮겨 붙어 날름거리는 불꽃이 기둥을 타고 넘실거렸다.

가슴을 차여 일어나지 못하고 숨을 몰아쉬며 바닥에 쓰러져 있는 사산이 되지도 않는 소리를 쳤다.

"지금 나를 죽이지 않으면 반드시 복수할 테다!"

말없이 바라보던 복호가 서글픈 웃음을 지으며 입을 열었다.

"네 아버지에게 감사하거라."

복호가 몸을 돌려 연기가 가득한 월문을 향하여 걸음을 옮겼다.

회랑과 좌우에 있던 건물들이 온통 화염 속에 휩싸여 있었다. 좌우에서 이글거리는 불길과 자욱한 연기 사이를 아무렇게나 걸어가며 복호는 씁쓸한 기분을 느끼었다.

먹지 않아야 될 것을 먹고, 보지 않아야 할 것을 본 것처럼 고약하고 씁쓸한 뒷맛이 혀끝에 걸려 불쾌한 기분이 들고 마음이 개운치 않았다.

등허리가 따끔거리고 흘러내린 피가 등에서 엉덩이로 다시 다리로 흘러 신발에 고인 피가 걸음을 뗄 때마다 질척거렸다.

'나는 지금 어디로 가는 것일까?'

앞이 보이지 않는 자욱한 연기와 불꽃 사이를 지나가며 복호는 스스로에게 자문하였다. 마치 할아버지와 스님의 이야기를 동시에 듣는 것처럼 자신의 행위가 옳은 일인지 그른 일인지 만족할 만한 답을 찾아낼 수가 없었다.

어지러웠다. 잠시 걷던 걸음을 멈추었다. 순간 앞간의 회랑이 무너지며 기와와 서까래가 기둥과 함께 와르르 떨어졌다.

희뿌연 먼지와 잿빛 연기 사이로 맑은 공기가 소용돌이치듯 돌아들며 그 사이로 앞이 보였다.

큰 대청 와가는 불길에 무너져 벽돌로 쌓은 담벼락과 불타지 않는 대문이 가까이에 보이는데 그 앞에 물동이를 나르며 불을 끄는 사람들이 분주하게 오가고, 사람들 사이에서 검은 표사의 옷을 입은 사내가 다가왔다.

"대, 대협, 무사하셨군요."

강남학이었다.

강남학은 망고와 여인들을 데리고 어수선한 보선방을 빠져나가다가 망고의 계교를 듣고 칼 한 자루를 들고 집 안을 누비며 창고와 집을 불태웠던 것이다.

금화표국 표사의 옷을 입었던 터라 방해받지 않고 집 안을 누비며 불을 놓다가 집 앞에서 불끄기를 독려하는 집사가 자신을 알아보는 것을 보고 일검에 죽여 버리자, 하인들이 소리를 지르며 너도나도 도망질을 하였다.

뒤늦게 사산이 표국의 무사들을 데리고 불을 끄러 왔지만 불길은 이미 걷잡을 수 없었다.

눈치 빠른 하인들과 욕심있는 표사들이 도적으로 돌변하여 불타는 집 안에서 재물을 챙겨 도망가고, 눈치 없는 자들도 세간을 하나둘씩 가지고 도망치더니 바깥에서 구경하는 자들까지 집 안으로 뛰어들어 와 물건을 약탈하여 보선방이 일시에 아비규환이 되었다.

관군들이 몰려와서 어지럽게 자행되던 약탈은 중지되었지만 이때는 이미 보선방의 대부분 건물들이 전소되어 가는 상황이었다.

장교가 불이 다른 건물에 옮겨 붙을까 걱정하여 병사들과 사람들을 동원하여 불을 끼얹는 와중에 연기 사이로 복호가 나타났으나 표국의 옷을 입은 강남학이 재빨리 다가가 이야기를 묻는 까닭에 문 앞에 수두룩한 관군들도 이들이 보선방을 이 지경으로 만든 자인지 눈치 채지 못하였다.

안심하였던 강남학은 복호의 왼 등에 수리검이 꽂힌 것을 보고 놀라 복호를 부축하려 하였다.

"나는 괜찮소."

"작지 않은 상처입니다."

강남학이 허리에 감았던 수건을 펼쳐 등에 박힌 수리검을 가렸다.

"망고는 거처하던 객점으로 여자들을 데리고 먼저 갔습니다. 보기보다 머리가 좋은 사람 같더군요. 얄미운 행동을 간간이 하지만 말입니다."

복호가 고개를 끄덕이며 강남학과 함께 대문간으로 다가오니 말짱한 대문 앞 길가에 수많은 관군들이 막아서 있고, 그 뒤편으로 모여든 구경꾼들이 보선방이 불타는 광경을 먼산 바라보듯 하고 있었다.

두 사람이 바깥으로 나가니 장교 하나가 다가와 영문도 모르고 물었다.

"이보시오, 도대체 어떻게 된 거요?"

강남학이 말했다.

"난 졸개라서 어떻게 된 일인지 모릅니다. 공자님은 부상을 당하셔서 말할 기운이 없으니 뒤따라오는 사람에게 물어보시오."

강남학이 장교에게 그럴듯하게 변명을 하곤 인파 사이를 파고들어 가 아무렇지도 않은 사람처럼 복호와 함께 대로를 빠져나갔다.

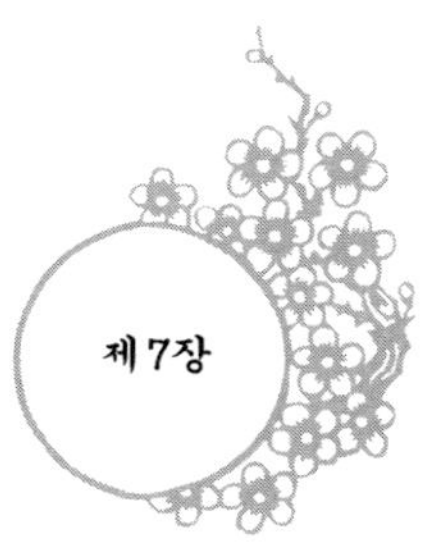

제7장

파인(破人)

객점 앞에서 뒤 마려운 사람처럼 초조하게 오가길 반복하던 망고는 기다렸던 두 사람이 무사하게 돌아오는 것을 보고 펄쩍 뛰다시피 기뻐하며 쏜살처럼 달려왔다.

"역시 공자님이세요. 저는 공자님이 무사하게 돌아오실 줄 진작에 알았습니다요."

망고가 엄지손가락을 치켜올리며 좋아라 방방 뛰다가 등 뒤편을 수건으로 덮어놓은 것을 보곤 머리를 갸웃거리며 강남학의 눈을 바라보았다.

"등에 수리검을 맞으셨어."

"뭐라고요?"

강남학의 말에 망고가 놀란 토끼눈을 하였다.

"상처를 봐야겠으니 어서 객점으로 들어가세."

세 사람은 객점에 잡아놓은 방 안으로 들어가 상처를 살폈다. 칼날이 단단한 근육에 박혀 치명상을 입지는 않았지만 칼을 뽑으면서 출혈이 많아 강남학이 맑은 물로 씻어낸 후에 수건으로 눌러 지혈을 하고 가슴과 등을 단단히 싸매었다.

"자네는 가서 금창약을 하나 구해보게."

망고가 밖으로 나가려는 것을 복호가 손을 저어 말렸다.

"됐어. 나는 지금 독한 화주가 마시고 싶으니 화주나 한 항아리 가져와라."

강남학이 말했다.

"화주는 상처 입은 몸에 이롭지 못합니다."

"희생 없이 범을 잡았으니 축하주 한잔해야지 않겠소?"

복호가 씨익 웃으며 망고에게 화주를 가져오라 일렀다.

"고, 공자님, 아직도 사사천 그놈이 남았습니다. 사사천, 그놈이 정말로 보통 놈이 아닙니다. 사일천은 나이가 들어 예전의 실력만 못하지만, 막내인 사사천은 젊었을 적 사일천의 뺨을 치고도 남을 만큼 무예 실력이 뛰어난데다가 젊고 기운이 넘치는 놈이어서 절대로 방심할 수 없습니다요. 제가 공자님의 경천동지할 무공을 모르는 것은 아니지만 금화표국의 표두질을 하고 있는 사사천이 눈이 벌겋게 살아 있는데 이곳에서 태평스럽게 술이나 마시며 한가로이 지낼 수는 없다는 것이죠."

물끄러니 망고의 이야기를 듣던 복호가 부드럽게 말했다.

"이제 이야기가 끝이 났나?"

"그러니까 제 말이 무슨 말이냐면……."

복호가 탁자를 치며 소리쳤다.

"시끄럽다! 주둥이 닥치고 술이나 가져와라!"

망고가 주저하는 것을 보고 강남학이 고개를 끄덕이며 말했다.

"큰 상처도 아니고 조금은 괜찮으니 가져오게."

망고가 살 맞은 뱀처럼 얼른 방문을 열고 사라지더니 잠시 후에 점소이를 대동하고 들어왔다. 점소이 몇 사람이 화주 한 항아리와 육회 세 근, 돼지고기 수육과 몇 가지 소찬을 가지고 들어와 탁자에 올려놓고는 인사를 하고 물러가자 망고가 눈치를 살피며 강남학에게 무어라고 귓속말을 하였다.

강남학이 피식 웃더니 항아리 뚜껑을 뜯어 대접에 술을 따르며 말을 꺼냈다.

"망고가 계교를 써서 먼저 도망간 것을 탓하시는 것은 아니시겠지요?"

"실없는 소리요."

"허허허, 망고가 실없는 생각을 하였던 모양입니다."

강남학이 웃으며 자신의 대접에 화주를 따랐다.

복호가 말없이 눈앞에 놓인 화주에 비친 자신의 얼굴을 물끄러미 바라보다가 대접을 들어 벌컥벌컥 마시고 다시 항아리의 술을 따르는데 그 모습이 마치 화난 사람 같았다.

강남학이 걱정스런 얼굴로 말했다.

"공자, 상처에 과음은 좋지 않습니다."

"예, 공자님. 술은 상처에 좋지 않아요."

복호가 묵묵하게 대접을 들어 마시고는 강남학에게 고개를 돌렸다. 잠시 동안 말없이 강남학을 바라보던 복호가 무겁게 입을 열었다.

"오늘 제가 수를 헤아릴 수 없을 만큼 사람을 죽였습니다. 상대방이 악인이지만, 그들이 죽을죄를 지은 자들이지만……."

한동안 말을 잇지 못하고 입술을 굳게 다물고 있던 복호가 말을 이었다.

"제가 그들을 심판할 만한 자격이 있는 건가요? 그들을 살해한 것이 잘한 것인지 나는 아직 모르겠어요."

"……."

강남학이 대접에 담긴 화주를 들어 마시고는 팔짱을 끼고 앉아 잠시 동안 말이 없었다. 그 역시 때 아닌 일에 휘말려 세 명이나 죽였다. 자신이 자청하여 따라와 복호를 돕다가 벌어진 일이지만 이런 물음에는 솔직히 대답할 자신이 없는 강남학이었다.

강남학의 옆에 슬그머니 앉아 있던 망고가 손을 들며 말했다.

"공자님, 제가 주제넘게 한 말씀 드려도 될까요?"

복호가 망고를 물끄러미 바라보다가 고개를 끄덕였다.

"제 이야기 하나 들어보실랍니까? 어릴 적 시장통에 살던 이야기꾼에게서 들은 이야기인데 세월이 지나는 동안에 제 머리가 녹슬어 이야기를 잊어버리지는 않았을지 걱정은 됩니다만, 한 편의 재미있는 이야기를 듣는다 셈 치고 들어주십시오."

"사설은 집어치우고 이야기나 해봐."

망고가 씨익 웃으며 이야기를 시작하였다.

"옛날, 아주 먼 옛날에 오(吳)나라 깊은 산중에 간장(干將)과 막야(莫耶)라는 부부 대장장이가 살았습니다. 이 두 부부가 어려서부터 칼 만드는 일에 쌍으로 미쳐서 긴긴밤 재미 보는 일을 빼놓고는 칼만 만들었답니다. 두 사람이 허구한 날 주구장창 칼에 미쳐서 칼만 만들다 보니 칼 만드는 일에 도(道)가 트여 얼마 되지 않아 나라 안에서 제일가는 대장장이로 소문이 쫙하게 퍼졌지 무업니까. 오나라 왕인 합려가 이 소문을 듣고 간장과 막야에게 무엇이든 벨 수 있는 최고의 칼을 만들라는 명을 내렸습지요. 하늘 같은 임금의 명을 받은 이들 부부는 성심을 다하여 명을 받들겠노라 맹세하곤 오산의 철정(鐵精)과 육합(六合)의 금영(金英)을 캐내고, 음양이 조화되고 신령이 강림한다는 시간을 기다려 칼을 만들기 시작했습니다. 좋은 일에는 언제나 마가 끼기 마련입지요. 두 사람이 칼을 만들던 중에 갑자기 용광로 안의 쇳물이 엉겨 붙더니 굳어버리고 말았던 것입니다. 간장과 막야가 어찌할 바를 모르고 전전긍긍하다가 일찍이 그들의 스승 구야자가 가르쳐 준 이야기 하나를 떠올렸습지요. 장인이 자신의 몸을 던지면 쇳물이 다시 녹는데, 그게 싫으면 머리털을 자르고 손톱을 깎아 그것을 용광로에 던져도 된다는 것이었습니다요. 사람 목숨이 아깝기는 누구나 마찬가지이니 두 부부가 칼 만든다고 생목숨을 버릴 수는 없는 것이 아니겠습니까? 간장과 막야가 머리털과 손톱을 집어넣고는 쇳물을 녹여 만들기를 다시 하길 삼 년 만에 드디어 한 쌍의 보검을 만들어냈던 것입니다. 자웅(雌雄) 한 쌍의 칼은 금실 좋은 부부의 이름을 따서 '간장검'과 '막야검'이 되었습지요. 오왕에게 칼을 바치기를 약속한 날이 가까워졌습지요. 간장은 칼을 왕에게 전달하기 위해 집을 나서면서 아내 막야에게 당부하였습지요. '웅검(雄劍)인 간장검은 숨겨두고 자검(雌劍)인 막야검만 왕에게 바치러 가오. 왕은 욕심이 많은 인물이라 이 칼을 보면 반드시 나를 죽일 것이니 내가 죽게 되면 당신이 간장검으로 복수해 주시오' 칼 만들 줄 알았지 칼 쓸 줄 모르는 막야는 당시에 임신을 한 까닭에 반드시 그렇게 하겠노라 맹세하였습지요. 꺼덕꺼덕 궁전으로 들어간 간장은 막야검을 임금에게 바쳤습니다요. 임금이 막야검을 받아 쥐고 몹시 기뻐하였는데, 한편으로 욕심이 생겨 간장이 또 다른 명검을 만들까 싶어 그 자리에서 간장의 목을 베어버렸습니다. 간장이 점쟁이를 겸업으로 하였던지 제 죽을 운명을 기가 막히게 알았던 것이지요. 간장이 억울하게 죽은 아홉 달 후에 부인 막야는 아들을 낳았는데 이름을 미간척으로 지었습니다. 생각해 보십시오. 미간 사이에 자 하나를 놓으면 된다고 미간척이라 지었답니다. 눈썹 사이가 이만큼 넓으면 그게 사람인가요? 병신에 가깝지요."

복호와 강남학이 빙그레 웃었다.

"어찌 되었든 시간은 살처럼 흘러가서 장성한 미간척은 막야로부터 부친이 억울하게 살해된 이야기를 들었습지요. 복수심에 불타오른 미간척은 아버지의 복수를 갚을 요량으로 자기 집의 주춧돌 밑에서 아버지가 남겨놓은 간장검을 찾아내어 불타는 복수의 길에 올랐습지요. 그런데 구중궁궐 수많은 호위병에 둘러싸인 오왕을 살해하기가 누워서 떡 먹는 것처럼 쉬운 일이 아니지 않습니까? 이 어리석은 위인이 간장검을 들고 술김에 오왕의 머리통을 잘라 버리겠다 떠벌리고 다니다가 고변자 때문에 전국에 지명수배가 되어버린 것이 아니겠습니까?"

"저런."

"그 때문에 오나라의 길목마다 기찰이 돌고 미간척을 잡아바치면 중상을 준다고 방까지 붙어 미간척(眉間尺)이 머리털로 눈썹을 만들어 병신 같은 얼굴을 미끈하게 만든 미간촌(眉間寸)이 되어 숨어 다니는 신세가 되고 말았습지요. 도망질 삼 년에 멀쩡한 미간척이 천하의 상거지가 되어 복수고 나발이고 포기할 무렵에 호젓한 산속에서 우연찮게 한 사람의 협객을 만났습니다. 그자가 대뜸 미간척의 목과 간장검을 주면 복수를 해주겠다 장담하기에 병신 같은 미간척이 그 말을 곧이 믿고 제 검으로 제 목을 친 것이 아니겠습니까?”

“그래, 어떻게 되었나?”

화주를 마시다 말고 만상을 찌푸리던 망고가 혀끝을 돌려 입술을 축이며 말을 이었다.

“협객이 달리 협객이겠습니까? 의기있는 자와 약속을 하였으니 지키는 것이 당연합지요. 협객이 미간척의 머리 앞에서 반드시 복수를 해주겠노라고 다짐을 하였습니다. 그리하여 협객이 그 길로 미간척과 간장검을 가지고 오왕의 궁궐로 찾아갔습니다. 여자보다 칼을 더 좋아하는 오왕은 막야검의 짝인 간장검을 찾게 되자 두 칼을 놓고 좋아하며 협객에게 융숭한 대접을 하였습지요. 성대한 연회가 시작된 가운데에 협객이 미간척의 목을 보겠냐고 물어보았습지요. 오왕이 미간척의 목 떨어진 얼굴을 보니 술맛이 떨어지지 않았겠습니까? 그래, 꼴 보기 싫은 미간척의 목을 연회장 가운데 있는 펄펄 끓는 기름 솥에 끓이라고 하였습지요.”

“협객은 약속을 지키지 않았나?”

"제가 말씀드리려고 하잖습니까? 미간척의 머리가 끓는 솥 안에 들어가는 순간이었습지요. 술 마시고 잘 놀던 협객이 기색없이 일어나 간장검을 뽑아 들더니 '네 죄를 안다면 너도 따라가거라' 하면서 느닷없이 오왕의 목을 쳐버렸습지요. 오왕의 목이 익은 사과처럼 떨어졌습지요. 구경하던 신하들과 호위 무사들이 비명을 지르며 협객을 잡으려 하자 협객은 오왕의 목을 솥 안에 집어넣곤 그 역시 간장검으로 제 목을 잘랐는데, 공교롭게도 그 목이 솥 안으로 떨어졌습니다요. 세 개의 머리통이 끓는 기름에서 곤두박질을 치는데 삽시간에 살이 녹아 남은 것이 해골뿐이라 누구의 머리인지 분간할 수 없어서 신하들이 분분하게 공론을 벌이다가 셋 중 하나는 어차피 대왕의 것이라 딴말할 것 없다고 장례를 지내고 같이 묻었다 합니다. 강남 땅 소주(蘇州)에 가면 삼왕묘(三王廟)가 있는데 그때 죽은 세 사람의 무덤이라 한답니다요."

복호가 물었다.

"이야기는 잘 들었다만 그 이야기를 나에게 들려주는 이유가 뭔가?"

"제가 병신 같은 미간척이라면 공자님은 잘난 협객님이라 하면 비유가 되려나요?"

복호가 구변 좋은 망고의 대답에 피식 웃었다.

"헤헤헤, 속담에 사내대장부의 원수 갚기는 십 년이 걸려도 늦은 것이 아니라고 합니다요. 사일천과 형제 놈들이 모두 제 원수인데 그밖에도 못된 짓을 많이 하여 죽어 마땅한 자입니다요. 공자님께서 그놈들을 죽인 것은 제 대신 원수 갚은 일이니 잘한 것입니다요. 너무 자책하지 마십시오."

"정말 그럴까?"

"공자님두 가까운 곳을 바라보면 지금의 천자께서 천자인 조카를 폐위시키면서 셀 수 없이 수많은 사람들을 죽였고, 지금도 정벌인지 정발인지 한다고 수없는 사람들을 변방으로 끌어다가 전장에서 죽이고 있는데 천자께서는 악인입니까요, 선인입니까요?"

말없이 두 사람의 이야기를 듣던 강남학이 두 눈을 번쩍 뜨며 말했다.

"그렇군. 악인은 악인의 길을, 선인은 선인의 길을, 그도 아닌 자는 그도 아닌 길을 제멋대로 가면 되는 거지."

복호가 망고와 강남학의 이야기를 듣곤 깨닫는 바가 있었다.

세상의 시비를 누가 어떤 근거로 판단한단 말인가? 답이 있다면 할아버지와 스님이 같은 일을 그렇게 다르게 말할 수 없는 것이다. 사람에게 사람의 길이 있다지만 그 길이 반드시 옳은 것만은 아니다. 넓게 뻗은 길을 가든 좁고 험한 길을 가든 각자의 길을 제멋대로 갈 따름이다.

복호는 어둠 속에서 빛은 본 것처럼 답답하던 가슴이 갑자기 시원하게 뚫리는 것 같았다.

"좋은 말이군. 난 내 멋대로의 길을 내 멋대로 간다. 내가 옳으면 그만이지 후회가 있을 게 무어야?"

망고가 항아리를 들어 술을 따르며 말했다.

"아무렴입쇼. 공자님 마음대로 가십시오. 전 공자님의 뒤만 따라갈 테니 말입니다."

강남학이 웃으며 말했다.

"망고, 저 사람은 입만 살았어."

"예, 예. 힘이 안 되니 입이라도 거세야지요. 입이라도 힘이 없으면 험난한 세상을 어떻게 살아가라구요."

망고가 구변 좋은 이야기를 실없이 꺼내어 세 사람이 한동안 웃었다.

"그나저나 이곳을 어서 벗어나야겠습니다."

"왜?"

"말씀드렸지 않습니까? 보선방이 완전히 박살이 나버렸지만, 금화표국이 온전하고 표두인 사사천이 말짱하게 살아 있지 않습니까. 사사천이 돌아오면 좋을 것이 없으니 가시죠. 그리고 관군들도 가만히 있지만은 않을 겁니다. 더구나 저희는 조선 여자들을 삼십여 명이나 데리고 있는뎁쇼? 그 처자들을 안전한 곳으로 옮기는 것이 중요하지 않겠습니까?"

"그들은 어디에 있느냐?"

"옆방에 데려다 놓았습니다요. 아예 이 객점의 빈방을 얻어버렸습지요."

강남학이 말했다.

"돈이 충분치 않았을 텐데?"

"보선방에서 도망쳐 나올 때 방 뒤짐을 하다가 금붙이 몇 개를 가져왔습지요."

"동작이 빠르군."

"눈치라도 빨라야지 그렇지 않으면 험난한 강호에서 입만 가지고 살기 어렵습지요."

그때였다. 방문이 열리며 수건을 든 점소이 하나가 들어왔다.

"나리, 마차를 준비시켰습니다요."

망고가 다가가며 주머니에서 은전 하나를 꺼내 손에 올려주었다.

"금방 나갈 테니 기다리라 하거라."

복호가 말했다.

"마차라니, 무슨 말이냐?"

"삼십 명이나 되는 계집들을 데리고 이곳에서 태평스럽게 죽치고 있을 수 없지 않겠습니까? 계집들을 데리고 오자마자 마차 열 대를 준비시켰습니다요."

"용의주도한 놈이구나."

"칭찬의 말씀으로 받아들이겠습니다. 공자님도 어서 준비하시지요."

망고가 얼른 바깥으로 나가더니 한동안 객점이 어수선하

였다. 망고는 방 안에서 기다리고 있는 여자들을 데리고 바깥으로 나가 준비된 마차에 싣기 시작하였다.

복호와 강남학이 뒤따라 나가니 망고가 마지막 여자를 싣고 있었다.

망고가 부리나케 다가와 첫 번째 마차로 두 사람을 이끌었다. 두 사람이 마차에 오르자 망고는 객점에서 셈을 하고 마지막으로 마차에 올랐다.

마차가 덜컹거리며 움직이기 시작하더니 대로를 따라 달리기 시작하였다.

"어디로 가는 게냐?"

"연경으로 갑니다요."

"연경으로?"

"여긴 안전한 곳이 못 됩니다요. 보선방은 망했지만 사사천이 무사하니 아직도 금화표국이 건재하굽쇼. 사사천은 나중에 손보더라도 일단은 조선에서 잡혀온 여자들을 보호하는 것이 우선이니 천진에서 먼 곳으로 피신시키는 것이 중요하지 않겠습니까?"

강남학이 말했다.

"망 형께서는 머리가 잘 돌아가시는 것 같소."

"말하지 않습디까? 무공이 딸리니 머리라도 잘 굴려얍지요."

망고가 으스대며 말했다.

복호가 코웃음을 치다가 등을 마차의 벽에 기대고 말했다.

"네 마음대로 하거라."

망고가 굽실거리며 웃었다.

건물의 높이가 점점 낮아지는 것 같더니 시원하게 펼쳐진 넓은 들판이 나타났다.

농사꾼들이 금빛으로 넘실거리는 논에서 벼베기를 하고 있었다.

십 마장까지 따라왔다가 그곳에서 복장이 다른 사람들과 바뀌치기를 하여 밤을 낮처럼 정신없이 달리기 시작하였다.

턱을 괴고 들판을 바라보던 강남학이 입을 열었다.

"백주에 보선방을 불사르고도 아무런 피해 없이 천진을 빠져나올 수 있었으니 천행이오."

망고가 아쉬운 듯 주먹을 치며 말했다.

"사사천, 그놈을 죽이지 못한 것이 한입니다."

"이 사람 보게. 남자의 복수는 십 년이 지나도 늦은 것이 아니라면서? 사일천, 사이천, 사삼천을 죽인 것으로 만족하게 남은 복수야 앞으로 차차 하면 되지 무엇이 문젠가."

"제 말은 이참에 다 해버렸으면 좋겠단 말이지요."

망고가 아쉬운 듯 입맛을 쩝쩝 다시었다.

천진을 벗어난 마차는 너른 관도대로를 천천히 달려갔다. 세를 낸 마차라서 마차 주인들이 마차를 아낀 탓도 있으려니와, 가을이라 해가 빨리 기울어 벌써 땅거미가 거뭇거뭇하게 깔린 터였기에 가까운 객점에서 묵은 후 하루 삯을 더 받을 요량이 있었던 것이다.

복호가 탄 마차의 마부는 연경에서 함께 온 사내라서 눈치 빠르게 마부들의 속셈을 이야기하였지만 윽박질러 밤을 낮처럼 갈 수도 없는 까닭이라 대로에서 가까운 객점에서 쉬어가기로 하였다.

으리으리하게 지어져 보기 좋은 이층 누각이 아닌 허름한 짚으로 지붕을 이은 객점은 사방을 흙벽으로 울타리를 만들었는데, 울타리 안으로 들어서면 왼편에 말을 쉬게 하는 마방이 다섯 간이나 지어져 있고, 마차를 넣을 수 있는 넓은 마당 가운데에 사방 네 간짜리 식당이 있는데 식당 오른편과 뒤편에는 사람들이 기거할 수 있도록 지어진 일곱 간 객방이 식당을 감싸 안듯이 자리하고 있었다.

열 대의 마차에 손님 삼십여 명이 일거에 들이치니 파리를 쫓던 객점의 주인과 점소이들이 후닥닥 뛰어나와 손님들을 받았다.

저녁을 해결하고, 여자들과 마부들을 각각 세 명씩 나누어 열 개의 방에 들어가 쉬게 하곤 복호와 망고, 강남학은 따로 식당에 모여 술을 마시었다.

독한 화주 대접에 이제 막 솟아오른 달의 모습이 비치었다. 흰빛을 뿌리는 둥그런 달의 모습에 보덕 스님의 동그란 얼굴이 겹쳐졌다. 이마에 밭고랑처럼 생긴 주름이 무척이나 순한 인상의 보덕 스님은 언제나 자비를 이야기하곤 하였다. 반면에 할아버지는 사람을 죽이는 것을 어렵게 생각지 말라고 하였다.

무엇이 옳은 것이고 무엇이 그른 것인지 알 수 없었는데, 세상에 나온 지금도 여전히 모르기는 마찬가지이다.

고개를 돌려보니 강남학과 망고가 물끄러미 자신을 바라보고 있었다.

"무슨 생각을 하십니까요?"

제일 먼저 입을 뗀 것이 망고였다.

"사일천이 죽기 전에 아들 하나를 살려달라고 하더라. 그놈이 잔악한 마두일망정 자식 사랑하는 정이 있더라. 사일천이 아들 대신 죽는 것을 보고 기분이 좋지 않았는데, 그 자식은 살려두었다."

"저런, 저런. 그 자식놈도 죽여 버리시지 그랬어요."

이렇게 말하는 것은 망고요,

"잘하셨습니다."

두둔하는 것은 강남학이다.

"그 아들은 그 아버지 덕에 살려주었다만, 그들과 상관없는 무사들을 적지 않게 죽었으니 그들이 무슨 죄가 있겠나 생각하니 기분이 썩 좋지는 않아."

망고가 손을 내저으며 말했다.

"그리 생각지 마십시오. 공자님께서 백번 잘하신 일입니다요. 그놈들은 양의 탈을 쓴 늑대였습니다요. 늑대는 사람들이 경계라도 하지만 양의 탈은 쓴 늑대는 사람들의 믿음을 배신하는 흉악한 악적이라구요. 그런 자들을 처단하신 것은 백번이고 잘하신 일입니다. 그러니 공자님께서는 발가락의 때만큼도 침울해하실 것 없습니다."

"넌 네 원수를 갚아서 그런 것이 아니냐."

강남학이 싱긋 웃으며 말했다.

"그렇게 생각하실 것 없습니다. 공자께서 신이 아닌 이상 인생의 시비를 어떻게 가릴 수 있겠습니까? 은원이 분명한 무림에서 말입니다. 그런 일이야 비일비재하지요."

"무림(武林)이라고요? 무림이 무어요?"

"저희들 같은 무인들은 이 세상을 무림이라고들 하지요. 주먹과 칼이 아니고선 세상 사는 이야기가 될 수 있나요?"

"어째서 주먹과 칼이 아니고선 세상 사는 이야기가 안 된다고 하는 거요?"

"생각해 보십시오. 영웅이 천하를 잡을 때 주먹과 칼이 아니고선 어찌 천하를 손아귀에 넣을 수 있겠습니까? 피로 일어난 이 넓은 땅덩어리에 사는 수많은 사람들에게 얽히고 설킨 원한과 복수를 어찌 말로 다 설명할 수 있겠습니까? 세상이 곧 싸움터요, 힘있는 자가 승리하는 곳이니 무림이라고 하는 게지요."

"힘있는 자가 승리한다……."

복호가 서글프게 웃었다. 생각해 보면 인간 세상도 자연과 다를 바가 없었다. 약한 자는 강한 자에게 잡히고 강한 자는 더 강한 자의 먹이가 되었다. 약한 자가 강자에게 잡히는 것은 불쌍한 일이 아니요, 당연한 일이니 인간 세상 역시 산속의 세계와 다를 바가 없는 것이다. 그렇다면 보덕 스님의 이야기는 틀린 것이요, 할아버지의 말이 바른 것이 되었다.

"그렇다면 인간사의 시시비비는 하늘만이 알겠군."

복호의 말에 망고와 강남학이 고개를 끄덕이며 말했다.

"공자님 말씀이 옳습니다. 세상사 시시비비를 누가 가릴 수 있겠습니까? 오직 하늘만이 아시겠지요."

복호가 고개를 끄덕끄덕하며 화주 한 대접을 물처럼 마셨다.

"상처는 괜찮으십니까?"

강남학의 물음에 복호가 고개를 끄덕거렸다.

"이까짓 게 상처라고 할 수 있겠소?"

강남학이 씽긋 웃으며 말했다.

"제가 철들고 강호에 뛰어들어 이십여 년을 정처없이 굴러다녔지만 공자님같이 권술을 잘하는 사람은 보지 못한 것 같습니다. 주먹이 칼과 창보다 흉악할 것이 없는데 무공을 배운 자를 상대로 힘들이지 않고 한주먹에 상대방을 무너뜨리니 신묘할 따름입니다. 앞으로는 공자님의 별명을 일권무적(一拳無敵)으로 불러도 무방할 듯싶습니다."

"일권무적이라니, 과찬입니다."

강남학이 송충이처럼 머리를 내저었다.

"아닙니다. 중원에도 무가(武家)가 많아 무인들이 권법을 기본으로 단련하기는 하지만 주먹보다는 창이나 칼과 같은 무기를 많이 다루기 때문에 창이나 칼, 도나 봉으로는 이름난 자가 있어도 당세에 이름난 권법가는 드문 편이지요."

"당세에 이름난 무인들이 누가 있소? 궁금하오."

"당세에는 크게 이름난 자는 잘 모르겠습니다만, 무림인들 사이에는 오패신룡(五霸神龍)이라고 부르는 다섯 명의 달인이 있었습니다. 첫째는 무당파의 장문인이었던 청허 진인(淸虛眞人) 민준(民俊)입니다. 무당 조사 장삼풍에게 전해 내려오는 무당태극검은 천하에 유명하여 사람들은 그를 일패신검(一霸神劍)이라고 불렀지요. 두 번째는 개방의 방장이었던 방개개(房個個)인데 개방의 삼십육로타구봉법(三十六路打狗棒法)은 옛날부터 유명한 봉법이라 더 말할 것도 없지만 그 때문에 그를 일패신봉(一霸神棒)이라 불리지요. 세 번째는 화산파의 장문인이었던 독고인(獨孤仁). 그의 육합도법(六合刀法)은 당금 제일의 도법이라고 알려져서 일패신도(一霸神刀)라 하였고, 네 번째는 소림사의 방장인 일원(一圓) 스님입니다. 소림사는 권법으로 천하에 이름이 드높지만 한 사람 때문에 일패신권(一霸神拳)의 명예를 빼앗기고 일패신창(一霸神槍)이라는 별호에 만족해야만 했지요."

"그럼 일패신권의 칭호를 받는 사람이 있었단 말이군요."

"딱 한 사람 있었습니다. 삼십여 년 전에 적수공권으로 중원을 한바탕 뒤집어 흔든 사람이지요. 사람들은 그를 일패신권(一覇神拳) 불패천(不敗天)이라고 부르지요."

"불패천?"

복호의 두 눈이 휘둥그레졌다. 그 이름이라면 중원으로 떠나오기 전 폭포 옆 산등성이에서 할아버지가 말해주었던 중원에서 불리운 또 다른 이름이었다.

"그가 어떤 사람인지는 아는 사람이 별로 없답니다. 중원 각지의 문파를 찾아다니며 권각을 겨루었는데, 공자님과 비슷하게 한주먹에 한 사람씩 죽어 나가더랍니다. 워낙 권법이 뛰어난데다가 잔인하고 괴팍한 성질이 있어서 몇 개의 방파가 불패천 한 사람에게 괴멸될 정도였지요. 괴악한 성정과 잔인한 손속 때문에 사람들은 그에게 사패마군(邪覇魔君)이라고 불렀는데, 그가 무슨 권법을 배운 것인지는 알려지지 않았고 다만 무림인들 사이에서 전설처럼 회자될 뿐이지요. 어느 날엔가는 소림 방장인 일원이 그를 만났는데 한 번 겨뤄보지도 않고 비무장에서 이틀 밤낮을 서 있다가 승부가 흐지부지하게 끝이 났더랍니다. 그가 소림사를 떠난 후에 일원 방장이 불패천을 오패신룡의 첫 번째인 일패신권(一覇神拳)으로 꼽는 것을 주저하지 않았는데, 어째서 그렇게 된 것인지는 그 경지에 오르지 못한 우리로서는 잘 모르는 일이지만 일원 방장이 인정한 후부터는 천하에 신권으로 이름이 알려졌지요. 불패천은 삼십여 년 전 소림사 일연 방장을 만난 것을 마지막으로 어디론가 사라져 버렸는데, 그의 행적을 아는 사람은 아무도 없답니다. 일설에는 우화등선(羽化登仙)하였다고도 하고, 서방으로 적수를 찾아 떠났다고도 하는데 모르는 이야기지요."

망고가 물었다.

"그 당시 신권오패로 불린 사람들이 아직 모두 살아 있습니까?"

"개방 방주 방개개를 빼놓고는 지금은 다 죽었지요. 그렇지만 사라진 불패천은 방개개처럼 아직도 살아 있을지도 모르지요."

"불패천의 생김이 어떻다 합디까?"

"나도 보지 않아서 잘은 모르겠소만 사람들에게 들은 이야기로는 얼굴에 시커먼 채수염이 무성했다 하더군요."

망고가 강남학의 이야기를 듣고 생각해 보니 복호의 할아버지가 채수염이 무성한 것이 불패천과 흡사한 인상이었다.

맨주먹으로 호랑이를 잡는 괴력도 그렇고, 불같은 성정에 한주먹에 한 사람씩 쓰러뜨리는 위력으로 만주 인근에 산군(山君)이라는 소리를 들으며 야인들에게까지 대접받는 위인이니 다른 사람이 아니라 중원에서 이름 높던 불패천이 틀림없어 보였다.

망고가 방실방실 웃으며 말했다.

"고, 공자님, 그러고 보니 공자님이 불패천을 닮은 점이 많은 것 같습니다."

강남학이 말했다.

"저도 그렇게 생각했습니다. 보선방이 상방(商房)이지만 금화표국을 끼고 있어서 간단한 세력이 아닙니다. 금화표국의 무사 수가 적지 않을뿐더러 사일천 같은 고수를 단신으로 쓰러뜨린 것을 보면 보통 실력으로는 어려운 것이 사실이니까요. 공자님이 불패천과 다른 것이 있다면, 불패천이 두 주먹밖에는 사용치 않는 반면에 공자께서는 가끔씩 몽둥이와 도검을 사용하신다는 것이 다를 뿐이지만 말입니다."

"검술이 대단 뛰어난 분께 배우면 다를 것이 없겠지요."

망고가 능청스럽게 복호를 바라보았다.

"이 자식, 허튼소리할 거면 잠이나 자거라."

"헤헤헤, 그러지 마시고 이참에 별호 하나 만드시지 그러세요. 일권무적이 괜찮을 것 같은데 말입니다."

"시끄럽다지 않더냐? 계속 허튼소리를 하면 그 자리에서 머리통을 날려줄 테니 그리 알아."

망고가 입을 다물었지만 복호가 권신으로 추앙받는 사패 마군 불패천의 무공을 전수받은 이라는 것을 알았으니 입이 근질거리는 것을 어떻게 참아야 할까 한동안 고시랑거리면서 근심하였다.

술자리가 곧 파하여 세 사람이 각각 방으로 흩어졌다.

복호는 아침나절에 힘을 많이 썼던 차에 화주를 적지 않게 마서 객방의 침대에 쓰러지기가 무섭게 코를 골며 깊은 잠에 빠졌다.

한잠을 달게 자던 복호의 귓가에 악 쓰는 소리와 사람 살리라는 비명 소리가 은은하게 들려왔다. 꿈이려니 생각하다가 무언가가 타는 냄새가 코끝을 매콤하게 하여 졸린 눈을 흘깃 뜨니 바깥이 눈이 부시게 환하였다.

"사람 살려!"

"악!"

여자들의 비명 소리와 붉은빛의 화광이 문 앞에 아른거리는 것을 보고 잠이 확 달아난 복호가 벌떡 침대에서 일어났다. 그 순간 방문이 부서지듯 열리며 망고가 무릎걸음으로 달려와 소리쳤다.

"공자님, 망고 살려요!"

망고의 뒤편에 검은 옷을 입은 사내들이 칼을 들고 들이닥쳤다.

잠과 술이 확 달아나며 복호가 그 자리에서 몸을 날려 앞서 오는 사내의 가슴팍을 내지르자 뒤따라오던 무사들이 함께 문밖으로 튕겨져 나가 나동그라졌다.

문밖에는 붉은 화염이 밝은 빛을 뿌리며 있는데 그 사이로 검은 옷을 입은 사람들이 부산하게 움직이고 있었다.

비명 소리와 말 울음 소리, 칼 부딪치는 쇳소리가 어지럽게 들려왔다.

"화적인가?"

"아닙니다요. 금화표국 무사들입니다요. 복수하러 쫓아온 모양입니다요. 계집들이구 점소이구 간에 보이든 대로 죽이는 것이 명화적 떼보다 흉악한 놈들입니다요. 화근을 남기는 것이 아니었는데 일이 글러 버렸습니다요."

망고가 우는 소리로 혼잣말을 하였다.

복호가 이를 악물고 성큼 문밖으로 달려나갔다.

"이, 이게……."

복호는 말문이 막혔다. 온전하던 객점이 온통 불바다가 되어 마귀의 혓바닥 같은 붉은 불길이 먹장 같은 어둠을 날름거리며 사르는데, 불빛에 반짝거리는 병기를 든 사내들이 연기 사이를 어지럽게 뛰어다니며 도망치는 사람들을 마구 베어 쓰러뜨리고 있었다.

사내의 아우성치는 소리, 여자가 악 쓰는 소리, 말 울음 소리와 비명 소리가 불빛과 연기에 휩싸여 객점이 물 끓듯 하였다.

객점 바닥이 불빛에 비쳐 환한데 선홍빛 피를 뿌리며 낙엽처럼 흩어져서 죽어 있는 것은 힘들게 탈출시킨 조선 여인들이었다. 연기 사이로 도망치는 조선 여인을 칼 든 무사들이 뒤따라가며 베어 쓰러뜨리는 모습이 보였다.

가슴에서 피가 솟아오르는 것 같았다.

망고가 불길 사이로 달려오며 황급히 소리쳤다.

"공자님, 살려주세요!"

망고의 뒤편으로 무기를 든 흑의인들이 보였다. 망고가 복호의 뒤편으로 도망치자 달려오던 흑의인들이 복호에게 대뜸 장병기를 휘둘렀다.

첫 번째로 다가온 사내는 긴 창을 가진 사내였다. 창끝이 예리하게 가슴으로 파고드는데 복호는 다가가는 걸음을 늦추지 아니하고 살짝 몸을 돌려 창끝을 가볍게 피하며 팔꿈치로 사내의 갈빗대를 찍었다.

와직!

갈빗대가 부러지는 소리와 함께 창을 든 흑의인이 비명도 지르지 못하고 허공으로 튕겨져 나갔다. 장검을 든 두 사내가 뒤따라오면서 기세를 늦추지 않고 동시에 복호의 가슴을 찔러들었다.

복호가 살짝 왼 다리를 틀면서 두 손을 펼쳐 찔러오는 칼날의 등편을 밀치며 밀어내듯이 손바닥으로 두 사내의 턱을 내질렀다.

컥!

단말마의 비명을 지르며 두 사내가 허공으로 떠올랐다가 떨어져 몸을 바르르 떨다가 축 늘어지고 말았다.

눈 깜짝할 사이에 일어난 일이었다. 뒤따라오던 흑의인 예닐곱이 걸음을 멈추어 우뚝우뚝 섰다.

"좋다, 이놈들아! 다 죽여줄 테다! 죄 없는 계집들 죽인 죄를 다 물려줄 테다!"

복호가 두 주먹을 불끈 쥔 채 성큼성큼 걸어가자 흑의인들이 슬금슬금 뒤로 물러났다.

"도망칠 수 없다!"

호령하는 복호의 두 눈에 불이 일었다. 뒷걸음질치던 흑의인들이 기가 질려 새 떼처럼 흩어지기 시작하였다.

"어딜 가려구?"

복호가 호랑이 걸음으로 한달음에 훌쩍 달려가서 맨 마지막으로 도망치는 사내의 머리통을 내질렀다.

퍽!

사내가 앞으로 꼬꾸라지면서 그 자리에서 사지를 뻗었다. 그 앞에서 도망치던 두 사내가 놀란 망아지 뒷발질하는 식으로 들고 있던 장검을 아무렇게나 뒤로 휘둘렀으나 상대방이 맞을 리가 만무하였다.

복호가 성큼 걸어가며 두 사내의 가슴을 때리고 지나갔다.

두 사내가 복호를 쫓으려다가 갑자기 가슴을 부여잡더니 붉은 선혈을 한바탕 토하곤 바닥으로 무너졌다.

"이놈!"

한 사내가 몸을 돌쳐 대도를 휘둘렀다.

복호는 몸을 움직이지도 않고 오른 주먹으로 상대방의 돌아가는 팔뚝을 때렸다.

와직!

사내의 오른팔이 기역 자로 꺾이며 대도가 허공으로 날아가 바닥에 떨어졌다.

"아아악!"

사내가 비명을 지를 사이도 없이 복호의 손날이 사내의 목을 강하게 때렸다.

털썩!

사내가 뒤집힌 눈을 퀭하게 뜨고 비명을 내려던 허연 이를 드러낸 채 일시에 혼 빠진 송장이 되어 바닥으로 굴렀다.

땅을 차고 앞서 달려가는 두 사내의 목덜미를 잡고 힘껏 눌렀다.

우두둑!

목이 부러지면서 팔팔하던 두 사내가 밋밋하게 늘어졌다. 지붕이 무너지며 뜨거운 불길이 소용돌이를 일으키며 복호에게 밀려왔다.

복호가 얼른 뒤로 피하자 짚으로 만든 지붕이 무너지며 두 사내가 불길에 묻혀 버리고 말았다.

복호는 자신의 뺨을 꼬집었다.

'꿈이 아니다.'

객점이 불바다가 된 것은 꿈이 아니었다. 비명 소리와 여인네 악 쓰는 소리, 호통 소리와 말 울음 소리가 뿌연 연기 사이로 어지럽게 들려왔다.

연기 속에서 대도를 든 강남학이 피투성이가 되어 나왔다가 우두커니 서 있는 복호에게 다가왔다.

"다행히 무사하시군요."

"어떻게 된 거요?"

"금화표국의 무사입니다. 사사천이 남은 무리를 이끌고 따라온 모양입니다. 저희를 따라온 조선 여자들은 대부분 죽은 것 같은데 망고는 어찌 되었는지 모르겠습니다."

"전 여기 있습니다."

망고가 손을 흔들며 복호의 뒤편으로 붙었다.

"이제 어떡하죠?"

망고가 다시 묻다가 복호의 등을 가리키며 말했다.

"공자님, 어깨에 피가 묻었습니다요. 상처가 터진 모양입니다요."

복호가 망고의 물음에 대꾸는 하지 않고 차분하게 말했다.

"망고야, 네 소원을 이루게 되었구나."

"예?"

"사사천이 죽으러 왔으니 내가 소원을 들어줘야겠다."

복호의 눈에 불이 일었다. 우드득 소리가 나도록 이를 갈던 복호가 갑자기 몸을 돌쳐 마당 가운데로 달려나갔다.

검은 옷을 입은 한 떼의 무사들이 잡아온 여자들을 도륙하고 있었다. 피투성이가 된 여자 십여 명이 무릎이 꿇려진 채 앉아 있었는데, 번쩍이는 장검을 든 사내들이 그 뒤편에 서 있었다.

"사사천 이 자식, 죽고 싶으냐?"

우레 같은 목소리에 사내들이 하던 짓을 멈추고 달려오는 복호를 바라보았다.

마당 가운데 무사들 삼십여 명이 칼을 치켜들고 복호를 노려보는데 그중에 열 명은 여자의 목에 칼을 겨누었다.

복호가 천천히 그곳으로 다가가니 공을 탐하는 무사 하나가 똥인지 된장인지 모르고 칼을 휘두르며 달려들었다.

"야압!"

사내가 크게 칼을 한 번 휘두르는데 복호가 몸을 살짝 기울여 왼손으로 사내의 손목을 잡고 오른손으로 멱살을 잡아 쥐면서 한 발을 눌러 꼼짝하지 못하게 하였다.

우뚝우뚝 모여 있는 무리들 가운데 한 사내가 들고 있던 장검으로 복호를 가리키며 소리쳤다.

"저, 저놈이에요, 삼촌! 저놈이 아버지와 동생들과 숙부를 살해한 놈이에요!"

복호가 그를 바라보니 다름 아니라 사일천의 큰아들 사산이었다.

그 옆에 검은빛이 나는 보라색 옷을 입은 사내가 눈을 찡그리며 복호를 노려보았다.

보선방이 불타기 전에 금화표국으로 옮긴 사이천의 첩 비연은 발빠른 자를 시켜 도화동으로 가서 사사천에게 급보를 알리게 하는 한편 복호 일행이 어디에 있는지 수소문하게 하였다.

삼십 리 밖에 있던 사사천이 때 아닌 급보를 받고 달려왔을 때는 이미 보선방은 잿더미가 된 후였다.

금화표국으로 돌아와 구사일생으로 살아난 사산과 비연에게 보선방이 세 사람에게 괴멸당한 이야기를 듣고는 복수를 다짐하며 남은 표사들을 데리고 복호 일행의 뒤를 따라왔던 것이다.

사사천은 복수심에 눈이 뒤집혀 보이는 것이 없었다. 객점을 포위한 사사천은 부하들로 하여금 객점에 쥐새끼 한 마리로 남겨두지 말라고 명령하였으니, 이 때문에 복호를 따라온 조선 처녀들뿐 아니라 애매한 객점 식구들과 점소이들까지 몰사당하였던 것이다.

복호가 눈을 부릅뜨고 사내를 바라보니 눈매가 날카롭게 생긴 것이 사일천과 흡사하였다. 그리 큰 키는 아니지만 날렵하고 단단한 몸매에 어깨에 두 개의 검 손잡이가 삐죽하게 나와 쌍검을 쓰는 자라는 것을 짐작할 수 있었다.

복호가 손가락으로 사내를 가리키며 말했다.

"네가 사사천이냐?"

사사천이 고리눈을 뜨고 말했다.

"이놈, 네가 무슨 원수가 있어 우리 형제들을 몰살시키고 집안을 잿더미로 만든단 말이냐?"

"그건 네놈이 나보다 더 잘 알 텐데 이상한 일이군. 다른

나라 여자들을 잡아다가 기루에다 팔아 넘기고, 강도질을 일
삼는 놈들이 저희 피붙이 복수를 하려고 나를 쫓아왔느냐?”

“흥! 어쨌든 네가 상관할 바가 아니야!”

“미친놈. 내가 상관했으니까 너희 형제들이 내 손에 죽었
지.”

“아악! 너를 죽인 후 머리와 내장을 뽑아 먼저 간 형님의 복
수를 할 테다!”

사사천이 소리를 지르며 이를 악물더니 여자들의 목에 칼
을 겨루던 사내들에게 소리쳤다.

“죽여라!”

시퍼런 칼날이 사슴처럼 가녀린 여자들의 목을 일제히 지
나갔다.

붉은 선혈이 피보라를 일으키며 열 명의 여자가 바닥에 쓰
러졌다. 붉게 번져 가는 피가 객점의 불빛에 선명하게 반짝거
렸다.

죄 없는 여자들을 가차없이 살해하는 사사천의 잔인함에
몸이 떨리었다. 온몸이 화끈거리며 두 눈에 불이 일어났다.

“이, 이 짐승! 너희들이 사람이냐?”

사사천이 코웃음을 쳤다.

“누가 할 소리! 이 계집들 때문에 우리 형제들이 화를 당
하였으니 더 이상 살려줄 수 없지! 이제 네놈만 남았다! 네놈
의 머리를 자르고 사지를 갈라 형제들과 부하들의 복수를 하

리라!"

미안한 마음이 약간은 남아 있던 복호는 사사천의 독살스
럽고 악랄한 행동을 보자 머리끝까지 화가 치밀어 올랐다.

"흐흐흐흐."

복호가 목구멍으로 올라오는 서글픈 웃음을 한동안 웃다
가 천천히 손을 들어 사사천을 가리켰다.

"그렇군. 네가 악한인지 내가 악한인지는 모르는 일인 게야.
시시비비는 하늘만이 알 뿐이니까. 그래, 그 말이 정답이다."

복호는 이를 악물며 무서운 눈으로 사사천의 옆에 있는 사
산을 손가락으로 가리켰다.

"네 아버지가 인정으로 살려달라고 하기에 살려주었더니
네가 내 마지막 인정을 외면하였다. 넌 아버지의 복수를 하러
왔겠지만, 그것이 복수가 아니라 네 명을 당기는 것이었으니
죽더라도 나를 원망하지 마라."

"미, 미친 소리 하지 마라!"

"두고 보면 알겠지."

사사천이 소리쳤다.

"저자를 죽여 버려!"

둘러서 있던 사내들이 시퍼런 검을 휘두르며 복호에게 달
려들었다.

"죽으러 오겠다면 죽여줘야지."

서글픈 미소를 짓던 복호는 허리춤에서 박달나무 몽둥이

를 꺼내어 사내들에게 달려들었다.

타는 지붕을 스쳐 가는 바람에 흩어지는 불똥이 어지럽게 떨어지는 가운데에 복호가 스치는 바람처럼 사내들 사이로 번개처럼 지나갔다.

딱딱따딱딱!

무사들의 손목을 부여잡고 비명을 질렀다.

"아아악!"

일제히 부르짖는 비명 소리가 귀청을 때렸다.

표국의 하급 무사들이라 공을 세울 요량으로 천둥인지 지동인지 모르고 한 떼로 달려들었으나 상대가 상대인지라 번개처럼 손목을 향하여 후려치는 몽둥이 다짐에 무사들의 손목이 하나 성한 곳이 없이 부러져 버렸다.

번쩍이는 검들이 뒤늦게 낙엽처럼 바닥으로 떨어졌다.

떨어지는 검 하나를 발끝으로 차 떠오르는 검을 오른손으로 잡았다. 동시에 왔던 길을 돌아가며 한바탕 칼춤을 추었다. 칼날이 불빛에 번뜩이며 무사들이 하나둘 쓰러지는데 한결같이 목이 베어져서 피보라가 마당에 가득하였다.

붉은 피가 뿌려지는 마당 가운데에 하얀 은빛이 꽃송이처럼 피어나는 것도 같고 젖빛 안개가 자욱하게 깔리는 것도 같은데, 달려들던 무사들이 이 사이로 들어오면 허수아비처럼 픽픽 쓰러졌다.

칼춤을 추던 복호가 한 사내의 목을 베고 자세를 바꾸지도 않은 채 발끝으로 떨어지는 검 하나를 찼다.

핑!

흑의인 사이를 화살처럼 빠져나간 검이 겁을 먹고 사일천의 뒤편으로 물러서는 사산의 가슴으로 파고들었다.

깡!

불꽃이 일어나며 날아가던 검이 바닥으로 떨어졌다. 사산의 옆에 서 있던 사사천이 일검을 휘둘러 살같이 날아드는 검을 떨어뜨린 것이다. 놀란 사산이 놀라 뒷걸음질치다가 엉덩방아를 찧었다.

상대방이 아버지와 싸울 때는 운이 좋은 줄로만 알았다. 그런데 복수를 다짐하고 막상 달려와 보니 삵이 아니라 호랑이였다.

삼십여 명의 무사가 한 사람에게 달려들었는데 원수 놈의 검술이 범상치 않아서 동에서 번쩍 서로 닫고, 서에서 번쩍 북으로 달리면 표국의 무사들이 반드시 목이 베어져 거꾸러졌으니 뿌려지는 선혈 가운데 피범벅이 된 사람이 사람처럼 보이지 아니하고 지옥에서 온 악귀 같아 보였기 때문이다.

얼굴과 온몸이 상대방의 피로 물든 복호가 도망치는 무사의 목을 베어버리고 몸을 돌려 성큼 사사천에게 다가갔다.

사사천이 도망치기 시작하였다.

"이놈, 기다려라!"

복호가 성큼 발을 차고 사사천을 뒤쫓았다. 두 개의 신형이 달리는데 사사천의 경신술이 복호만 못하여 객점의 문 앞에서 간격이 좁혀졌다.

"흥!"

기다렸다는 듯이 사사천이 몸을 돌쳐 검을 휘둘렀다. 일검이 풍우처럼 복호의 머리를 파고들었다. 바람 소리도 들리지 않는 쾌검이었다.

달려가던 복호가 얼른 장검으로 머리를 막았다. 순간 왼편에 꽂혀 있던 보도가 번개처럼 좌우를 쓸었다.

쇄액!

커다란 검신의 보도가 벼락처럼 목을 향해 날아들었다.

팟!

날카로운 칼날이 목을 스치듯이 지나가며 따끔한 느낌이 들었다.

복호가 얼른 뒷걸음질치며 물러나 목을 살폈다. 피는 나오지 않았지만 살짝 베어진 모양인지 따끔하였다. 조금만 더 속도를 내었다면 목이 몸뚱어리에서 떨어질 뻔하였다.

"제법이군."

"운이 좋았어."

복호가 목을 어루만졌다.

"운은 한 번뿐이다."

"너 같은 것은 이런 검도 필요없어. 몽둥이 하나면 족하다."

복호가 들고 있던 검을 바닥에 내던졌다.

"후회하게 될 거다."

사사천이 코웃음을 치며 검과 도를 상하로 휘두르며 복호에게 달려들었다.

복호는 몽둥이로 검(劍)을 막으며 도(刀)는 피하는데, 사사천에게서 떨어지지 않고 빙글빙글 주위를 맴돌았다.

찔러드는 칼날을 몽둥이로 막으며 쓸어내듯 휘두르는 도검은 살짝살짝 몸을 틀어 피하기만 할 뿐이다.

칼날이 몽둥이를 상대하건만 몽둥이가 잘리기는커녕 몽둥이가 교묘하게 칼등을 때려서 사사천의 검술이 매끄럽지 못하였다.

'이놈, 궤적을 읽고 있다.'

사사천이 동에 번쩍, 서에 번쩍 검과 도를 휘두르면 복호는 남에 번쩍, 북에 번쩍 껑충거리며 잘도 피하였다. 그러다가도 사사천의 주위를 빙글빙글 맴돌며 틈을 찾는데, 이글거리는 눈빛이 한 치의 흔들림이 없을뿐더러 급소를 향하여 찌르거나 휘두른 검과 도가 한 뼘 정도 차이가 나기 일쑤였다.

혼자서 금화표국의 무사들과 사일천을 베었다는 사산의 말을 믿지 않았던 사사천이지만 직접 상대해 보니 그 말이 확실하게 믿어졌다.

산동 일대에 널리 퍼진 일섬사자(一閃獅子) 사사천이라는 명성이 오늘처럼 헛되어 보이기는 처음이었다.

상대방이 잘도 피해 다니자 자신감이 없어지기 시작하였다. 하지만 형님들과 조카들의 죽음을 생각하면 젖 먹던 기운까지 내지 않을 수 없는 노릇이었다.

"너 아니면 나, 둘 중 하나는 죽는다!"

사사천의 악에 받친 말에 칼을 피하던 복호가 고개를 내저으며 웃었다.

"후후후, 자신감이 떨어진 건가?"

"뭐라고?"

"이 싸움에는 네가 죽는다. 왜냐하면 이제 네놈의 수는 모두 읽혔거든."

복호가 갑자기 풍우처럼 달려들었다.

사사천이 한 걸음 물러서다가 몸을 돌려 왼손에 든 월도를 힘차게 휘둘렀다. 달려들던 복호가 멈칫하여 한 치만큼의 간격으로 월도를 피하는 순간 오른손에 있던 장검이 번개처럼 복호의 가슴으로 파고들었다.

팟!

흰 장검이 복호의 겨드랑이 사이로 튀어나와 멈추어 섰다. 눈 깜짝할 짧은 순간이었다.

"됐다."

사사천이 안도의 숨을 내쉬는 순간 족쇄 같은 손이 손목을 휘감는 것이 느껴졌다.

"호호호."

사사천의 눈을 노려보던 상대방이 흰 이를 드러내고 씨익 웃었다.

"뭐, 뭐야?"

사사천이 크게 뜬 눈으로 장검을 든 손을 바라보았다. 몽둥이에 맞은 검신이 휘어져 가슴을 향해 찌른 칼날이 허무하게 겨드랑이 사이로 빠져나간 것이다.

복호는 왼팔로 사사찬의 오른손을 꽉 낀 채 씨익 웃고 있었다.

"네 실력이 이것밖에는 안 된다는 것이다."

말이 끝나기 무섭게 팔꿈치에 격렬한 통증이 밀려들었다.

우두둑!

사사천의 팔꿈치가 반대편으로 부러져 기역 자가 되어 있었다. 머리끝이 쭈뼛 일어날 정도로 고통스러웠다. 두 다리를 움직여 보려 하였지만 이미 두 다리가 상대방의 발에 밟혀 꼼짝없이 봉쇄된 후였다.

"사, 살려……."

목구멍에서 절로 살려달라는 말이 올라왔다.

복호가 차갑게 웃다가 무섭게 노려보았다.

"늦었어."

동시에 오른 주먹이 가슴에서 치솟아오르며 사사천의 턱에 작렬하였다.

덜컥!

턱이 크게 들렸다가 내려오며 사사천의 몸이 썩은 고목처럼 축 쳐졌다. 정신을 잃은 채 벌어진 입에서 부서진 이와 붉은 피가 뚝뚝 떨어졌다. 반짝이는 검은 눈은 이미 뒤집혀 흰 자위가 퀭하게 드러났다.

한주먹으로 호랑이 잡는 주먹이 제대로 턱에 작렬하였으니 이미 살아 있다고 할 수 없었다.

들고 있던 월도과 검신이 휜 장검이 뒤늦게 바닥으로 떨어졌다.

복호가 잡은 손을 놓자 사사천이 무너지듯 바닥에 널브려졌다. 팔이 꺾인 채로 바닥에 쓰러진 사사천의 얼굴은 온통 피범벅이 되어 있었다.

갸릉갸릉 희미하게 붙어 있는 숨소리도 이내 길게 바람 빠지는 소리와 함께 더 이상 들리지 않았다.

복호가 죽은 사사천의 시신을 바라보다가 천천히 고개를 들었다.

"허, 헉!"

강남학과 망고에게 포위당하여 꿀 먹은 벙어리마냥 칼을 들고 서 있던 사산이 복호와 눈을 마주쳤다.

사산은 만만해 보이는 망고에게 칼을 휘둘러 망고가 물러난 틈을 타서 객점 바깥으로 달리기 시작하였다.

복호는 바닥에 떨어진 사사천의 월도를 들고 사산의 뒤를 따라 달리기 시작하였다.

삼촌을 끌고 아버지 복수를 하러 온 놈이 삶을 탐하여 도망치는 꼴을 보니 화가 치솟았던 것이다.

"나를 탓하지 마라."

도망치는 사산을 한달음에 쫓아간 복호가 뒤편에서 힘차게 월도를 휘둘렀다.

탁!

머리통 하나가 허공에서 떨어져 길바닥을 데구르르 굴렀다.

목 잃은 몸이 몇 걸음을 뛰지도 못하고 나무토막처럼 길바닥에 쓰러져 붉은 선지를 콸콸 쏟았다. 굴러가던 머리가 마당 가운데 움푹한 홈에 처박혔는데 입을 벌린 머리가 허공을 바라보고 있었다.

"퉤!"

도검을 바닥에 내던지곤 바닥에 침을 뱉은 후 복호는 허리춤에 박달나무 몽둥이를 차고 천천히 강남학과 망고에게 다가갔다.

차가운 마당에 싸늘하게 죽어 있는 여인들의 시신을 말없이 바라보던 복호는 하늘을 바라보며 길게 한숨을 내쉬었다.

죽고 사는 것은 하늘의 뜻이겠지만 하늘의 뜻이라면 너무나 야속하고 비정한 하늘이었다.

허공을 향하여 침을 뱉고는 소매로 눈가를 한 번 닦은 후 죽은 여자들을 하나씩 안아 불타고 있는 객점 안에 들여놓았다.

"그 망할 것들이 죄 없는 여자들은 왜 죽인단 말이야?"

망고가 눈가를 훔치며 눈치 빠르게 여자들의 시신을 객점
의 마루 위에 옮겨다 놓았다. 강남학 역시 객점을 돌아다니며
죄 없이 죽은 여인들의 시신을 수습하여 객점 안에 옮겨다 놓
았다.

삼십여 구의 시신이 불타는 객점 안에 차례로 놓여졌다. 이
국에서 호강하지 못하고 타국에 끌려와 불쌍한 생을 마친 여
인들의 창백한 시신을 바라보고 있으려니 가슴이 울컥하고
눈물이 솟구쳤다.

복호는 눈물을 보이지 않으려 몸을 돌려 객점 바깥으로 나
오다가 객점 입구의 기둥을 두 손으로 잡고 힘껏 잡아당겼다.

콰드득!

기둥이 기울어지면서 들보와 타던 축대가 부서지며 불타
는 지붕이 내려앉기 시작하였다.

짚으로 만들어진 지붕이 객점을 휩쓸면서 객점이 불바다
가 되었다. 불길은 불쌍한 여인들의 몸을 휩싸고 반짝이는 재
와 매캐한 연기를 허공으로 쓸어 올리었다.

객점 바깥에 우두커니 서 있던 복호는 바닥에 주저앉아 기
세 좋게 타는 불길을 바라보다가 머리를 풀에 헤치고는 망고
에게 소리쳤다.

"망고야, 여기 한 잔 술을 따르거라."

"고, 공자님, 없는 술을 어디 가서 찾아오겠습니까요?"

"술이 없어?"

“예. 객점에 불이 나면서 술이고 뭐고 하나도 없습니다
요.”
복호가 목을 젖히며 크게 웃었다.
“미친놈의 세상에 술까지 없다니 기가 막힐 노릇이구나.
하하하하!”
한동안 미친 듯이 웃던 복호가 갑자기 웃음을 그치고 멍하
니 앉아 불타고 있는 객점을 바라보았다.
망고는 그 뒤편에서 아무런 말도 못하고 서 있고, 마구간으
로 말을 찾으러 갔던 강남학이 근처에 서성거리던 세 마리 말
을 찾아 돌아왔다가 객점 앞에서 멈추어 서서 미친 사람처럼
머리를 풀어헤친 채 불타는 객점을 지키고 있는 복호를 말없
이 바라볼 뿐이었다.

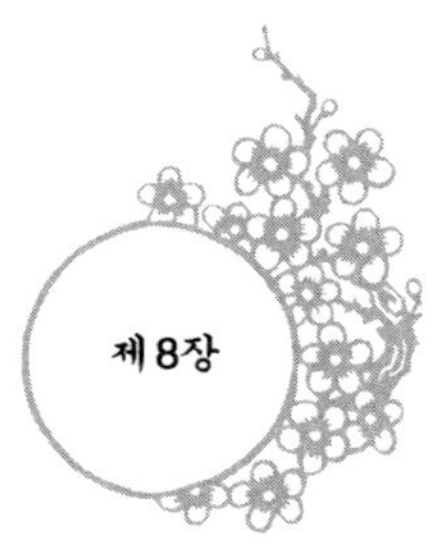

고집있는 남자

먹장 같은 어둠이 가시어 동녘에 노릿노릿한 아침해가 떠오를 무렵에는 기세 좋게 타오르던 불길도 점점 사그라졌다.

날이 밝자 잿더미가 된 객점과 그 주변이 환하게 드러났는데 객점 주변에 죽은 시신이 즐비하였다. 시신의 대부분은 검은 옷을 입은 금화표국의 무인들이었는데, 간간이 애꿎게 죽은 점소이와 마부들의 시신도 발견할 수 있었다. 도망을 치다가 금화표국의 표사들에게 죽임을 당한 것이다.

망고와 강남학이 죄 없이 죽은 점소이와 마부들의 시신을 수습하곤 인정에 표사들의 시신마저 수습하려는데 복호가 버럭 소리를 질렀다.

"그딴 시체는 까마귀나 주게 내버려 둬라!"

망고가 시신을 내버려 두고 복호에게 다가와 입을 열었다.

"고, 공자님, 이제 그만 가시지요. 사람들이 지나다닐 시간입니다요."

"왜? 사람들이 보면 안 되는 것이냐?"

"그, 그것이 아니오라 귀찮을 일이 생길까 봐 그러는 것이지요. 시신이 수두룩하게 널려 있으니 누가 좋게 보겠습니까? 여자들의 시신은 화장하였으니 여기서 이러고 있을 것이 아니라 이제 그만 연경으로 돌아가시지요."

"연경으로 돌아간다고?"

"불상이하고 설란이가 기다리고 있을 텐데요?"

"아, 그렇군. 불상이와 설란이 기다리고 있었군."

복호는 이제 생각이 난 듯 고개를 끄덕이며 자리에서 천천히 일어났다.

망고가 얼굴빛에 화색이 돌아 얼른 말을 가져왔다.

세 사람이 말 등에 올라타 잿더미가 된 객점을 나와 대로로 접어들었다. 이른 아침 찬바람을 맞으며 농사 지으러 나온 농부들이 세 사람을 보곤 도망치듯이 달아났다.

망고가 얼른 바라보니 복호의 푸른 장삼이 피투성이가 되어 검은빛이 되었는데 얼굴에도 피가 말라붙어 사람이 아니라 괴물 같아 보였기 때문이다.

망고가 얼른 자신의 옷을 벗어 복호에게 건네주었다.

"공자님, 제 옷으로 바꿔 입으세요."

"내가 왜 네 옷을 입느냐?"

"공자님 옷이 피범벅입니다요. 누가 봐도 좋지 않습지요."

복호가 입가에 옅은 미소를 띠며 말했다.

"나는 괜찮으니 너나 입어라. 가을 찬바람에 고뿔 걸리겠다."

강남학이 웃으며 말했다.

"두 분이 참 보기 좋습니다."

"보기 좋을 것도 많소."

"헤헤헤, 이런 걸 정(情)이라 하지요."

"쓸데없는 소리 말고 앞장서거라."

"네, 네. 망고가 먼저 앞장을 서겠습니다요."

망고가 웃으며 말을 몰기 시작하였다. 세 사람이 삼십여 리 떨어진 곳에 있는 객점에 도착하였다.

망고는 객점 주인의 옷 한 벌을 사서 복호에게 바득바득 입히고 아침 요기를 한 후에 객점을 떠났는데, 식전에 화주 한 항아리를 마신 후에 말 등에 화주 두 항아리와 안주를 잔뜩 싣고는 길을 떠났다.

복호가 어제오늘 살생을 많이 하여 마음이 괴로운데 외롭게 죽어간 불쌍한 조선 여자들을 생각하니 더욱 괴로운 마음을 달랠 길이 없어 술로 위안을 삼았다.

복호가 말을 타고 가다가도 말 등에 실린 술을 들이키고, 잠시 쉴 때에도 화주를 들이키니 삼십 리를 가지도 않아 화주 한 항아리가 없어지더니 오십 리 길에 화주 두 항아리가 깨끗하게 비어졌다.

안주 없이 마신 술이라 취기가 동하여 갑자기 말 등에서 슬프게 흐느끼고 허공을 향하여 갖은 욕설을 퍼붓기가 예사였다.

머리를 풀어헤치고 눈물을 흘리면서 소리를 지르는 것이 천상 미친 사람이라 강남학은 복호의 주정에 눈살을 찌푸리는데, 망고는 자기 때문이라 생각하여 마냥 송구하여 어쩔 줄을 몰랐다.

이날 저녁 무렵에 일행은 연경에 도착하였다.

복호는 만취가 되어 말 등에 늘어져 코를 골고 있고, 망고와 강남학이 줄을 묶어 인솔하여 영취루에 도착하였다.

복호가 영취루 앞에서 정신이 들어서 말에서 내리기가 무섭게 강남학과 망고를 끌고 비틀거리며 들어가 술을 시키게 하였다.

"공자님, 오늘 많이 드셨습니다. 상처에 해로우니 그만 마시세요."

"모르는 소리 마라. 이런 날 취하지 않으면 어느 날 취하란 말이냐. 개 같은 세상, 취하지 않고서는 못 견디겠다. 어서 술을 내오너라."

강남학이 복호가 이전 같지 않은 것에 눈살을 찌푸리다가 복호의 말을 듣고 호기가 솟아서 망고에게 말했다.

"이보게, 술 가져오게."

"예?"

"생각해 보니 공자의 말씀이 옳다. 세상이 멀쩡한 정신으로 살아갈 수 있는 세상인가? 죄 없는 사람이 죄 없이 죽는 세상을 사는데 멀쩡한 정신 가진 자가 어찌 취하지 않고 견딜 수 있단 말인가. 나도 오늘 공자와 함께 정신이 없을 때까지 마실 것이니 술을 가져오게."

망고가 한숨을 길게 내쉬다가 점소이에게 술상을 봐오라 시켰다.

이때 객점의 집사가 복호가 돌아온 것을 내실에 알리어서 점소이가 세 사람을 삼층의 기방으로 안내하였다.

얼마 전에 와본 적이 있는 영취루 진수화의 기방에는 아리따운 진수화가 설란과 불상과 함께 기다리고 있었다.

복호가 방 안으로 들어왔다가 불상을 보곤 비틀거리는 발걸음으로 다가가 불상의 어깨를 두 손으로 잡고 물끄러미 불상을 바라보았다.

아리따운 불상의 얼굴을 바라보니 난데없는 슬픔이 가슴에서 북받치어 두 눈이 붉어지며 닭의 똥 같은 눈물이 뚝 하고 떨어졌다.

"불상아, 내가 다 죽였다. 내가 다 죽였다. 모두 내가 다 죽였다."

복호가 불상을 껴안고 흐느껴 울었다.

"괜찮아요, 괜찮아요."

불상이 눈물을 흘리며 복호의 등을 쓰다듬었다.

한동안 소리 내어 울던 복호가 불상의 품에서 쓰러지듯 잠이 들어서 창가 침대에 눕혀놓은 후에 다섯 사람이 탁자에 둘러앉았다.

망고가 코를 골며 자는 복호를 힐끗 바라보다가 연경을 떠나 있었던 일을 빠짐없이 이야기한 후에 이렇게 말하였다.

"내가 우리 공자님을 안 지가 두 달이 되어가는데, 공자님의 착하고 기이한 성정을 이번에 확실히 알았소. 공자께서 할아버지의 괴악한 성품을 닮아 사람의 머리 베기를 무 밑동 도리듯 하면서도 거미줄에 걸린 나비를 차마 그대로 보지 못하는 사람이오. 불상을 만나서 조선 처자들이 인신매매당한 것을 보고 보선방을 풍비박산시키고 무사들을 몰사죽음시킬 때는 성난 호랑이 같더니 처자들의 주검 앞에서는 풀 죽은 암소마냥 눈물을 뚝뚝 흘립디다. 약한 성정에 불쌍하게 죽은 처자들을 생각하니 괴롭기가 한정 없어서 하루 종일 독한 화주를 입에 달고 살더니 제풀에 쓰러지시는구려. 이해해 주시구려."

진수화는 물론이거니와 설란과 불상이 눈물을 흘리며 슬퍼하고 강남학도 복호의 속상한 심정을 이해하여 눈시울을 붉혔다.

복호가 그날 밤은 잠을 달게 자고 일어났으나, 다음날 등허리가 욱신거리며 아프고 온몸이 으슬으슬하더니 갑자기 불덩어리가 되어서 운신을 하기 어려웠다.

멀쩡하던 복호가 열이 나서 운신조차 어렵게 되니 진수화와 설란, 불상과 망고는 속이 달았다.

진수화가 복호를 내실로 옮긴 후에 의원을 불러 살펴보니 심화(心火)가 상한데다가 전날 마신 술 때문에 등에 난 상처가 도진 탓이었다.

연경에서 이름 높은 의원이라 약 한 첩을 지어주어 이틀간을 꼼짝 않고 미녀들의 시중을 받으며 정양하였더니 제법 운신을 할 수 있었다.

생고기를 먹던 복호는 이때에 죽과 밥 같은 곡식을 처음으로 먹게 되었는데, 생고기가 약간 고소할 뿐이지 비릿한 데 반하여 밥과 같은 곡식은 맛이 없는 가운데에 무한한 맛이 있어서 꼬박꼬박 챙겨 먹었다.

밥을 먹은 때문인지 약을 먹은 때문인지 알 수는 없지만 정양한 지 사흘이 되지 않아 복호가 자리에서 일어났다.

몸의 상처가 낫지 않고 열이 완전히 내리지 않아 아직도 으슬으슬 한기가 남아 있었지만 복호가 어릴 적부터 한곳에 머물러 있지 못하고 천방지방 산중을 노루처럼 뛰어다니던 사람이라 방구석에 처박혀 있는 것이 천성에 맞지 않았다.

방 안에서 나가 긴 회랑을 걸어가다 보니 기암괴석 가운데에 아름다운 연못이 보였다. 연못 안에 세 개의 작은 섬이 있고, 그중 큰 섬에 누각 하나가 있는데 제법 운치가 있어 보여서 발길을 연못으로 돌렸다.

연못에 걸린 구름다리를 건너 정자로 다가가니 마침 가을바람을 스산하게 불고 먼 하늘로 기러기 떼가 줄을 지어 날아다니고 있었다.

청빛을 띠던 나뭇잎들도 누렇게 시들어 머리를 늘어뜨린 채 이따금 연못에 낙엽을 떨어뜨렸다.

백두산을 떠나올 때가 한여름이었는데 벌써 계절은 가을로 접어들어 겨울을 향해 달리고 있었다.

문득 백두산에 계신 할아버지와 보덕 스님이 생각났다.

"뭐 하고 계실까?"

보고 싶은 마음이 한정없이 솟아났다. 그때였다. 바늘수염 강남학이 회랑을 지나 구름다리로 성큼성큼 달려왔다.

"여기 계셨군요. 한참을 찾았습니다."

"무슨 일이 있는 거요?"

"골치 아픈 일이 생겼습니다."

강남학이 눈살을 찌푸렸다.

"골치 아픈 일이라니요?"

"망고가 사로잡혀 갔습니다."

"보선방에 사로잡혀 갔단 말이오?"

"개방에 잡혀갔습니다."

"개방?"

"예. 저희들이 천진에 갈 때 장맹달의 수하 중에 하나가 마부로 따라간 적이 있지 않습니까?"

"아, 그렇지요. 그는 어떻게 되었나요?"

"표사들에게 살해당하여 객점에서 타 죽었습니다."

"그렇군요."

"망고가 장맹달에게 보상이라도 할까 싶어서 오늘 돈을 가지고 찾아갔다가 중간에 개방의 거지 떼들에게 사로잡히고 말았습니다요."

"이 나라가 몹쓸 나라요. 하다 하다 이젠 거지들까지 강도질을 하는군요."

"아닙니다. 거지들이 망고를 잡아놓고 공자님을 만나보고 싶다는 서신을 보내었습니다."

강남학이 품에서 붉은 서신을 꺼내 복호에게 보여주며 말했다.

"공자님께서 오늘 저녁 북망산 장군묘(將軍廟) 앞으로 오시면 망고를 풀어주겠다 하는군요."

복호가 머리를 갸웃거리며 말했다.

"거지들이 나를 무엇 때문에 만나자고 하는 거지요?"

"저도 자세한 것을 모르겠습니다. 개방은 거지들이 만든 방파이지만 공명정대한 것으로 무림에 이름이 높습니다. 그런데 망고를 사로잡아 놓고 공자님을 부른 것은 저도 잘 이해

할 수 없습니다."

"직접 가서 확인해 보면 되겠지요."

"몸은 괜찮으십니까?"

"난 괜찮으니 걱정 말아요."

복호는 팔을 펼쳐 아무렇지도 않는 듯 기지개를 켰다. 아직도 등이 욱신거리고 온몸이 으슬으슬하였지만 할 수 없는 일이었다.

"북망산 장군묘가 어디인지 모르니 다른 사람들에게는 아무 말도 하지 말고 저녁에 나와 함께 가십시다."

복호가 다짐을 주듯 이야기하여 강남학이 그렇게 하겠노라고 맹세하였다.

이날 밤, 두 사람은 저택을 빠져나와 곧장 연경의 외성을 나왔다. 북망산은 연경의 서편에 있는 작은 산이니 그곳에는 무수한 왕후장상의 무덤이 즐비하여 사람들이 북망산이라고 불렀다.

장군묘는 북망산의 동편에 있는 작은 무덤이니 옛날 흉노족을 물리친 이름난 장군의 무덤이라고 사람들이 말하는 곳이었다.

초생달이 산 중턱에 피어올라 적막하기 그지없는 황량한 북망산의 장군묘 앞에 작은 불빛이 비치었다.

거지 떼들이 무수하게 기다리고 있으리라는 짐작과는 다

르게 모닥불 옆에 늙은 거지 두 사람이 불을 쬐고 있는데, 그 옆에 애벌레처럼 묶여 있는 망고의 모습이 보였다.

"누구요?"

불빛을 쬐는 노인 하나가 다가오는 복호에게 말했다.

"망고를 돌려받으러 왔소."

노인이 불쏘시개를 흔들며 말했다.

"이리 와서 앉게."

강남학은 가까이 다가가지 못하고 먼발치에서 서 있는 반면 복호는 아무런 경계심 없이 성큼성큼 걸어와 불 옆에 털썩 앉았다.

두 노인이 불빛에 비치는 복호의 얼굴을 빤하게 쳐다보다가 입을 열었다.

"맹랑하구나."

복호가 코웃음을 치며 말했다.

"별 거지 같은 소릴 다 듣네. 누가 누구더러 맹랑하다는 거야?"

두 거지 늙은이가 멍하니 서로의 얼굴을 바라보았다.

늙은 거지 두 사람 중의 하나는 투실하게 살이 오른 면상에 코 옆으로 큰 점이 하나 나 있고, 또 다른 거지는 이마며 볼에 주름이 가득하고 빼빼 말라서 광대뼈가 옴폭하게 솟아올랐는데, 몇 안 되는 누런 이가 듬성하게 박혀서 보기만 해도 웃기는 인상이었다.

복호가 점박이 노인의 옆에 재갈을 두르고 온몸을 칭칭 감은 망고를 흘깃 바라보다가 두 거지 늙은이에게 책하듯이 말했다.

"내 하인을 무엇 때문에 납치한 거야?"

주름 가득한 늙은이가 말했다.

"네가 혼자서 보선방과 금화표국을 풍비박산 낸 것이 정말이냐?"

"그게 상관이 있는 거야?"

점박이 노인이 말했다.

"상관이 있지. 웅천객점에서 표국의 무사들을 몰살시킨 것도 너지?"

"나다. 그런데 그건 왜 묻는 거냐?"

빤하게 노려보던 점박이 노인의 손에서 몽둥이 하나가 튀어나왔다. 복호가 살짝 머리를 기울이며 몽둥이를 붙잡았다. 갑작스런 동작에 등이 찌르르 아파왔다. 아물었던 상처가 다시 터진 모양이었다.

몽둥이 휘두르는 법이 범상치 않다 생각하였으나 복호가 내색하지 않고 소리쳤다.

"늙은이! 미쳤어?!"

"믿어지지 않아서 그런다."

주름이 가득한 노인이 불쏘시개로 복호의 얼굴을 찔렀다.

복호가 쓰러지듯 몸을 누어 불쏘시개를 피하며 두 손으로 땅을 밀 듯이 튕겨 몸을 일으켰다.

점박이 늙은이가 불 앞에서 일어서며 말했다.

"제법이구나."

복호가 웃으며 말했다.

"늙은이들, 쌍으로 죽고 싶으냐?"

두 노인이 서로의 얼굴을 바라보았다.

얼굴에 주름이 가득한 노인은 개방의 방주인 방개개(房個個)이고, 점박이 노인은 개방 장로인 풍점점(馮點點)이다.

풍점점은 개방 장로로서 무림에 이름이 널리 알려진 사람이고, 방개개가 나이가 들면서 후계자로 생각하는 사람이니 방주인 방개개에게 개방의 절학을 배워 무공 실력이 천하일절이라는 방개개에 못지않았다.

개방에서 제일이라 할 수 있는 방개개와 풍점점을 앞에 놓고 죽고 싶으냐고 당돌하게 말할 사람이 온전한 정신을 가진 사람이 아니고는 어림없는 일이니 서로의 얼굴을 바라보고 있는 노인네의 얼굴에 절로 웃음꽃이 피어올랐다.

"네놈이 이제 보니 하룻강아지였구나!"

풍점점이 버럭 호통을 쳤다.

"별 거지 같은 소릴 다 듣네! 늙은이들, 제 명에 살고 싶으면 내 하인이나 돌려줘!"

"사람을 그만큼이나 죽이고도 무사하리라 생각하였느냐?"

복호가 코웃음을 치며 말했다.

"늙은이들이 망할 짐승들의 원수 갚으러 온 모양이구나!"
풍점점이 방개개를 바라보았다.
"저 아이를 가만 놔두면 큰일을 낼 아이 같습니다. 사람을
그만큼 죽이고도 일고의 뉘우침이 보이지 않으니 이를 어쩝
니까?"
"자네 마음대로 해보게."
모닥불을 파헤치던 방개개가 빙그레 웃으며 고개를 끄덕
였다.
풍점점이 몽둥이 하나를 들고 복호에게 달려들었다.
"미친개는 매가 약이지."
풍점점의 신형이 갑자기 비틀거리며 난데없는 몽둥이가
복호의 정강이를 찔러들었다.
복호가 슬쩍 다리를 뒤로 빼어 몽둥이를 피하자 몽둥이가
살아 있는 것처럼 솟구쳐 올라와 낭심과 복부를 찔러들었다.
복호가 두 다리를 좌우로 벌리며 훌쩍 뛰어오르자 노인이
기우뚱하게 몸을 틀면서 복호의 낭심을 향하여 몽둥이를 찔
렀다. 급한 김에 몽둥이를 꺼내어 낭심을 찔러드는 몽둥이를
치고 바닥에 내려서니 머리가 어질어질하며 한기가 돌았다.
"피하는 재주가 대단 용하군."
풍점점이 두 눈을 휘둥그레 뜨고 감탄하듯 말했다.
"노인네가 몽둥이 휘두르는 법이 제법이군."
"제법인지 아닌지는 두고 봐야 알 일이지."

풍점점이 몽둥이를 휘두르며 달려들었다.

복호는 늙은이가 휘두르는 법이 절묘하여서 방향을 종잡을 수 없는 것이, 며칠 전 객점에서 들은 개방의 타구봉법이라고 짐작하였다. 노인이라서 봐주고 싶은 마음이 있던 복호지만 천하오절 중의 하나인 타구봉법을 직접 상대하고 싶은 마음이 물 끓듯이 솟아나서 몽둥이를 꼬나 잡고 노인과 어울렸다.

두 개의 몽둥이가 서로 부딪치기 시작하는데, 노인의 몽둥이 휘두르는 법이 더욱 빨라지고 변화가 무쌍하였다. 그도 그럴 것이, 타구봉법의 삼십육로 봉법에 여덟 개의 구결이 합하여져서 이백팔십팔 가지라는 가공할 숫자의 변화가 생겨나는 때문이었다.

복호가 스님에게 배운 법으로 타구봉법을 상대하다가 노인의 봉법에 휘말리게 되면 즉시 할아버지에게 배운 법을 사용하였다.

타구봉법이 여덟 개의 구결이 합해져 수많은 변화를 일으키는 반면에, 복호는 날카로운 검술에 무지막지한 도술이 합하여져 변화보다는 파괴력이 무서웠다.

폭포가 떨어지는 듯 한 번 휘두르면 몽둥이에 이는 경풍이 위력적이라 타구봉법의 변화가 일시에 사라져 버렸다.

개방 방주인 방개개가 보고 있는 입장에서 후계자가 될 풍점점으로서는 난감한 일이 아닐 수 없었다. 아무리 금화표국의 무사들을 혼자서 몰사죽음을 시킨 무공이 강한 사나이라지만 상대는 약관의 젊은이일 따름이다. 천하제일이라는 타구봉법으로 쉽사리 제압하리라 생각하였는데 뜻밖의 봉법에 일침을 맞은 것이었다.

'기괴한 검법이다.'

풍점점은 타구봉을 휘두르며 별안간 좌장을 힘껏 뻗었다. 개방의 절학이라 할 수 있는 강룡십팔장을 펼친 것이다.

갑자기 강한 장력이 복호의 가슴으로 파고들었다. 복호가 살짝 몸을 틀어 피하였지만 풍점점의 좌장이 스치듯이 지나갔다. 살갗이 따끔하며 가슴이 울렁거렸다.

부드럽게 파고들었던 손마디가 되돌아가더니 다시금 좌장이 가슴으로 파고들었다. 강룡십팔장의 제칠초식인 잠룡물용(潛龍勿用)의 수법이었다. 강한 암경이 실린 좌장이 복호의 가슴을 때리려는 동시에 복호의 왼 주먹이 풍점점의 손바닥을 때렸다.

펑!

암경과 암경이 만나면서 벼락 치는 소리가 일어나면서 두 사람이 동시에 반대편으로 밀려났다.

"흐흐흐, 하룻강아지한테 물린 맛이 어떠냐?"

복호가 허연 이를 드러내고 웃으며 풍점점을 노려보았다.

"미, 믿을 수 없어."

풍점점이 자신의 손바닥을 바라보았다. 부들거리며 떨리는 손바닥이 시커멓게 부어오르고 있었다. 강한 내력이 동반

된 강룡십팔장의 장력을 정면으로 무너뜨리는 무서운 철권이 있다는 말은 이전에 들어본 적이 없었다.

"크윽!"

뒤이어 밀려오는 고통에 풍점점이 왼손을 감싸고 비틀거리며 물러서다가 갑자기 선혈을 토하였다.

불 옆에 앉아 있던 개방 방주 방개개가 깜짝 놀라 자리에서 벌떡 일어났다. 이런 일이 일어나리라 예상치 못했던 방개개였기에 그 놀라움은 더욱 컸다.

재빨리 풍점점에게 다가가 부축하여 눕힌 후에 왼손의 상처를 바라보니 손바닥과 손목이 시커멓게 부어오르고 있었다.

'무서운 권력(拳力)이다. 강룡십팔장의 장력과 정면으로 부딪쳤는데 이 모양이 되다니……. 이러고도 상대방이 멀쩡할 수 있단 말인가?'

방개개가 고개를 돌려 석상처럼 우두커니 서 있는 복호를 바라보았다.

"오너라, 늙은이. 얼마든지 상대해 주겠다."

복호가 허연 이를 드러내며 씨익 웃었다.

"고, 공자."

뒤편에 석상처럼 서 있던 강남학이 복호에게 다가왔다. 복호는 다가오지 말라는 듯이 쥐었던 주먹을 펼치며 손을 저었다.

다가오던 강남학이 멈추어 섰다.

복호는 가슴이 울렁이면서 무언가가 올라오는 것을 간신히 입을 앙 다물어 참으면서 자신을 바라보는 거지 노인을 노려보았다.

바닥에 쓰러진 풍점점을 감싸 안고 있던 방개개는 부어오른 왼손의 상처가 깊은 것을 보고 복호에게 말했다.

"이놈, 네 이름이 뭐냐?"

복호는 가슴이 끓어오르는 것을 간신히 내려 앉히며 태연하게 말했다.

"그러는 네 이름은 뭐냐?"

"뭐?"

방개개는 어이없는 얼굴로 복호를 바라보았다. 얼굴에 수염이 까칠까칠하게 난 젊은 녀석이 건방지기 이를 데 없었다. 하지만 돌이켜 생각하면 자신의 성명도 말하지 않고 상대방의 이름을 물어보는 것은 강호에서 무례한 일이라 할 수 있었다.

"난 방개개다."

복호의 뒤편에 서 있던 강남학의 두 눈이 휘둥그레졌다.

무림에 몸을 담그고 있는 이라면 방개개를 어찌 모를 수 있겠는가? 중원의 전설적인 오대고수 중의 하나요, 현 개방의 방주인 방개개가 바로 눈앞에 있는 사람이었다. 무림에서 연치도 높지만 그 명성과 실력만으로도 무림의 인사들이 머리

를 숙이는 것을 마다 않는 사람에게 복호가 막말을 하고 있는
것이다.

"내 이름은 들어본 적이 있느냐?"

"들어본 적이 있다. 봉을 잘 휘두른다 하더라. 생각보다 많
이 늙었구나."

"맹랑한 놈이군."

방개개가 너털웃음을 지으며 다시 물었다.

"그러는 네 이름은 뭐냐?

"내 이름은 복호다."

"내 제자를 이렇게 만들어놓고 무사하리라 생각하느냐?"

"늙은이가 날 혼내주려구?"

"내가 널 혼내주겠다."

"얼마든지 오너라. 죽기 아니면 살기지 뭐."

복호가 중얼거리는 끝에 두 주먹을 쥐고 노려보는데 각진
두 눈에 불길이 이글거리는 것 같았다.

개방의 강룡십팔장은 강한 장력으로 천하에 이름이 높은
데, 장력을 정면으로 상대하여 멀쩡한 것을 보면 보통 실력이
아닌 것은 틀림없었다. 그런데 서 있는 자세를 살펴보니 땅에
칼날 하나가 서 있는 것 같이 빈틈이 잘 보이지 않았다.

두 주먹을 들고 서 있을 뿐이라 빈틈이 잘 보이지 아니할
리 없지만 눈빛과 호흡이 무거우리 만큼 중압감이 느껴져 이
상하게도 빈틈이 보이지 않았다.

'기이한 일이다.'

어린 나이에 무림에서 산전수전 온갖 풍파를 겪은 풍점점을 쓰러뜨린 것도 놀라운데, 소년의 모습이 어디서 본 것만 같아서 방개개는 복호에게 호기심이 생겨났다. 하긴 천진의 보선방과 금화표국을 혼자 박살 내어버렸으니 당연히 그럴 만도 하다 생각되었다.

"네가 나의 도전을 받겠느냐?"

강남학의 입이 쩌억 벌어졌다. 천하의 방개개가 무림초출이라는 복호에게 도전장을 내미는 것이니, 이것은 어느 누가 보더라도 놀랄 만한 일이 아닐 수 없었다. 그런데 그 물음에 대한 답 또한 가관이었다.

"지금 와도 좋다."

방개개가 고개를 저었다.

"지금은 아니 되니 도전을 받겠느냐 묻는 것이 아니냐?"

"왜?"

"내 제자가 다쳤으니 하는 말이다."

"좋다. 언제 도전할 테냐?"

"내일 이맘때 여기서 보자."

"좋아. 어서 늙은 제자를 데려가거라."

"어허허허. 내일 보자꾸나, 복호야."

"알았으니 염려 말아라, 늙은이."

"늙은이 소리를 아주 오랜만에 들어보는군."

　방개개가 히쭉 웃으며 풍점점의 어깨를 부축하여 그곳을 떠났다. 두 사람의 모습이 어둠 속에서 완전히 사라져 버렸을 때 복호가 가슴을 부여잡고 선혈을 한 모금 토하였다.

　강남학이 깜짝 놀라 복호에게 다가왔다.

　"괘, 괜찮으신 겁니까?"

　"괜찮습니다."

　복호가 손등으로 입가에 묻은 피를 닦고 고개를 끄덕끄덕하였다. 그러나 밀랍처럼 창백한 얼굴색은 누가 보기에도 병자의 모습이 틀림없었다. 이틀을 앓고 난 다음에 기력이 완전치도 않은데 개방의 최고수를 상대로 싸웠으니 몸이 온전할 리가 없었다.

　선혈을 토하는 것을 보아 내상을 입은 것이 분명하였다. 그런데도 아무렇지도 않은 듯 방개개에게 큰소리를 친 복호가 더욱 놀랍게만 생각되었다.

　"내상을 입으셨는데 내일 방개개와 어떻게 싸운다고 호기를 부리셨습니까?"

　복호가 강남학의 말에는 대꾸조차 아니하고 불가로 다가가 망고를 묶고 있는 밧줄을 풀었다.

　"복호 공자님, 절 살려주러 오셨습니까요? 역시 공자님밖엔 없습니다요."

　망고가 울먹이며 복호를 껴안았다.

　"이 자식아, 징그럽다."

복호가 망고를 밀어내곤 바닥에 엉덩방아를 찧었다.

"공자님."

"난 괜찮으니 말시키지 마라."

창백한 얼굴로 복호는 한동안 길게 숨을 들이마시고 내쉬었다. 숨을 내쉴 때마다 가슴을 찌르는 듯 통증이 밀려왔다. 손바닥과 마주칠 때 받은 충격이 적지 않았던 것이다.

"이런, 등에 상처가 또 터졌네."

망고가 복호의 뒤에 붙어서 등에 묻어 있는 피를 보며 어찌할 바를 몰랐다.

"망고야, 꾹 누르면 피가 멈출 게다."

복호의 말을 듣고 망고가 얼른 등을 꾹 눌렀다.

강남학이 불 옆에 주주물러 앉아 걱정스런 얼굴로 복호에게 말했다.

"업친 데 덮친다 하더니 이거 정말 큰일입니다. 부상 입은 몸으로 개방 방주 방개개를 어떻게 상대하려고 그런 말씀을 하셨습니까?"

망고가 끼어들었다.

"정히 안 되면 도망치면 되죠. 삼십팔계 중에 도망치는 법이 제일 아니겠습니까?"

강남학이 머리를 저었다.

"모르는 소리 마시오. 개방은 중원에서 가장 인원이 많은 방파요. 중원의 거지들이 대부분 개방에 속한 사람들인데 우리가 그들 손에서 벗어날 수 있을 것 같습니까?"

복호가 웃으며 말했다.

"난 도망치지 않을거요."

"예? 그럼 앉아서 죽겠다는 말씀입니까? 지금 공자님의 몸으론 방개개를 상대하실 수 없습니다. 아프고 난 다음이라 기력도 온전하지 못하고 등에 난 상처도 다시 터졌는데, 그 몸을 가지고 어떻게 무림 최고의 고수라는 방개개를 상대하신단 말입니까?"

망고가 말했다.

"공자님, 그러지 마시구. 저와 함께 도망치세요. 고집 부리다가 죽는 사람이 얼마나 많은 줄 아십니까? 사람 목숨만큼 아까운 것이 없습니다. 제발 저와 함께 가시죠."

강남학이 말했다.

"망 형의 말이 맞는 것 같습니다. 약속을 어기더라도 몸을 회복시키는 것이 중요하니 이 길로 도망을 치십시다."

복호가 고개를 설레설레 저었다.

"사내가 한 번 약속을 하면 고만이지, 한 입으로 두말하란 말이오? 도망은 무슨 도망, 쓸데없는 소리 말고 나 좀 도와주시오."

"그 몸으론 무리라니까요? 고집 고만 피우고 저와 함께 도망치자니까요."

"이 자식아, 내가 도망치지 않겠다는데 네가 뭔 상관이냐?

살고 싶으면 너나 도망가거라."

말끝에 복호가 다시금 선혈을 토하였다.

"그러게 자꾸 고집 부리지 마시라니까?"

복호가 망고를 노려보았다.

망고가 찔끔하여 강남학을 바라보니 강남학도 어쩔 수가 없어 어깨를 으쓱하였다.

복호가 입가에 묻은 선혈을 닦고 주위를 둘러보는데, 마침 장군묘 뒤편에 큰 소나무 서너 그루가 보기 좋게 서 있었다.

"두 사람, 나를 좀 도와줘야겠습니다."

복호가 두 사람을 불러 말했다.

"두 사람이 나를 땅속에 파묻어주시오."

망고는 복호에게 들은바가 있어 토납법인 신태공을 하려는 것을 눈치 챈 반면에 강남학은 무슨 말인지 몰라 복호를 멀뚱멀뚱 바라보았다.

"공자님, 잠시 기다리고 계십시오."

망고가 부리나케 달려가 가까운 농가에서 삽과 곡괭이를 뺏다시피 빌려와 강남학과 함께 소나무 밑 땅을 파기 시작하였다. 소나무 잎이 오랫동안 썩어 푹신하고 보들보들한 땅이라 땅을 파기 시작한 지 얼마 되지도 않아 한 사람이 들어갈 만큼 구멍이 났다.

복호는 소나무에 창백한 몸을 기대고 있다가 땅이 파지자 구멍 안으로 들어가 가부좌를 틀고 앉았다.

망고와 강남학이 쌓아놓은 흙을 다시 구덩이에 부어 복호는 목만 남기고 땅에 파묻히는 신세가 되어버렸다.

"이게 무슨 일이람. 남들이 보면 오해하기 딱 좋겠네."

망고가 이마에 난 땀을 닦으며 소나무에 앞에 앉아 있으니 뭣도 모르는 강남학이 들고 있던 곡괭이를 놓고 그 옆에 앉아 땀을 닦으며 물었다.

"땅에 사람을 파묻다니, 이게 도대체 뭣 하는 일입니까?"

"이것이 공자님의 말로는 신태공이라 하는 기이한 내공수련법이지요. 토납법(土納法)이라고 할까요?"

망고가 복호에게 주워들은 것이 있어 마치 제가 다 알고 있는 것처럼 이야기를 하였다. 정수리에 기운을 받아 이렇구 저렇구, 어쩌구저쩌구하면서 기운이 쌓이고 흘러나가는 것을 그럴듯하게 말하여 강남학이 약장사 차력 구경하듯 망고의 이야기를 한동안 정신없이 들었다.

땅에 몸을 파묻고 내공을 수련하는 것은 강남학으로서는 처음 보는 신기한 일이라 흥미로운 마음이 떠나지 않아 망고의 이야기가 끝이 난 후에는 땅 위에로 머리만 내민 채 눈을 감고 있는 복호를 물끄러미 바라보았다.

복호의 이마에 식은 땀방울이 방울방울 떨어지기 시작하여 잠시 후에는 머리에서 밥 짓는 연기 같은 허연 김이 일어나며 비 오듯 굵은 땀이 이마에서 흘러내렸다. 대개 땀이라는 것이 냄새가 별로 없고 소금기가 있어 짭짤한데 반하여, 복호가 흘리는 땀에는 비린 듯 역겨운 냄새가 많이 풍겼다.

"저것이 몸 안에 있는 나쁜 것들을 몰아내는 것입니다요."

망고가 두 손가락으로 콧구멍을 막고 제가 아는 것처럼 지껄여 대다가 슬금슬금 몸을 꼼지락거리며 뒤편에 있는 소나무 뿌리 위에 가 앉았다.

"강 형, 거기 있지 마시고 여기로 올라오세요."

망고의 말에 강남학이 망고의 곁에 가 앉았다.

한동안 두 사람이 말없이 복호를 바라보고 있는데 망고가 입이 무료하였던지 강남학에게 말을 걸었다.

"강 형, 남자의 양근이 여자를 만나면 왜 성을 내는지 아십니까?"

"그거야 남녀 간의 이치 아니오?"

"그러니까? 왜 남녀 간의 이치가 그렇게 되었는지 아시냔 말이지요."

"잘 모르오. 왜 그런 거요?"

"제 이야기를 들어보시구려."

망고가 흡족한 듯이 턱을 쓸며 입을 열었다.

"옛날에 조물주가 만물을 만들 때 짐승들보다 사람을 대단 우대하여 거시기하는 물건들을 짐승들보다 월등하게 만들어 주셨습지요. 물건 좋은 것으로 말하자면 말 거시기하고 소 거시기가 크기도 크고 흉물스럽기는 매한가지지만 사시사철 때를 가리지 않고 성을 내면서 그 짓을 할 수 있기로는 사람 것

만한 것이 없는데, 처음에 조물주가 사람의 거시기를 만들 때
는 마소가 모두 혀를 내두를 정도로 크기가 한정이 없더랍니
다. 남자는 남자다우라고 통나무처럼 크게 만들어주고, 여자
는 애 낳을 때 고생 말라고 항아리처럼 크게 구멍을 만들어줬
습지요. 그런데 남자의 것이 말이 거시기지 통나무만한 것을
달고 다닐라니까 죽을 맛이 아니겠습니까? 그래 조물주에게
가서 부탁을 드렸습지요. ‘조금 작게 만들어주심 안 되겠습
니까? 이건 숫제 달고 다니는 것이 아니라 매고 다니는 것이
지 뭡니까? 불편해서 못 쓰겠으니 다시 만들어주십시오’ 하고
말입니다. 조물주가 그 뜻을 받아들여 깎고 깎아서 지금의 크
기로 만들어주었습지요. 옆에 있던 여자가 그걸 보고 조물주
를 찾아왔습지요. ‘조금 작게 만들어주시면 안 될까요? 제 물
건이 항아리처럼 뻐끔하게 구멍이 뚫려서 겨울에는 찬바람이
멋대로 들어오고, 여름에는 온갖 벌레들이 제 집처럼 찾아와
견디기 힘듭니다. 더욱이 남자의 거시기가 작아져서는 별 재
미도 없습니다’ 하고 말입니다. 조물주가 그 말을 듣고 남근
깎아낸 부스러기로 여근 안쪽을 땜질하여 지금처럼 작게 만
들어주었습지요.”

“그것하고 남근이 여근을 보고 성을 내는 것이 무슨 상관
이오?”

“상관이 많지요. 생각해 보십시오. 남자들이 작고 가벼워
진 양근이 좋기는 한데, 클 때보다 즐기는 재미가 없어져서는

본전 생각이 간절하게 날 것이 아니겠습니까? 그래 남자가 다시 조물주를 찾아가서 조금만 더 크게 해달라고 조른 것이 아니겠습니까? 조물주가 깎고 남은 것을 모두 여자에게 썼다고 여자에게 얻어오라고 하였지요. 남자가 찾아가 돌려달라고 하였더니, 여자가 자기 것이 되었다고 못 돌려준다고 하는 것이 아니겠습니까? 그때부터 남근이 여자의 것을 보면 돌려달라 성을 내고 있는 것입지요.”

강남학이 너털웃음을 지으며 말했다.

“원, 실없는 사람 다 보겠네. 망 형은 여자가 그리도 좋소?”

“계집 좋아하지 않은 사내가 있답디까?”

“나는 계집이 별로요.”

“그러고 보니 술을 마실 때도 혼자서만 마시지 계집을 끼고 앉는 법이 없던데, 어째 그렇습니까? 가시수염이 그득하고 몸에 털이 많은 것을 보면 고자는 아닐 것이고, 술 마시기 좋아하면 여자를 좋아하는 것이 당연한 일인데 무슨 사연이라도 있는 게요?”

강남학이 서글픈 웃음을 지으며 고개를 끄덕였다.

망고가 머리만 내밀고 있는 복호의 뒤통수를 힐끔 바라보다가 고개를 돌려 강남학에게 말했다.

“그러고 보니 강 형의 소경력을 못 들어본 것 같은데, 그동안 살아온 이야기나 들어보십시다.”

“난 이야기를 잘 못하는데…….”

"띄엄띄엄이라도 좋으니 들어봅시다. 심심하게 죽치고 앉아 있느니보단 낫지 않겠습니까?"

강남학이 길게 한숨을 내쉬다가 천천히 입을 열었다.

"나는 소주(蘇州) 사람으로, 비단 장사로 소주에서 이름난 부잣집 막내 아들이었소. 내 아버지 이름은 여대로(汝大勞)인데, 소주에서는 비단 장수 여 대인으로 알려진 사람이올시다."

"어라, 아버지와 성씨가 다르네요."

"아버지 이름자에 있는 계집 여자를 따라 강씨라고 지은 겁니다."

망고가 강남학을 힐끔 바라보며 물었다.

"말못할 사연이 있겠지요?"

강남학이 천천히 고개를 끄덕거렸다.

"내가 부유한 아버지 덕으로 어릴 적에 남부러울 것이 없이 자랐습니다. 제 외관이 아버지를 닮아 우락부락한데, 힘만 닮았을 뿐이지 장사와 공부하는 머리는 없어서 형님들이 장사를 배울 적에 저는 무예를 배웠습니다. 아버지께서 어릴 적부터 금도문의 권사를 초빙하여 나에게 권법과 도법을 배우게 한 까닭에 일찍이 친구들과 술맛을 알게 되었지요. 술맛을 알게 되자 계집이 욕심나 내가 머리에 털 나고 계집을 처음 알게 된 것이 열여섯 살 때였습니다."

"돈이 좋기는 한가 봅니다. 빠르게도 하셨소."

"생각하면 호기심 반 호기 반이었지요. 금도문의 친구들과
함께 기루에 가서 술 마시고 여자를 끼고 잤습니다. 내 여자
맛이 그렇게 기분 좋은 것인지 처음 알았습니다."

"하긴 처음에 남자가 여자를 알게 되면 달기가 꿀보다 달
다 합디다."

"그 계집 이름이 화홍(華紅)이라 하였는데, 제가 어린 나이
에 꿀처럼 달디단 계집 맛을 알게 되어서 이 년 동안에 집안
의 돈을 물 쓰듯이 갖다가 화홍이에게 바쳤습니다."

망고가 팔짱을 낀 채 고개를 끄덕끄덕하였다.

"그때 저의 아버지는 나이 환갑이 넘었는데, 어머니를 빼
고도 첩이 둘이나 더 있었습니다. 모두 기루에서 데려온 계집
들로, 한 계집은 내가 다섯 살 때 데려와 그때에는 나이가 서
른이 한참을 넘었고, 또 한 계집은 아버지가 망녕이 나셨는지
환갑 이후에 새로 얻었는데 나이 열여덟밖에 안 된 새파란 계
집이었지요. 내가 화홍이에게 빠져서 기루를 뻔질나게 드나
들고 있을 무렵, 화홍이로부터 이상한 이야기 하나를 들었습
니다. 새로 들어온 첩이 아버지 몰래 젊은 남자를 만나고 있
다는 것이 아니겠습니까? 제가 알아보니 첩년이 아버지 몰래
젊은 남자를 만나고 있는 것이 맞았습니다."

"에구, 저런……."

망고가 무릎을 치며 혀를 찼다.

"제가 그 후로 보이는 것이 없었습니다. 망할 연놈들이 수

작하고 있을 때 잡아서 등시타살할까 호시탐탐 첩년의 집 근처에서 기회를 기다렸지요. 첩년이 바람을 피우고 있다면 아버지가 자릴 비울 때 일을 꾸밀 것이니 아버지가 비단 사러 가는 날을 기다렸습니다. 일이 되려고 그랬던지 아버지가 소주를 떠나던 날 밤에 반질하게 생긴 사내자식이 늦은 밤에 첩년의 집을 찾아온 것이 아니겠습니까. 첩년이 사내를 여상스럽게 집 안으로 들여놓습디다. 방 안에서 무슨 수작을 하는지 알 수는 없지만 화가 머리끝까지 나서 칼을 들고 첩년의 집 담장을 넘어 방 안으로 들어갔지요. 방 안에 반질하게 생긴 사내가 첩의 손목을 붙잡고 있는 모습에 머리끝까지 피가 몰려서 한칼에 계집의 모가지를 베어버리고 사내를 붙잡아 머리를 베어버리려 하는데, 사내가 하는 말에 저는 기가 막히고 말았지요."

"사내가 무슨 말을 했는데 기가 막힌단 말입니까?"

"저는 그냥 심부름을 왔다는 겁니다."

"무슨 심부름을 왔다는 겁니까?"

"기녀들이 기루에서 일할 때에는 기둥서방이란 것이 있어서 기녀들의 뒤를 봐주곤 하지요. 기둥서방이란 작자들이 하는 일 없는 건달들인데, 계집의 꽁무니에 붙어 불쌍한 계집의 피를 빨아먹고 사는 거머리 같은 족속들이지요. 첩에게도 기둥서방이란 것이 있었는데, 아버지가 첩을 사 오면서 기루에 큰돈을 지불하였는데도 기둥서방이란 작자가 저에게는 하나 돌아오는 것이 없었다면서 이런저런 명목으로 첩에게 돈을 뜯었다지 뭡니까? 그날도 돌봐준 빚을 받으러 왔다는 것이었습니다."

"그렇다 하더라도 사내가 늦은 밤에 첩이 혼자 사는 집에 들어왔으니 눈 딱 감고 한 목숨을 더 죽인다면 간부(姦夫)의 등시타살로 결정지어질 것이 아니겠습니까?"

"그것이 그렇지 않았습니다."

"그렇지 않다니요?"

"기둥서방이 보낸 사내가 불알 없는 고자였습니다. 온전한 계집과 불알 없는 사내가 간부의 등시타살 여건이 성립이 아니 되는 까닭에 저는 꼼짝없이 살인죄를 뒤집어쓰게 된 것입니다."

"에구, 그럼 첩이 바람을 피운 것이 아니었고, 강 형께서 꼼짝없이 살인죄를 뒤집어쓰신 것이군요."

강남학이 고개를 끄덕였다.

"기둥서방이란 작자가 상당히 영리한 놈이었네요. 그래서 어떻게 되었습니까?"

"고자 놈을 추궁하다가 그보다도 더 기가 막힌 일을 알아내었습니다."

"더 기가 막힌 일이라니요?"

"첩실의 기둥서방이란 작자가 알고 보니 화홍의 기둥서방이 아니었겠습니까? 그자 이름이 대귀(大龜)란 작자인데, 양물이 크다고 소주에서 소문난 건달이었지요. 화홍이는 내가 저의 기둥서방 이름을 모르리라 생각하였겠지만, 저도 귀가 있는데 연적인 화홍이 기둥서방 이름을 모르겠습니까?"

"어허, 이런… 화홍이란 계집과 기둥서방이란 작자가 강 형의 약점을 잡아서 등골을 빼먹으려고 이간질을 한 것이로군요."

"그렇지요. 내가 정을 준 계집이라고는 화홍이가 처음이라서 그 계집에게 아니해 준 것이 없는데, 그 썩을 계집이 나를 허수아비로 보고 기둥서방과 공모하여 나를 협박하려고 일을 꾸몄다 생각하니 머리끝까지 화가 치밀었습니다. 한동안 화를 삼키려고 제가 한눈을 판 사이에 고자 놈이 사람 살리라고 도망을 치기에 마당까지 쫓아가서 그 고자 놈을 한칼에 죽였습니다. 피를 보니 화가 더욱 솟아 뒷문으로 도망쳐서 그 길로 화홍의 기루로 찾아왔습니다. 내 성격이 급한 것을 알고 있는 화홍이는 내 옷에 묻은 피를 보고 무슨 일인지 물어보지 않겠습니까?"

"그 계집이 앙큼한 계집이로군요."

"그러게 말입니다. 내가 짐짓 화홍이에게 간부 두 사람을 죽이고 왔노라 말하니, 화홍이가 다정스럽게 속살거리며 얼마라도 좋으니 자기 집에 숨겨주겠노라 합디다. 자기가 아는 오라버니가 있는데 그분에게 부탁하면 어려운 것도 아니라고 나를 꼬입디다."

"후후, 드디어 연놈이 본색을 드러내기 시작하는군요."

"내가 두 연놈에게 복수하려고 그렇게 하겠다 하고 화홍이를 따라갔습니다. 화홍이는 소주의 유곽에서 멀리 떨어지지 않은 골목집의 끝 집으로 나를 데리고 갔지요. 집으로 들어가니 아니나 다를까 대귀라는 자가 흉악한 눈빛으로 나를 보면서 자초지종을 물어봅디다. 내가 거짓으로 첩과 사내가 만나는 것을 보고 그 자리에서 살인하였다고 하였더니, 간부의 등시타살은 죄가 안 되니 잘했다 하면서 나를 안심시키고는 상황을 알아보겠다고 화홍이와 같이 밖으로 나가는 것이 아니겠습니까. 내가 그놈이 어떡하는지 궁금하여 홀로 집 안에서 기다리다가 부엌에서 송곳 같은 칼을 하나 찾아서 품속에 숨겨놓고 기다렸습니다. 대귀란 자가 소주에서 기녀들의 기둥서방을 할 정도면 무예가 저보다는 나을 것이니 제가 되지 않은 칼부림을 하다가는 원수도 갚지 못하고 저 세상으로 먼저 갈 수 있지 않겠습니까?"

"어허, 공부 머리 장사 머리는 없어도 그 머리는 대단 잘 돌아가우."

강남학이 씨익 웃으며 말을 이었다.

"잠시 후에 그놈이 화홍이와 함께 돌아와서 큰일 났다고 호들갑을 떠는 것이 아니겠습니까? 첩실과 함께 죽인 사내가 사내 구실 못하는 자라서 등시타살의 요건이 성립이 안 되는데다가 내가 살인한 것을 본 사람이 있다고 말을 합디다."

"그 흉악한 놈이 본색을 드러내었구려."

"그자가 중인의 입막음하고 관원에게 뇌물을 먹여야 살인죄를 면할 수 있다고 자기가 해결할 테니 은전 이백 냥을 달라고 합디다."

"천지도 모르는 순진한 사람 같으면 속기가 딱 좋았겠소."

"농사꾼의 아들이라면 모를까 제가 공부 머리는 없어도 상인의 아들이라서 그놈의 속셈을 대략 알고 있는데, 옆에 있던 화홍이가 제 꾀에 넘어간 것이 고소하다는 듯 히쭉거리며 웃는 것을 보니 속에서 열불이 치솟습니다. 내가 다급한 사람처럼 우선 가진 돈이라도 주겠으니 잘 부탁한다면서 품속을 뒤적이다 숨겨둔 칼을 잡아 번개처럼 대귀의 목에다 꽂았습니다. 칼날이 목에 푹, 하고 들어가니 대귀가 한 번 몸을 놀려보지도 못하고 흰자위를 뒤집으며 그 자리에서 허수아비처럼 쓰러집디다. 제가 얼른 달려가서 얼빠지게 서 있는 화홍이 년의 머리채를 잡고 바닥에 쓰러뜨린 후에 계집을 추궁하였습니다. 화홍이, 그 계집이 대귀 죽는 것을 보고 체념을 하였던지 저희 둘이 모의한 것을 바른대로 실토를 합디다. 화홍이가 열다섯 살에 기루로 팔려와 십 년 동안 기루에서 갖은 고생을 하였는데, 기녀 생활에 염증이 나서 이 짓을 그만두고 대귀와 함께 농사나 지으며 살려고 마음을 먹었답니다. 그런데 기루 생활 십 년에 돈이 모이기는커녕 빚만 늘어서 빚을 청산하고 새 생활을 하려니 돈이 필요

하더랍니다.”

“그 빌어먹을 연놈들도 나름의 이유가 있었군요.”

“무궁무진한 인생사에 이유 없고 사연 적은 사람이 있겠습니까? 대귀도 나이가 들어 예전 젊었을 적 소리치던 기세는 간 곳이 없고, 젊은 건달들에게까지 치이는 판이라 퇴물 소리를 쏠쏠히 듣던 차라 이 생활에 실증이 나 화홍이와 모의하여 저를 자주 찾아오는 나를 옭아매어 한밑천을 잡은 후에 기루를 떠날 속셈이었는데, 일이 잘못되어 대귀가 내 손에 죽고 나서는 저도 희망이 없어져 더 살고 싶은 마음이 없다고 합디다.”

“기가 막힌 일이구려.”

강남학이 고개를 끄덕거렸다.

“제가 열여섯에 화홍이에게 총각 딱지를 떼고 이 년 동안 밤낮으로 드나들면서 살을 섞고 정을 키웠는데 그런 계집이 다른 남자를 마음에 두고 저를 망치려 하였으니 배신감이 컸습니다만, 돌이켜 생각하니 화홍이가 부모를 잘못 만나서 기루에 팔려 온 것이 죄지 그 계집이 무슨 죄가 있겠습니까? 제가 눈물을 뚝뚝 흘리는 화홍이는 죽일 마음이 없어 계집을 살려두고 집을 나서는데, 화홍이가 대귀의 목에 박힌 칼을 뽑더니 제 목을 스스로 찔러 자결한 것이 아니겠습니까?”

“쯧쯧쯧, 독한 계집이로고…….”

“계집이 독하고도 정이 많다는 것을 그때 알았습니다. 제가 그때부터 계집에게 만정이 떨어져 계집을 가까이 하지 않았지요."

"그 다음에는 어떻게 되었나요? 화홍이 집을 나와서부터요. 연경까지 오게 된 이유가 불분명하잖아요."

강남학의 말이 옆으로 셀 때가 간혹 있어서 망고가 줄기를 잡아주었다.

"아! 그렇지요. 화홍이의 집을 나와 다음날부터 소주가 시끄러웠습니다. 하룻저녁에 두 집에서 네 명의 살인 사건이 났으니 관에서 난리가 났지요. 며칠간을 친구 집에 숨어 지내면서 항간의 이야기를 들어보니 저희 집안에서 살인난 것은 범인이 누군지 조사 중인데, 화홍이를 죽인 것은 제 소행이라는 말이 났습디다. 기루에서 화홍이와 나올 때 본 사람이 많아서 화홍이와 대귀를 죽인 범인으로 지목이 된 것이지요. 며칠 후에 아버지가 돌아왔다는 소문을 듣고 늦은 밤에 아버지를 찾아갔습니다. 어머니와는 소식이 통하고 있으니 어려운 일은 아니었지요. 제가 아버지를 찾아가 대귀와 화홍이의 꼬임에 빠져서 총애하는 첩과 심부름하는 사내를 죽이고 화홍이와 대귀까지 죽였노라고 자초지종을 이야기하였습니다. 불같이 화를 내리라 생각하였던 아버지가 이야기를 듣고 난 후에 말없이 고개를 끄덕끄덕하시면서 은 이천 냥을 꺼내 주십디다. 소주를 떠나서 어디든지 가 살아가라는 뜻이셨지요. 늙으신 아버지의 눈가에 눈물이 맺힌 것을 보고 송구하여 제가 그날 참말로 아버지 앞에서 눈물을 많이 흘렸습니다."

강남학의 눈가가 붉어지면서 눈가에 물기가 맺히었다.

"제가 그날 밤에 소주를 떠나면서 어머니에게 이야기를 들었는데, 심부름하는 계집아이 하나가 제가 마당에서 사내를 죽이는 것을 본 것을 알고 있어 집안에서 단속하여 쉬쉬하고 있다가 아버님이 이야기를 듣고 계집아이를 멀리 떠나보내게 하여 아는 사람이 없도록 조처하셨더랍니다. 실상은 아버님이 아들이 살인자로 뒤집어쓸 것을 걱정하여 계집아이를 수장시켜 놓고는 하인들에게 멀리 떠나보내셨다고 거짓말을 한 것인데, 아버님이 장사하느라고 저를 못 가르친 것을 내내 후회하시더랍니다."

강남학이 말을 잇지 못하고 손등으로 눈물을 닦았다.

"제가 그때 소주를 떠나서 이름을 강남학으로 바꾸고 여러 곳을 전전하다가 연경으로 와서 정착하였는데, 아버님이 주신 돈으로 땅을 사서 소작인들에게 도지를 받아먹으면서 이 날까지 어렵지 않게 살았습니다. 제가 계집을 싫어하는 것은 화홍이 때문이고, 제가 술을 좋아하는 것은 아버님 때문인데, 잘 밤에 부모님이 생각나면 한 잔, 두 잔 마시던 것이 지금은 실없이 주량만 늘어서 지금은 연경에서 알아주는 주당이 되었지요."

"이야기 잘 들었소. 부모님 소식은 전해 듣고 계시오?"

"간간이 소주 장사치에게 듣는 편인데, 두 분 연세가 여든

이 넘었어도 아직까지 정정하다 하십디다."

"돌아가시기 전에 한번 찾아가 보시우. 돌아가시고 나면 후회밖에 남는 것이 없소."

"그렇지 않아도 그럴 작정이오. 형님들이 싫어하시겠지만 부모님들은 살아 생전에 한 번은 만나 봐야 하지 않겠소?"

"당연한 일이지요. 이를 말인가요?"

두 사람이 장이야 멍이야 찰떡처럼 이야기를 주고받는 사이에 시간이 살처럼 흘러가서 지새는 달빛이 점점 옅어지고, 지평선이 밝아지면서 동그란 붉은 해가 천천히 솟아오르기 시작하였다.

복호가 처음 땅에 들어가서는 조용한 가운데 집중이 잘되어 그럭저럭 몸 안의 나쁜 기운을 몰아내는 것은 성공하였으나 축기(蓄氣)를 시작할 때부터 두 사람의 이야기에 집중이 방해되어 내력을 착실하게 쌓지 못하였고, 내상을 회복시키지도 못하였다. 그렇다고 팔맥으로 진기가 유동하고 있는데 시끄럽다고 소리칠 수도 없는 노릇이라 정신을 잡았다 놓았다를 반복하는 사이에 동이 트게 되었다.

아직 날이 밝기도 전에 장군묘 앞에서 누군가가 서성거리다가 사라지더니 한참 후에 열 명이 넘는 사내가 장군묘로 올라왔다.

망고와 강남학이 자리에서 일어나 다가가니 검푸른 철릭

에 환도를 차고 있는 관원들이었다. 가운데 앞서 오던 간부인 듯한 사내가 두 사람과 복호를 번갈아 바라보다가 말했다.

"저기 있는 사람은 뭐요? 머리만 빼고 몸이 묻힌 사람 말이오."

망고가 관원들 뒤에 서 있는 사람을 보니 곡괭이와 삽을 빌려준 농부였다. 농부가 아침에 일 나가면서 사실인지 아닌지 확인하러 나왔다가 장군묘 뒤편 산기슭에 두 사내가 한 사람을 머리만 놔두고 묻어놓은 것을 보고 깜짝 놀라 관가에 신고를 한 것이다.

관원들이 농부의 말을 듣고 무리를 지어 나와 보니 과연 농부의 말과 다르지 않아서 험악하게 생긴 가시수염과 그저 그렇게 생긴 한 사내가 한 사내를 잡아 죽이는 줄로만 생각하였다.

망고가 어림짐작을 하고 간부에게 말했다.

"저자는 나에게 빚을 진 사람이오."

"빚을 졌다고?"

"저 자식이 이 년 동안 나에게 피 같은 은전 오십 냥을 빌려 쓰고도 한 푼도 갚지 않은 흉악한 놈이오. 내가 참다 참다가 본때를 보여주려고 이곳에 데려와서 파묻은 것이니 신경 쓸 것 없소."

망고는 허리춤에서 은전 두 냥을 꺼내어 간부의 손에 슬그머니 건네었다.

“식전부터 괜한 걸음 하셨는데 가시는 길에 차라도 드십시오.”

간부가 공돈을 받고는 얼굴에 화색이 돌았다. 살인이 난 것도 아니고 빚쟁이가 빚을 받겠다는데 관가로 잡아갈 수도 없는 일이었다. 더구나 눈먼 공돈이 생기고, 쓸데없는 일에 휘말리기 싫어 뒤편에 서 있는 농부를 불러 호통을 쳤다.

“이 빌어먹을 녀석! 알아보지도 않고 와서는 우리를 귀찮게 하고 야단이야. 살인이 난 것도 아니고 도적들도 아닌데 무고죄로 감옥에 가고 싶으냐?”

“제가 죽을 때가 되었나 봅니다. 살려주십시오.”

농부가 바닥에 무릎을 꿇고 살려달라고 두 손을 모아 빌었다.

“한 번만 더 이렇게 나를 부르면 가만두지 않을 테다.”

간부가 농부에게 엄포를 놓고는 무리를 이끌고 장군묘에서 내려갔다.

농부가 울상이 되어서 망고와 강남학을 바라보았다.

“죄송합니다요. 전 그것도 모르고……”

“모르고 한 짓이니 죄 될 것이 없지.”

망고가 주머니에서 은전 한 냥을 꺼내어 농부에게 던져주었다. 농부가 횡재한 사람처럼 은전을 받곤 고맙다고 넙죽 머리를 숙였다.

“우리가 지금 시장하니 너는 너희 집에 가서 밥을 좀 차려오너라. 그 돈이면 곡괭이 빌린 것하고 밥값은 되겠지?"

"예, 예. 그러문요."

농부가 꾸벅꾸벅 인사를 하더니 부리나케 산 아래로 내려갔다.

강남학이 말했다.

"망 형, 거짓말도 잘하시오."

"한세상 살아가려면 거짓말도 필요하고, 돈은 더 필요한 법입니다. 대개 관복 입은 인간들은 관복을 입기 전까지는 머리가 기차게 잘 돌아가더라도 관복을 입으면서부터 점차로 머리가 아둔해져서 처음에는 무슨 일이든지 할 것 같다가도 점점 귀찮은 것을 싫어하고, 녹봉이 적은 탓에 떡고물은 많이 밝히기 때문에 저희의 잇속을 맞추어주면 어려운 일도 대개 쉽게 풀리게 됩니다. 법이란 것이 약삭빠른 사람은 이용할 따름이고, 무식하고 어리석은 사람에게는 군림할 따름이라서 그 가운데 있는 관원들의 비위를 맞추어주면 어려울 것이 없는 법이지요."

강남학이 망고의 이야기를 듣고 고개를 끄덕끄덕하였다.

잠시 후에 농부가 아내를 데리고 장군묘로 올라왔다. 부부가 금방 지어 김이 올라오는 쌀밥과 방금 삶은 닭백숙을 두 사람 앞에 차려놓으니 밤새 이야기를 하느라 시장기를 느끼던 망고와 강남학이 모처럼 배부르게 잘 먹었다.

농부 부부가 돌아간 후에 두 사람이 부른 배를 두드리며 소나무 아래에 한동안 드러누워 있다가 잠이 들었다. 밤을 꼬박 세운 다음에 아침밥을 배부르게 먹은 탓에 몸이 나른하고 눈꺼풀이 무거워져서 누가 먼저랄 것도 없이 잠이 든 것이다.

망고는 개잠이 들어서 정신없이 코를 골며 자고 강남학은 선잠이 들어서 눈이 떴다 감기길 반복하여 비몽사몽인데, 장군묘 앞에 무언가가 움직이는 것 같아서 힘없는 몸을 천천히 일으켰다.

길게 하품을 하면서 손으로 두 눈을 비비고 바라보니 십여 명이 넘는 거지들이 바로 앞에서 개 떼처럼 달려오고 있었다.

정신이 번쩍 들어 소나무 가지 위에 걸어놓은 대도를 잡으려 하였는데, 대도가 높은 가지에 걸려 몸을 일으킬 사이도 없이 뒷머리가 번쩍하였다.

묘 뒤편에 숨어 있던 거지가 살금살금 다가와서 몽둥이로 강남학의 뒤통수를 때렸던 것이다.

강남학이 뒤통수를 부여잡고 비틀거리며 비탈을 내려가니 달려온 거지들이 강남학을 에워싸고 몽둥이로 초다듬이질을 하였다.

열 명이 넘는 거지들이 정신없이 몽둥이질과 주먹질을 해대는 까닭에 무기도 없는 강남학이 적수공권으로 버둥거리며 손에 잡히는 대로 거지들을 치고 바닥에 패대기를 치면서 활로를 찾으려 하였지만, 딱히 방법이 없어 마침내는 피투성이가 되어 바닥으로 쓰러져 버리고 말았다.

대항하던 강남학은 초주검이 되어 포박되고, 잠을 자던 망고는 저항하지 않아 한 대 맞지 않고 포승줄에 묶이는 신세가 되었다.

거지들이 두 사람을 묶어 머리만 나온 복호의 좌우에 무릎을 끓린 후에 입을 열었다.

"어떤 놈이 풍 노사님을 그 모양으로 만들고, 개방 방주님과 비무를 겨누겠다 하였나?"

거지 무리의 우두머리인 듯한 중년의 젊은 거지가 눈을 부라리며 소리쳤다.

강남학이 호랑이처럼 눈을 부라리며 소리쳤다.

"이제 보니 방개개가 보낸 거지들이로구나! 방개개가 천하에 이름 높은 영웅인 줄 알았더니, 이제 보니 발가락 때만도 못하게 비겁한 인간이로구나!"

"뭐라고?"

거지들의 눈꼬리가 올라갔다.

강남학이 지지않고 소리쳤다.

"우리 공자님에게 도전한 것이 방개개인데 이렇게 뒤통수를 치다니 천하호걸들이 웃을 일이구나. 방개개가 무림에 세운 공적이 모두 이렇게 이룬 것이었구나."

강남학이 목을 젖혀 크게 웃었다.

어린 거지 하나가 강남학의 머리를 몽둥이로 때리며 소리쳤다.

“이놈아, 우린 풍 노사님의 제자들이다. 스승이 부상을 당하셨는데 제자가 복수하려는 것은 당연한 것이 아니냐.”

“맞다. 풍 노사께서 중상을 입으셨는데 복수하는 것은 당연하지.”

“맞아, 맞아.”

“이 자식이 감히 방주님을 모욕하다니 죽고 싶으냐?”

흥분한 거지들이 떼로 달려들어서 강남학을 짓밟았다.

거지들에게 짓밟히면서도 강남학이 고래고래 소리를 쳤다.

“가소롭다! 의를 숭상한다는 너희들의 맹세가 이제 보니 거짓말이었구나! 비겁한 거지들아! 너희들은 개방(丐房) 거지가 아니라 견방(犬房) 거지가 분명하다!”

망고는 겁이 나서 강남학이 몽둥이찜질을 당하는 것을 보고만 있었는데, 강남학이 매 맞아 죽을 것 같아서 버럭 소리를 질렀다.

“그만 해라! 사람 잡겠다! 떼로 몰려와서는 이게 뭣 하는 짓이야?”

강남학을 밟고 있던 거지들이 옆에 있는 망고를 노려보았다.

망고는 침을 꿀꺽 삼키곤 부드럽게 말했다.

“너희들이 나설 일이 아니야. 진정하라구. 이건 방주님과 우리 공자님의 일이란 말이야. 방주님이 이 일을 알면 어떻게 되겠니? 너희들은 큰일 나는 거라구. 너희들이 하는 일이 개방의 체면을 깎는 일인지 모른단 말이냐? 방주에게 아무 말도 하지 않을 테니 그냥 조용히 돌아가기라."

"조용히 못 돌아가겠다."

거지들이 이번에는 망고에게 몰려들어 발길질을 하기 시작하였다.

"아이구, 나 죽네. 망고 죽네."

망고가 새우처럼 몸을 오그리며 발길질과 방망이질을 받았다.

"이 되도 않은 자식들, 그만두지 못하겠느냐?"

거지들이 동작을 멈추고 고개를 돌렸다.

땅 위에 머리만 내민 복호가 두 눈을 부릅뜨고 있었다.

거지 하나가 기가 차다는 듯이 몸을 숙여 복호의 얼굴을 바라보다가 입을 열었다.

"이 자식 봐라? 땅에 묻힌 주제에 입만 살았네."

복호가 사내를 노려보며 말했다.

"죽고 싶으냐?"

"네까짓 게 우릴 죽일 수 있겠느냐?"

사내가 복호의 머리를 툭툭 쳤다.

"이 자식."

복호의 눈에서 불이 일어나며 갑자기 땅속에서 팔 하나가 튀어나와 사내의 목을 움켜잡았다.

사내가 목을 잡혀 몸을 컥컥거리는 것을 보고 거지들이 우,
달려들어 몽둥이를 휘둘렀다.

머리와 얼굴이 발길질과 몽둥이에 깨어져 온 얼굴이 피투
성이가 되었다.

"저, 저런……."

놀란 망고가 얼른 무릎걸음으로 달려가 복호의 머리 위에
몸을 포개었다. 발길질과 몽둥이가 망고의 등과 머리, 엉덩이
할 것 없이 빗발치듯 쏟아졌다.

망고가 고통을 참으려고 이를 악물었지만 비명이 목구멍
바깥으로 새어 나왔다.

"에구우— 망고 죽는다."

복호가 몸이 들썩거리는 망고를 보고 이를 으드득 갈면서
남은 손을 흙 위로 올렸다.

"망고야, 비켜라."

망고가 새우처럼 오그린 몸을 도르르 굴렸다.

복호가 밖으로 나온 두 손을 땅에 붙인 후에 끄응, 하고 힘
을 쓰자 몸이 땅 위로 쑥 튀어나왔다.

거지 하나가 몽둥이로 복호의 등짝을 때렸다. 그러자 복호
가 그 자리에서 몸을 돌치며 주먹을 휘둘러 거지의 뺨을 때렸
다.

퍽—!

손등에 뺨을 맞은 거지의 목이 휙 돌아가더니 두 눈이 까뒤

집어지며 거지의 몸이 무너지듯 바닥으로 쓰러졌다.

잇달아 날아오는 거지의 몽둥이를 살짝 피하여 오른 주먹으로 거지의 가슴팍을 힘껏 쳤다.

퍽―!

가슴 맞은 거지가 허공으로 튕겨져 바닥에 나가떨어져서는 큭, 소리 한 번을 내고는 흰자위를 뒤집으며 피를 토하고 숨을 거두었다. 분노가 극에 달한 주먹에 정통으로 맞았으니 살 도리가 없었다.

복호가 주변에 멍하게 서 있는 거지들을 잡아 머리와 가슴팍을 때려 쓰러뜨렸다. 한주먹에 동료가 비명횡사당하는 것을 보고 놀란 거지들이 사방을 흩어지기 시작하였다.

"이 개 같은 거지들, 내가 네놈들을 죽이지 않으면 사람이 아니다."

머리끝까지 화가 치솟은 복호가 호랑이 걸음으로 한달음에 쫓아가 등짝과 머리를 때려 죽였다. 차기 개방 방주인 풍점점을 한 수만에 쓰러뜨린 복호에게 이름 없고 서열 낮은 거지들이 상대가 될 리 만무하여 삽시간에 장군묘 주위에 혼 떨어진 거지 시체 십여 구가 나뒹굴었다.

가슴이 방망이질을 하였다. 복호가 가슴을 부여잡고 한동안 숨을 고르다가 이마를 타고 흐르는 피를 소매로 닦고는 망고와 강남학에게 다가와 포승줄을 풀어주었다.

피투성이가 된 망고가 복호의 얼굴빛이 창백한 가운데에

이곳저곳 깨어지고 멍이 들어서 시퍼런 것을 보고 걱정스럽
게 말하였다.

"공자님, 괜찮습니까요?"

"너야말로 괜한 짓을 하였다."

"괜한 짓이라닙쇼?"

망고가 복호를 빤히 바라보다가 입을 열었다.

"주인님이 맞고 있는데 제가 가만있을 수 있나요? 그건 당
연한 일입지요."

"주인님이라니?"

"제가 거짓말은 좀 하지만 한 입으로 두말하는 사람은 아
닙니다. 제 원수를 갚아주시기 전에 제가 공자님은 주인님으
로 모신다고 하지 않았습니까? 공자님이 제 원수 갚아주실 때
에 저는 이미 주인님의 사람이었습니다요. 제가 주인님을 목
숨으로 챙기는 것은 당연한 일입지요."

망고가 말을 하다가도 통증이 있는 듯 오만상을 찡그렸다.

복호는 망고가 몸을 던져 자기를 구해준 마음이 갸륵하고
기분이 좋아져서 망고의 포승줄을 마저 풀어주며 말했다.

"아프냐?"

"저보다는 주인님이 걱정입니다요. 얼굴색이 밀랍 같은데
연공을 방해한 것은 아닌지 모르겠습니다."

"괜찮으니 걱정 말아라."

복호가 걱정 말라는 듯 옅은 미소를 지었으나 상황이 그리

좋지는 않았다. 밤 동안 두 사람의 이야기에 정신이 흩어져 연공이 잘되지 않았는데, 설상가상으로 관원들에 거지들까지 떼로 몰려들어 정신 집중을 방해한데다가 일촉즉발의 상황에 그들을 물리치느라고 급하게 몸을 움직이는 바람에 가까스로 진정시킨 기혈이 흔들리게 된 것이다.

　기운을 심하게 써 회복되던 내상이 재발하였으니 복호의 몸 상태로 말하자면, 어젯밤과 별반 다를 것이 없어 밤새 헛일을 한 것이라고 말할 수 있다.

『복호출동』 3권에 계속

2006년 7월 개봉 예정인 영화 다세포 소녀의
인터넷 원작 만화 전격 출간 결정!

300만 다세포 폐인을 열광시킨 상식을 뒤엎는 엉뚱한 만화 세계!!

다세포 소녀

'다세포 소녀'는 인터넷에서 300만 명의 '다세포 폐인'을 양산한 인기만화다.
'무쓸모 고등학교'를 배경으로 '뽀샤시한' 순정만화 주인공 같은 외모의 남녀 고교생들이 펼치는 엽기적이고 황당한 내용과 성(性)에 관한 발칙한 상상력을 보여주면서 네티즌들로부터 폭발적인 반응을 얻고 있다.

"제 또래들과 함께 나누고 싶은 성, 사회 문제 등을 짚어보고 싶었다"는 작가의 변에서 볼 수 있듯 만화 속 이야기의 절반가량은 주변에서 전해 들은 '실화'를 참고했다. 작품에서 보여지는 비꼬는 패러디와 냉소적인 유머에서 삶에 대한 진지한 성찰이 엿보이는 것은 그 때문이 아닐까!

외눈박이의 일기

오늘 영어 선생님이 성병으로 결근하셔서 담임 선생님이 대신 수업을 하셨다. 담임 선생님은 "뭐, 원조교제 하다 보면 그럴 수도 있으니 이해하라"고 말씀하시더니 여자 반장한테도 병원에 가보라고 하셨다. 반장은 눈물을 글썽이며 외쳤다. "너무해요! 선생님! 전 원조교제 같은 건 안 했어요!" 그러나 매독이라는 담임 선생님의 말을 듣곤 벌떡 일어나 후다닥 짐을 챙겼다. 그러더니 남자 부반장 면상에 욕과 함께 주먹을 날렸다. 부반장은 "습긴인 줄 알았다"고 변명했다. 그걸 본 다른 아이들도 병원에 간다며 서둘러 교실 밖으로 나갔다. 결국 교실엔… "제… 제길! 나만 남았다. 그래, 나만 숫총각이다. 제기랄!" 담임 선생님은 자책하지 말라며 "세상은 용모로 살아가는 게 아니잖아"라며 화를 돋우셨다. "뭐라구요? 지금 놀리시는 겁니까? 선생님! 그래! 나 외눈박이다! 그래서 한번도 못해봤다! 크아악!!"

잘나가고 싶은 사람은 읽어라!

그에게 한눈에 반했다! 그것은 분위기 탓?
애인과 나란히 걸어갈 때 당신은 좌, 우 어느 쪽에 서는가?
이성은 왜 서로 끌리는 걸까? 그 심층 심리를 해명한다!

30초의 심리학

■ **30초의 심리학**
아사노 하치로우 지음 / 계일 옮김 | 값 8,500원

처음 본 사람인데 와 닿는 느낌이
너무나도 강렬한 사람이 있다.
흔히 하는 말로 '필이 꽂힌 사람',
그래서 잊혀지지 않는 사람,
한눈에 반했다고 하는 것이 바로 그것이다.
이런 인간의 감정을 논하는 데
남녀의 구분이 있을 수 없다.
사랑하는 그, 혹은 그녀를
생각하는 것만으로도 가슴이 두근거린다.
이상할 것 없다. 당연히 그럴 수 있는 것이다.
그렇기에 인간을 감정의 동물이라 하지 않는가.
그러나 그렇게 좋아하는 그 사람이
어느 날 갑자기 싫어지는 경우는 왜일까?

Psychology